# 出戻り巫女は竜騎士様に恋をする。

登場人物紹介
エンゾ
ユーグの相棒の白銀竜。知能が高く人語を解し、葵とユーグを優しく見守る。
ユーグ
竜騎士。女性が苦手で冷たい態度を取っているが、かつての葵には優しく接してくれた。どこか近寄りがたい雰囲気の、凛とした美形。
真《ま》村《むら》葵《あおい》
過去に「光の巫女」として召喚された経験を持つ女子大生。当時の初恋の人であるユーグを忘れられず、彼に似合う女性になりたいと努力し続けている。

エリオット
王国の副魔術師長。魔術の腕は確かだが、やや享楽的な女好き。
サミュエル
王国の宮廷魔術師長。穏やかな性格で、かつて葵に魔法の手ほどきをしてくれた。
マゼル
動物の研究者。特に竜の生態に情熱を燃やし、ユーグからエンゾの世話を任されている。明るく陽気な好青年。
リュカ
魔術師見習いの少年。遠くの町で療養中の母親を支えるため、一人で働くしっかり者。
バルバラ
リュカの保護者で、葵を拾ってくれた薬草師。ぶっきらぼうな態度だが、困った人を放っておけない優しいおばあさん。

# プロローグ

私、真村葵《まむらあおい》は、幼い頃に一度、異世界へ召喚されたことがある。

嘘か冗談のようだけれど、本当の話だ。

そこは王侯貴族や騎士階級が存在する、中世ヨーロッパに似た雰囲気の世界で、召喚された十四歳の私は幼くも高貴な巫女として遇《ぐう》された。

その世界には人肉を食らう魔物が跋扈《ばっこ》しており、それを完全に滅ぼすことができるのは、異界より召喚された光の巫女のみなのだという。

日本ではなんの能力もないただの少女だった私は、どんな力が作用してか、その地に降り立った途端、魔物を祓《はら》う光の魔法を使えるようになっていた。

誰か困っている人を助けたいと念じると手の平に現れる、白い炎のような光。それが聖なる力となって魔物を退《しりぞ》け、さらには受けた傷をも癒《いや》すという。

――ともあれ、光の巫女の証《あかし》となる力を見せたため、私は召喚された神殿で保護されることになった。わけもわからないまま始まった、見知らぬ場所で多くの人々に傅《かしず》かれる日々。

綺麗な衣装や豪勢な食事を与えられても、地球に帰りたいと願う私にその状況を楽しめるはずがなく、ただ毎晩、寝台の上で声を押し殺して泣くばかりだった。

家族が恋しくて、今後どうなるのかと不安で。

そんな風にぎゅっと身を縮めて嗚咽《おえつ》を堪《こら》えていると、決まって傍《そば》に来て、そっと頭を撫《な》でてくれる青年がいた。傍仕《そばづか》えの騎士であり、いつしか私の『特別』になっていた人。

やや癖《くせ》のある銀髪に、綺麗な碧《みどり》の瞳。程良く筋肉のついた長身に、詰襟《つめえり》の青い騎士服がよく似合っていた。涼しげな顔立ちは驚くほど整っていて、一見近寄りがたく見えるけれど、実際には穏やかで温かい人。

彼——ユーグは、優しい声で囁《ささや》き、幼子《おさなご》にするように私の髪を撫《な》でた。

『アオイ、ご安心を。……何があろうと、私が貴女をお守りします』

そう、彼はいつだって優しかった。

そして、別れる時までずっと、彼は私の年齢をだいぶ幼いと勘違いしたままだったのである。

※　※　※

チチチ……と朝を告げる野鳥の声が大きく響き、私はベッドの上ではっと目を覚ます。

「ユーグ……！　って、ああ……なんだ、夢か」

気づいた私はがっくりと肩を落とした。夢でもいいからあと少しだけ見ていたかったな、なんて、どうしようもないことを考えてしまう。

心に焼きついて離れない彼――ユーグの夢を、この七年、何度見てきたことだろう。

右手で瞼《まぶた》を擦《こす》りながらのろのろと上半身を起こし、ベッドから降りる。

眺《なが》めればそこは、見慣れたワンルームマンションの室内。薄水色のカーテン越しに春の陽射しが差し込み、床や壁が淡《あわ》いブルーに染まっている。

大学に入り、一人暮らしするようになってから住み始めたこの場所は、巫女時代の豪奢《ごうしゃ》な部屋と違い、こぢんまりとして狭い。だが、だからこそ安心感があった。

「やっぱり、女の子一人にあの部屋は広すぎだったもんね」

苦笑しながら思い浮かべるのは、銀の燭台《しょくだい》や美しい絵画が飾られ、天蓋《てんがい》付きの大きな寝台が置かれた部屋。控えの間には侍女がいて、朝になると恭《うやうや》しく巫女の衣装を着付けてくれたものだ。

巫女として過ごした半年間。あの不思議な世界で無事役目を終え、その間まったく時間が経過していなかった日本へ戻ってきて、もう七年の歳月が経《た》っていた。

あの日十四歳だった私も、今では二十一歳の大学生。部屋の隅《すみ》にある姿見に視線を向ければ、髪に寝癖《ぐせ》をつけたパジャマ姿の自分がこちらを見返していた。

胸下まで長く伸ばした、真っ直ぐな黒髪。当時と比べて、胸元や腰つきが柔らかな曲線を描《えが》くようになった、細身の身体。

でも、そうして成長したのに、夢の中の私はいつまでも幼い少女のままだった。

年を重ねた自分がユーグと並んでいる姿を、想像できないからかもしれない。もしくは、また以前のように彼と無邪気に話したい気持ちがどうしても消えないせいだろうか。

「元気にしてるかな……。ユーグ」

夢を見た後に決まって思い出すのは、彼と初めて出会った日のこと。

――七年前、今より精神的に幼かった私は、見知らぬ異界の地でひどく怯《おび》えていた。

王命を受け、巌《いわお》のように屈強な騎士がすぐに護衛につけられたけれど、年かさの彼らが私には恐ろしく感じられて、最初はまともに会話もできない状態だった。そんな中、新たに私付きの騎士として選ばれたのがユーグだ。

理由は簡単、彼が他の騎士たちよりも幾分すらりとして威圧感を感じさせない外見だったことと、まだ若い身ながら剣の腕が立ち、人柄も穏やかで紳士的だったからだ。少女の警戒心を解きながら警護するには最適な人物と、上層部に判断されたのだろう。

初めて会った時、ユーグは私を視界に入れるなり、碧色《みどりいろ》の目を見開いた。

『貴女が、巫女……？』

こくんと頷《うなず》き返せば、彼はすぐにはっとした様子で私の足元に跪《ひざまず》く。

『まさかここまで稚《いとけな》い方だとは知らず、失礼を。私の名はユーグ・フェネオン。……これからは、私が貴女の剣となり盾《たて》となりましょう』

柔らかい声音《こわね》でそう告げ、彼は見惚《みと》れるような美しい所作で私の手の甲に口付けた。出会った日から、彼は本当に物語に出てくる騎士そのもののような人だったのである。

「きっとああいう人を、騎士の鑑《かがみ》って言うんだろうなぁ……」

顔だけ見れば、優美な貴族の青年のようでもあったけれど、身体は程良く筋肉がついて逞《たくま》しく、背筋の伸びた立ち姿はとにかく凛々《りり》しかった。

神殿住まいだった私は、さほど多くの騎士たちと面識があったわけではないが、それでも彼ほど泰然《たいぜん》とした人は他にいなかったように思う。

私が戸惑う様子を見せた時も、彼は常に穏やかな眼差しで『如何《いかが》されましたか』と傍《そば》へ来てくれた。けれど私を狙う何者かの気配を感じ取れば、即座に笑みを消し、『――一時、目をお瞑《つむ》りください。憂《うれ》いを露《つゆ》と払いましょう』と真剣な表情で剣を抜く。次の瞬間、悪漢はすべて彼の剣によって斬り伏せられていた。

見た目からして、ユーグは当時二十歳くらいだったはず。けれど年齢以上の落ち着きと強さを持つ彼は思いのほか世話好きで、気さくな態度で私の世話を焼いてくれたりもした。

それは、私が子供だと思われていたせいだと、後に判明したのだけど……とにもかくにも、そんな強く優しい彼に、私は次第に懐《なつ》いていったのである。

「しょうがないわよね……。だって、本当に素敵だったんだもの」

思い出しているうちにどきどきしてきて、息を吐く。

加えて言えば、彼の態度は神官や侍女たちと違い、丁寧ながらも壁を感じさせなかった。おかげで彼の前でだけは、私は普通の少女でいられたように思う。

だからこそ『アオイ様』ではなく、ただの『アオイ』と呼んでほしいとお願いしたのだ。二人きりの間だけ、彼がこっそりそう呼んでくれるようになった時は本当に嬉しかった。

巫女としての仕事中に、雑貨屋の前を通りかかった際、そわそわと髪飾りを見つめる私にすぐ気づいてくれたのも、彼だったっけ。

『――アオイ。よろしければ、どうぞこちらを』

帰りの馬車の中。なんだろうと思い見上げれば、ユーグの手にはあの髪飾りがあった。

驚く私に、彼はそれをそっと握らせてくれる。

『思わず目を惹《ひ》かれて買いましたが、私のような武骨《ぶこつ》な男では、この華奢《きゃしゃ》な髪飾りは持て余してしまいます。貴女の黒髪に飾って頂ければ、これも本望《ほんもう》というものでしょう』

私がそれに心奪われているのがわかったのだろう。光の巫女という高い位置にありながら、自由に使えるお金を持っておらず、じっと見ているしかできなかったことも。

ユーグはそんな風に、さりげなく人の心を掬《すく》い取ってくれる青年だった。きっと女性にもすごくモテていたはず。

あれ？　でも、今になって思うと、彼に話しかける女性をあまり見たことがないような……

侍女たちも、彼にうっとり見惚《みと》れはしても、どこか遠巻きにしていて、あまり近づいてはこなかった気がする。彼ほど話しやすい人もいないのに、なんでだろう？

まあ……それはともかく、ユーグは様々な女性を惹《ひ》きつける人だ。ただ、もし彼が誰かと恋愛関係になることを望んだとしても、私は恐らく、速攻で対象外になっていただろう。

なぜなら私は、結局最後まで、彼に実年齢よりずっと幼いと勘違いされたままだったから。

どうやら日本人は彼らにとってかなり幼く見えるらしく、自分はもっと大人なのだと主張しても、ユーグにも他の皆にも『はいはい』といなされ、あまり信じてもらえなかった。

成長が遅かった私は今よりだいぶ背も低かったので、彼らの口振りから察するに、恐らく十歳ほどだと思われていた節《ふし》がある。

中学生なのに小学生と間違われるってかなり微妙というか……叶うなら今でも訂正《ていせい》したいけれど、もう二度と会う機会のない人だ。それでも――ふとした時に願ってしまう。

「一瞬でいいから、またあの世界に行けないかな……」

もちろん異世界なんて、願っただけで行けるような簡単な場所じゃない。

前にトリップした時だって、高位の魔術師の手で召喚されたからこそ行けたのだから。日本に戻る時も、それは大々的な返還の儀が執《と》り行われた。

それに今の私には、ここでの生活がある。大事な家族や日常を擲《なげう》って別の世界へなんて、そうそう行けはしない。また無事に戻って来られる保証もないのだから。

なのに、ほんのひと時でいいから、あの世界に行けないかなと思ってしまう。

――だって、この世界のどこにもユーグはいないから。

「本当に、初恋って厄介《やっかい》だ……」

思わず溜息《ためいき》を吐《つ》く。

十四歳の頃から変わらず、私は無謀な初恋を引きずり続けていた。

簡単に身支度を整え、朝食を食べ終えると、私は大学へ行くことにした。

今日出席する予定の講義は二つ。二時限目からなので、朝は比較的ゆっくりだ。

マンションを出て通い慣れた道を歩いていると、途中、花屋のショーウィンドウに自分の姿が薄《うっす》らと映っていた。白薔薇《しろばら》や桃色のガーベラなど、陳列された春の花々に重なるように、見慣れた顔がこちらを覗《のぞ》き込んでいて、思わず微笑む。

「うん、今日も結構いい感じ」

真っ直ぐな長い黒髪は、後ろを編み込んでハーフアップにしている。

服装は、清楚《せいそ》な雰囲気でまとめた水色のブラウスにスカート。特に髪色はユーグが褒《ほ》めてくれた状態から変えたくなくて、一度も染めずに維持してきたものだ。

メイクも服装に合わせ、透明感を重視している。

友達には、童顔《どうがん》なのにメイクすると途端に大人っぽくなるよね、なんて言われていた。なんでもメイク後の私は、しっとりした綺麗目のお姉さんに見えるらしいのだ。

これまたユーグに釣り合うような落ち着きある大人の女性になりたいと試行錯誤《しこうさくご》するうち、メイクに嵌《は》まってしまった結果だ。

……初恋、拗《こじ》らせすぎだろうと、自分でもちょっと突っ込みたくなってくる。

いや、でも、こうなりたいって目標があるのは悪いことじゃないし……などと呟きつつ、再び歩き出す。その拍子に、春風に吹かれて黒髪が揺れた。

そういえば、ユーグは手先が器用で、時々私の髪を結《ゆ》ってくれたこともあったっけ。

思い浮かべると、すぐに彼の涼しげな声が耳に蘇《よみがえ》ってくる。

『アオイの髪は、まるで絹のようですね。特別な手入れでもされているのですか？』

何もしていないと首を横に振ると、彼は真摯《しんし》な口調でこう言った。

『では、もともと髪質がよろしいのでしょう。どうか大事になさいますよう。ご両親がくださった、大切な美点なのですから』

それまで髪なんて特に意識したこともなかったけれど、以来私は、大事に手入れしようと決めた。

だって、自分でさえ気づかなかった長所をユーグが教えてくれたから。それに私の髪に触れた時、彼が心地よさそうに目を細めるから。

だから、もっと触ってほしくて、小さな体で一生懸命背伸びして彼の手の平に頭を擦《す》り寄せると、途端にユーグにきょとんとされた。

『おや……寒いのですか？　では、僭越《せんえつ》ながら私の上着を』

その日は冬に入りかけた頃で、特に肌寒かったからだろう。すぐに私の肩へ、ふぁさりと青い上着が掛けられる。……違う、そうじゃないのに。

でも、彼の服を着せてもらえたのが嬉しくもあって、私は頬を火照《ほて》らせながら胸元で上着の前を合わせてぎゅっと握った。身体だけでなく、心までぽかぽかとあったかくなった気がしたのだ。

すると、その様子を見た彼は、ふっと微笑んだものだ。

『お気に召して頂けたようで幸いです。どうぞそのまま、一晩お傍《そば》に置いて差し上げてください』

でも、それだとユーグが寒いんじゃ、と尋ねた私に、彼は首を横に振る。

『ご心配なさらず。……それに、貴女が私の半身を温めてくださるのでしょう？　それが伝わりますから、決して寒くなどありませんよ』

彼の上着を温めたからって、ユーグにその熱が行くはずもないのに。けれど、優しい眼差しで見つめられると、そうなのかも……とつい信じ込まされてしまうのだ。

というか、今思えば、彼は幼い少女の心を色々と惑《まど》わせすぎだろう。いや——むしろ、私が幼く見えたからこそ、彼はああいう紳士的な態度を取ってくれていたのかもしれない。

騎士にとって女子供というのは庇護《ひご》対象で、私はその両方の要素を兼ね備えていたから。加えて私は光の巫女という重要人物で、警護対象でもあった。

だからユーグは、あんな風に優しくしてくれたのかな？

私が巫女じゃなかったら、もしかして話すことさえしてくれなかったのかも。

思い返すと気になることも出てくるけれど、その頃の私は自分の気持ちを上手く言葉にできず、結局『……ユーグ、ありがと』と一番伝えたいことを掠《かす》れた声で呟くだけで精いっぱいだった。

でも、そんな口数の少なすぎた私も、七年経《た》って多少は成長したと思う。

異世界からの帰還後、中学、高校を経《へ》て、今は一人暮らしの大学生。新生活やアルバイトで世間に揉《も》まれ、性格もいくらか逞《たくま》しくなったはずだ。だから、もしいつか彼と再会できたら、今度は守られるだけの少女じゃなく、ちゃんとした一人の女性として——

そんなことを考えていると、ふと遠くから誰かに呼ばれた気がした。

『……け……た……』

「え？」

大学の友達かな？　と振り返るが、知人らしき姿はどこにもない。

大学までの見慣れた通学路は、朝の混雑時を過ぎたため、犬を連れた老人が一人のんびり散歩しているくらいだ。その彼も、すぐに曲がり角の向こうへと消えていく。

「なんだろ、今の声。聞き間違いかな……？」

首を捻《ひね》ってまた歩き出そうとした、その時――

『……けた。ひ……の……巫女……見……けた』

不気味にざらついた声がすぐ傍《そば》で聞こえた。今度は耳元で囁《ささや》くような近さだ。

思わずひっと悲鳴を上げ、私は片手で耳を押さえながら、ぱっと後ろを振り返る。

「え……な、何……!?」

しかし今度は、辺りを見回すことはできなかった。後ろを向いたと同時に、足元から立ち上《のぼ》った淡《あわ》く白い光に視界を奪われたからだ。

まるで魔法陣のような円形の紋様《もんよう》が、私を中心とした地面にぐるりと広がっていた。

そこから放たれる白い光は、足首から膝へと私の身体を這《は》い上がるようにして、見る間に全身を包み込んでいく。

何これ？　やだ、眩《まぶ》しい……！

思う間にも、光はますます強くなっていく。

そして次の瞬間、私は白い閃光《せんこう》に全身を包み込まれた。

# 第一章　懐《なつ》かしい世界

突然の光に、目を焼かれたような感覚があった。

もしくは、目覚めてすぐの、強烈な朝日に目が慣れない時の感覚。白くぼやけていた視界が、ぱちぱちと瞬《まばた》きしているうちに段々と見えてくる。

「びっくりした。何？　今の……」

言いかけた私の声は、途中で止まった。

なぜなら目の前の風景が、先ほどとはがらりと変わっていたからだ。

ついさっきまでは花屋やコンビニといった、見慣れた店とアスファルトの街並みがあった。

だが、今眼前に広がっているのは、外国の街角にでも迷い込んだかと錯覚しそうな光景――石畳《いしだたみ》の上に色鮮やかな屋根の建物が並ぶ、異国情緒漂《ただよ》う街並みだ。

青空の下、その石畳《いしだたみ》の道を移動しているのは、中世ヨーロッパ風の服装に身を包んだ人たちだ。野菜を載せた荷車を運ぶ野菜売りらしき中年男性をはじめとして、皆忙《せわ》しなく行き交《か》っている。

初めて見るはずなのに、どこか覚えのある光景。

あれ？　これってまさか……。目を見開いて風景を凝視《ぎょうし》する。

私はここを知っている、ような気がする。そう、いつか遠い昔に――

それに思い返してみれば、光に包み込まれた時の感覚も初めてのものではなかった。

ふいに足元に現れた光に、徐々に全身が包まれていく、不思議な感覚。

「うん、やっぱりそう。あの時と同じだった……」

あの日——十四歳の私が、異世界に召喚された時と。記憶を思い返しながらじっくり辺りを眺《なが》めれば、おぼろげながら風景にも既視感が芽生えてくる。

そう……そうだ。七年前に見たきりだけど、あの世界の人たちは確かにこういう服装をしていた。あの看板に書かれた文字にも、かすかに見覚えがある。あれは確か『お菓子屋』という意味だ。

ここはきっと、以前私が召喚された世界だろう。ただあの時とは、どうやら呼び出された場所が違う。ここは神殿でも私が知る数少ない町でもない——まったく記憶にない町だ。

「一体、どういうこと……？」

過去に召喚された時、気づけば私は神殿の中にいた。

周りには裾《すそ》の長い白い服を着た神官たちがぞろりと控え、私の姿を見た瞬間、彼らは皆跪《ひざまず》き、歓喜の言葉と共に恭《うやうや》しく出迎えた。突然見知らぬ場所に移動し、さらにはそこにいた大人たちに崇《あが》められ、私は驚いて後ずさったものだ。

だが、ここは神殿どころか室内でさえない、どこかの町の道端。

そこそこ賑《にぎ》わっている様子で、少し離れた先には市場らしきものも見える。

周りを見渡しても、いるのはごく普通の町人ばかりで、神官や魔術師風の人物はどこにも見当たらなかった。足元に魔法陣の名残もない。誰かが私を召喚したような形跡が見て取れないのだ。

「今回は召喚されたわけじゃないの？　ううん、でも……」

確かに私を呼ぶ声は聞こえた。あの不気味な声の持ち主。恐らく、あの人が私を召喚したのだろう。目的はまったくわからないけれど――

もしかして……魔物を倒すために、また光の巫女の力が必要になった、とか？

しかし魔物は、私が光の魔法で大半を祓《はら》ったこともあり、あの時点でほぼいなくなっていたはずだ。だからこそ、私はお役御免《ごめん》となり、日本への帰還が許されたのだから。

町の様子も見たところ平和そうで、戦に備えて物々しい準備をしている様子もない。

そもそも、召喚された理由が魔物殲滅《せんめつ》なら、私は神殿に呼ばれるはずだろう。光の巫女を守護するのは神殿の役目で、それ故《ゆえ》に神殿騎士であるユーグが、ずっと私の傍《そば》についていてくれたのだから。

巫女は稀有《けう》な光の魔力を持つので、厳重に守る必要があるのだと、神官たちから幾度も聞かされていた。だからどうしても遠方へ出かけなければならない時以外は、神殿の中から出ることさえ許されなかった。それだけ巫女は貴重な存在らしいのだ。

だが今の私は、一人ぼっちのノーガード状態。誰かが道の向こうから出迎えに来る気配もない。

うーん……考えれば考えるほどわからなくなってくる。自分が一体なんのために召喚されたのか、そもそも本当に召喚されたのかどうかも。

考え込んでいると、誰かの肩がどんと背中にぶつかった。

「おい、あんた危ないよ。何立ち止まってるんだ」

「あっ、すみません！」

重そうな籠《かご》を背負ったおじさんに怪訝《けげん》な視線を向けられ、慌てて謝罪して道の端《はし》へ移動する。しかし、どうやらそこも市場の一端らしく、布を広げて物売りを始めようとする人の姿がちらほら見受けられた。ここに立っていては、またすぐに邪魔になってしまいそうだ。

なぜ再びこの世界に来ることになったのかは謎だけど——とりあえずは現状把握のため、色々と聞いて回った方がいいだろう。

「それに、もしユーグが今も神殿騎士を続けているなら、きっと前より昇進して、彼を知っている人が増えているかもしれないし……」

そこから彼と連絡を取れれば、日本に戻る糸口が掴《つか》めるかもしれない。

よし、ひとまず周辺を歩いてみよう！

私は一人頷《うなず》くと、情報収集のため、目の前の市場を歩き回ることにした。

真っ先に視界に入ってくるのは、がやがやと賑《にぎ》やかな人混み。

物売りの威勢のいい掛け声に惹《ひ》かれて顔を向ければ、目に鮮やかな赤や橙《だいだい》の果物がずらりと並ぶ屋台があり、ついわぁっと声を上げてしまう。

他にも陶器屋、毛皮屋、服屋、蜂蜜酒を扱うお店など、現代日本とは趣《おもむ》きの違う、中世西洋風の品々が並ぶ店構えに、懐《なつ》かしさと新鮮さが同時に胸に湧《わ》いてきた。

「まさか、こんな風に間近で眺《なが》められる時が来るなんて……なんだか不思議な気分」

思わず、ほうっと息を吐く。

かつて馬車や輿《こし》の中から遠目に眺《なが》めた風景。背伸びして車窓や幕の内側から覗《のぞ》き見ようとしたが、危ないですからと止められ、すぐに神官たちに元の場所へ戻されてしまった。唯一自由に見られたのは、ユーグと二人きりだった時ぐらいか。

……だからかもしれない。あの日、光の巫女として警備されていた時には手の届かなかった品々が目の前にあることに、現状を忘れてほんのり嬉しい気分になってしまう。

そもそも、光の魔法で魔物を倒すといっても、私が直接魔物と対峙していたわけではなかった。ならばどうしていたのかと言えば、魔物と相対《あいたい》する騎士や魔術師たちが神殿へ持ち込んだ武器に光の魔力を込めることで、間接的に倒す手伝いをしていたのだ。

魔物は強靭《きょうじん》な皮膚と肉体を持っているため、一般的な武器や魔法で攻撃しても、弱らせるだけで止《とど》めを刺すことまでは難しい。

だが反面、魔物たちは光の魔法にだけは非常に弱かった。なんでも彼らの身体の中にある核が、光の属性に弱いのだという。

それ故《ゆえ》、光の魔法を込めた武器で戦えば、効率よく魔物を倒すことができた。

だから私は神殿で、剣や杖といった武器に毎日せっせと魔力を込めていたのだ。これで、持ち主の人が無事に魔物を倒せますように――そう祈りながら。

ただ、魔力を使うと急激な疲労に襲われるため、一日に使える回数には限度があった。それでも何度も使い続けるうちに身体が慣れ、次第に量をこなせるようになっていったのだ。

私が外出できるのは、そうした間接的な方法では魔物を倒すのが難しい時や、王都から遠く離れた場所にある神木《しんぼく》に光の魔力を注《そそ》ぐなど、私が直接出向かなければならないイレギュラーな場合だけ。そのたまの機会だった旅の途中、ユーグは雑貨屋で髪飾りを買ってくれたのだ。

ちょうど今、目の前にあるこんな感じの――

「あっ……これ、可愛い」

道端に布を敷《し》いて雑貨を売る、露店《ろてん》の前。

無意識にしゃがんで青い石のついた髪飾りを眺《なが》めていると、すぐに店主のおじさんが陽気に声をかけてきた。髪色と同じ茶色い髭《ひげ》を生やした、朗《ほが》らかそうな中年男性だ。

「おや、いらっしゃい。お嬢さん」

おっと、いけない。思い出に浸《ひた》っていないで、まずは情報収集しなくちゃ。

即座に気持ちを切り替え、私はおじさんに微笑んで返す。

「こんにちは。すごく可愛い髪飾りですね」

「いやあ、そうでしょう、そうでしょう。それはうちでも特に人気の品でね」

笑顔で言いながら、彼は私の姿を横目で検分している様子だ。この辺りでは見かけない服装が、きっと物珍しかったのだろう。

それに以前の感覚で考えると、恐らく私の格好は、彼にとって仕立ての良い部類に見えるはずだ。もしかしたら、上客だと思われているかもしれない。それを意識し、私は幾分上品な口調で、さっき思い浮かべたユーグについて尋ねてみることにした。

「本当に素敵。でも、ごめんなさい。今はゆっくり見る時間がないんです。人探しをしていて」

「人探し？　おや、そりゃあどのようなお人でしょう。場合によっちゃ、あっしも少しは役に立てるかもしれませんよ」

店主はすぐに食いついてきた。協力すれば、お礼に沢山買い物してくれるのではと踏んだのだろう。よし、いい感じだと、私はどきどきしながら続ける。

「ありがとうございます。実は……探しているのは、ユーグ・フェネオンという人なんです」

すると店主は、なぜか目をぱちくりとさせた後、がははっと豪快に笑い出した。

あ、あれ？　なんで……

「あの、どうかしましたか？」

戸惑って尋ねれば、なんとか笑いを収めながら店主が答える。

「いやぁ、だってお嬢さん、そりゃあ見つかるはずもありませんや。ユーグ・フェネオンなら今頃、この大空を悠々と飛び回っているでしょうからね」

「空？」

きょとんとする私に、おじさんは楽しげに天を指差した。

「竜騎士ユーグ。白銀竜に乗った国一番の英雄を捕まえるのは、そりゃあ風の精霊様にも至難の業《わざ》でしょうや」

「りゅ、竜騎士？」

えっ、ちょっと待って、私の知っているユーグとなんか違う。

だってユーグは神殿騎士のはずで、間違っても『竜騎士』などという職業ではなかった。もしかして同姓同名の別人だろうか。恐る恐る質問を重ねてみる。

「あの、それって本当に、銀髪に碧色《みどりいろ》の目をしたユーグ・フェネオンのことですか？」

「もちろん、そのユーグでさあ。麗《うるわ》しい姿で、お嬢さん方の心を攫《さら》ってやまない我らが騎士！　まあ、氷のような冷たい態度のせいで、近寄れる奴なんざそうそういやしませんがね」

……どうしよう。やっぱりあのユーグみたいだ。

ただ後半がちょっと、記憶の中の彼とうまく繋《つな》がらなかったけれど。

「ごめんなさい、少しびっくりしてしまって。私の知っている彼は、神殿騎士だったものだから」

「ああ、それで驚いてらっしゃったんですかい。ええ、確かにユーグはかつて神殿騎士でしたよ。王命により、当時まだ若い身ながら、異邦の地からいらした光の巫女様の護衛に抜擢《ばってき》されましてね。それで巫女様のご帰還まで、見事守り通したって話です」

そこでおじさんは、ぐっと身を乗り出してくる。

両拳《こぶし》を握った彼の瞳は、まるで少年のように輝いていた。

「ですがね、ここからがユーグの英雄譚《たん》の本当の始まりでさぁ。ユーグは巫女様の護衛を務め上げ、王立騎士団に引き抜かれると、戦《いくさ》に出て剣を振るった。巫女様のご加護か、それはもう戦神《せんじん》のような戦いぶりだったそうです。山を駆け谷を走り、魔物殲滅《せんめつ》のため彼はどこまでも駆け巡《めぐ》った。そしてとある森の奥で、一頭の竜と出会ったのだそうです」

「竜と……」

「ええ！　本来、人に心を許すはずもない高潔なる竜。だが恐らく、その竜もユーグの強さと心根の良さを認めたんでしょうな。すぐにその場で背中に乗るのを許したってぇ話です。それから彼はそいつの背にまたがり、さらに鬼神《きしん》のごとき勢いで魔物を倒し続けた。いやぁ、血が滾《たぎ》る！　俺だって一度でいいから、竜ってもんに乗ってみたいもんですよ」

「そうですか。そんなことが……」

答える私の声は驚きと動揺で掠《かす》れていた。まさかユーグが、そこまで活躍していたなんて知らなかった。竜などという幻の存在を見つけていたことも。

私がこの世界にいた時も、竜自体は実在していたそうだが、伝説と言われるほど希少で、おいそれと出会えるような生き物ではなかった。

深い森の奥に住み、人間に姿を見せたりはしないのだと。そんな竜を手懐《てなず》けるという偉業を成し遂《と》げれば、確かにユーグの名は知れ渡るだろう。

呆然《ぼうぜん》とする私の視線の先で、おじさんは感心したようにうんうんと頷《うなず》きながら続ける。

「ユーグの戦いぶりは本当に見事でしてね。ほら、先日国境沿いにあるノアマン橋が魔物によって落とされかけたって話は聞きましたかい？」

「いえ……」

「あれもユーグが守り通したって話でしてね。橋が落とされる寸前、遥《はる》か彼方からユーグの乗った竜が疾風《はやて》のように舞い降り、一撃でその場の魔物を蹴散らした。彼らが去った後には、魔物の死骸が山のように転がってたが、橋には爪先ほどの傷もついてなかったって話です。今や彼は、世界の希望の星ですよ」

「そう、なんですね……」

聞けば聞くほど、ユーグの活躍のすごさに圧倒されていく。

彼の頑張りがこうして人々に認められていることが我がことのように嬉しくて——けれど同時に、彼が遠い存在に感じられてしまい、少し複雑な気分にもなってくる。

前は、すぐ手の届く場所にいた人なのに……

と、そこで新たな客の声が後ろから聞こえてきた。

「おやっさん、これを一つくれないかね」

振り返れば、三十代くらいの男性が首飾りを指差している。その後ろにも、こちらを物珍しげに覗《のぞ》き込む若い女性たちの姿が見えた。どうやら、客足が増えてきたようだ。

これ以上仕事の邪魔をしてはいけないと思い、私は会話を切り上げる。

「あっ……話し込んでしまってすみません。貴重な情報をありがとうございました」

「おっ、いやいや、こっちこそ妙に熱を入れて語っちまってすみませんね。そういや、人探しはもういいんですかい？」

やっぱり、ユーグが私の知り合いだとは露《つゆ》ほども信じていないらしい。

私は小さく笑って首を横に振る。

「ええ、その人と会えるかどうか、ちょっとだけ目星がついたから」

「そうですかい。またのおいでをお待ちしてますよ」

なおも気さくに声をかけてくる店主にお辞儀し、私はその場を後にする。

実を言えば、ユーグの居場所がわかり次第、彼のもとへ向かおうと思っていた。私がこの世界で最も頼りにしているのは、やはり彼だったから。でも——会うのは難しいのかもしれない。

国一番の英雄となり、今では竜騎士として文字通り空を飛び回って人々を救っているユーグ。そんな多忙な彼を捕まえるのは、きっと至難の業《わざ》だろう。

それに、今知ったばかりの歳月の重みが私の足を鈍《にぶ》らせていた。

ユーグはこの七年間で、私の手が届かないほどの英雄になっていた。多くの人に囲まれているだろう彼は、もしかしたら遠い昔に会った少女のことなんて、覚えていないかもしれない——そう考えてしまって。思わず溜息《ためいき》が零《こぼ》れる。

「考えてみれば、もう七年も経《た》ってるんだものね……」

私にとっては大切な思い出でも、彼からすれば過去の任務の一つに過ぎない。そのことに、今更ながら気づいたのだ。とはいえ、私がこの世界で頼れる相手として真っ先に思い浮かぶのがユーグであることも、変えられない事実。

神殿という狭い範囲でしか生活してこなかった私に、知り合いと呼べる相手は本当に少ない。その中で特に信頼できる人といえば、やはりどうしても彼になってしまう。

神官や侍女たちも私の世話をしてくれたけれど、彼らは最後まで恭《うやうや》しい態度を崩さなかったから、壁のようなものを感じてしまい、頼るのはどうも憚《はばか》られたのだ。

それに、もはや巫女の役目を終えてただの一般人に戻った私に、彼らが以前のような丁重な対応をしてくれるかどうかも怪しい。

他に、私に魔法を教えてくれた教育係の魔術師もいたけれど、信頼できるその人とは、とある出来事がきっかけで途中から疎遠《そえん》になってしまっていた。

あとは国王陛下だけど——国の最重要人物に会うのは、さらに難しいだろう。

そうでなくとも、彼は最後まで私を帰還させることを渋っていた人物だ。日本へ帰るために協力してもらえるかどうかはかなり怪しかった。

……ううん。こうして悩んでいても仕方ない。まずはできることから始めなくちゃ。

竜騎士の所属についてはよくわからないが、ユーグと連絡を取るには、やはり騎士団の本部がある王都へ行くべきだろう。

一度王都へ行って、ユーグに会わせてもらえないか駄目元で尋ねてみよう。

そう決めた私は、誰かに道を聞くべく、顔を上げて辺りを見渡したのだった。

だが——

「えっ……王都って、そんなに遠いんですか？」

目を丸くする私に頷《うなず》いたのは、水汲《く》み途中らしき甕《かめ》を抱えた中年の婦人だった。

彼女は眉根を寄せ、神妙に頷《うなず》く。

「そりゃあそうさ。このファルゴの町からだと、山や丘を越えて四日はかかるよ。護衛を雇って十分な備えをして行かにゃあ、魔物や夜盗に襲われて終わりさ」

「そうなんですか……」

「まあ、王都なんて行かなくても、この町だって栄えてるんだ。ここで用足しをする方が無難だよ。ここらの店を回れば大体の品は揃うし、宮廷の副魔術師長様が管轄《かんかつ》されてる町だから、魔術師も他の土地より多めに常駐してる。特にあんたみたいな若い娘は、下手に旅に出て何かあってからじゃ遅いんだからね」

親切にもそう忠告を添えて、女性は去っていった。

他の通行人にも聞いてみたが、皆、口を揃《そろ》えて同様に言う。

ここから王都までは遠い。道中魔物も出るし、悪いことは言わないからやめておけと。

「まさか、そこまで遠かったなんて……」

思わずがっくりとして、近くの壁に手をついてしまう。

悪くても、半日か一日歩けば着けるのではと甘く考えていた。

ここ、ファルゴの町は結構賑《にぎ》やかな様子だし、交通の便も良さそうだったから、街道沿いに歩くか馬車に同乗させてもらえば、そう時間もかからず着けるのではと。

巫女時代、神官たちに連れられるまま馬車や輿《こし》に乗るだけだった私は、地図を見る機会などほぼなく、当然ながらこの世界の地理など頭に入っていなかった。それが今ほど悔やまれたことはない。まあ、もし見ていたところで、今日までずっと覚えていられたかどうかは怪しいけれど……

——それに気になったのは、魔物が出るという話。

さっきの雑貨屋のおじさんの話でも、一瞬あれ？　とは思ったのだけれど、ついユーグの話に気を取られてしまったのだ。しかし、色々な人たちから話を聞くうちに違和感が強くなってくる。

だって私の記憶が確かなら、魔物はもうほとんどいなくなっていたはずなのだ。

「変だわ……。魔物は祓《はら》ったし、巣もちゃんと封じてあるはずなのに」

目を伏せ、ぽつりと呟く。

魔物とは、三つ目の熊や角《つの》が生えた狼《おおかみ》など、動物と似て非なる、異形《いぎょう》の生き物たちのこと。

闇から生じるとされる彼らは、人間を襲う習性を持っており、深い森のさらに奥にある、ほの暗い洞《うろ》の中から湧《わ》き出てくるのだという。

神殿の人間は、それを『魔物の巣』と呼ぶ。七年前、その巣の在《あ》り処《か》を国の北にある森の奥で見つけ、私の光の魔法で封印することに成功した。

これ以上魔物が増える可能性がなくなり、今地上にいる魔物の根絶も間近という状況。さらに私が光の魔力を込めた武器も、その頃にはかなりの数が集まり、それがあれば残りの魔物も簡単に倒せるとの見通しも立っていた。

まあ、それでも巫女にはまだ利用価値があるので、国王やその側近たちは私を帰還させることをだいぶ渋っていた。だがそれも、ユーグたち神殿騎士が進言してくれたおかげで、私はなんとか日本へ戻ることができたのだ。

でも状況を聞く限り、魔物はまだこの世界から消えていないらしい。

「……それって、どういうこと？」

知らず眉根を寄せてしまう。一体何があったのか気になるけれど、ともかく、王都までの道のりがそんなに危険なら、今すぐに向かうのは難しそうだ。——というか、長旅の準備を整える必要があるのでは、当分の間は無理だろう。今の私は護衛を雇うどころか、今日の夕飯を買うお金すら持っていないのだから。

持っていた鞄《かばん》も、どうやら召喚された際に日本へ置いてきてしまったらしく、私の手には今、何もなかった。この無一文の状態で、まずは今晩をどうにか乗り切らないとまずい。ぼんやりしているうちに夜が更《ふ》け、野宿なんてことになっては目も当てられない。

「と、とにかく……今夜一晩泊めてくれそうなところを探しましょう！」

空を見上げれば、太陽は徐々に傾《かたむ》きつつある。

早めに行動した方が良さそうだと判断し、私は再び町中を移動し始めたのだった。


歩いてきた方向へ戻ると、道端で雑貨を売っていた露店《ろてん》は姿を消し、代わりに食物を扱う移動屋台が至るところに出始めていた。

夕飯時になったので、時間帯に相応《ふさわ》しい店へと入れ替わったのだろう。すぐ傍《そば》では、逞《たくま》しい体格の中年店主が威勢のいい声で炙《あぶ》った串刺し肉を売っている。その隣では、焼きたてのパンや、ミネストローネに似た具沢山の赤いスープを売る屋台もある。

漂《ただよ》ってくる香ばしい匂いに、お金もないのに思わずふらふらとそちらへ行きそうになる。

「うう、お腹すいたぁ……でも駄目、今は我慢、我慢！」

できるだけ見ないようにしようと、ぶんぶんと首を横に振って通り過ぎる。

そんな風に誘惑を振り払いながら、一晩泊まらせてもらえないか、もし可能なら住み込みで働かせてくれないか、と何軒かの店に頼んでみたが、結果は捗々《はかばか》しくなかった。

最初は良さそうな反応をもらえても、私が身元を証明できるものを持っていないとわかると、店主たちは皆、途端に顔を顰《しか》めて首を横に振るのだ。

どこも人手はそこそこ足りているようで、信用できる人間なら試しに雇ってみてもいいが、わざわざ身元不明の怪しい女は雇えないと考えているらしい。

——しかし、困った。

ついに道端を歩くお爺《じい》さんにも働き口がないか尋ねてみれば、全身をじろじろと眺《なが》められた上、「あんた、裏町に行ったらどうだい？」と言われた。

裏町？　と首を傾《かし》げると、「あそこなら若い娘が稼げる店がいっぱい並んでるよ。何、ちっとの間寝台に寝そべってじっとしてりゃいい。あんたならきっと売れっ子になれるだろうさ」と言われる。それでどういう系統のお店かわかり、私は「け、結構です！」と、慌てて彼の前を去った。

ユーグへの初恋を拗《こじ》らせた挙《あ》げ句《く》、今まで誰とも付き合ったことのない私には色々と難易度が高すぎる仕事だったし、彼以外とはどうしても、そういうことをできる気がしなかったのだ。

そのまま行く当てもなく、とぼとぼと歩く細い路地。

「どうしよう、どんどん日が暮れてきた……」

夕暮れに染まりゆく空を見上げ、途方に暮れる。今は午後六時頃だろうか。

駆け込み寺というか、救護院みたいな施設でもあれば良いのだけど、町人たちに聞いてみた限り、そういう場所はこの町にはないようだった。だから、宿や誰かのお宅にお世話になれなそうなら、もう野宿するほかない。

「最悪の場合、布でも被《かぶ》って、建物の隙間で夜を越すしかないのかな」

できればしたくないけれど、安全に夜を乗り切るには、それしかないだろう。

はぁ、と嘆息《たんそく》していると、道の向こうから子供たちが騒ぐ声が聞こえてきた。

なんだろうと曲がり角の先へ行くと、路地裏で三人の少年が一人の少年を取り囲んでいる様子が目に入る。十二、三歳ほどの少年たちに囲まれているのは、彼らと同年代に見える淡《あわ》い金髪の少年で、どうも不穏な雰囲気だ。

「やーい、役立たず魔術師！」

「そうだ。母親みたいに、さっさとこの町から出ていけ、リュカ！」

三人の少年たちに囃《はや》し立てられ、金髪の少年が押し殺した声で反論する。

「……煩《うるさ》い、黙れ」

「はっ！　黙るもんかよ。本当のことなんだから」

リーダー格らしい、のっぽの少年が意地悪く揶揄《やゆ》すれば、隣の二人も小馬鹿にしたように笑う。

「そうだ！　魔物を倒せない魔術師なんて、この町にいる必要はないって父ちゃんが言ってた。お前らみたいな半端者《はんぱもの》がいると、数が足りてると思われて他の魔術師が住めないからって」

「馬鹿はお前たちの方だ。他の魔術師が代わりに住もうが意味はない。……光の魔力が込められた武器は、どこも数が足りないんだ。いずれそいつだって魔物を倒せなくなるんだから」

リュカと呼ばれた金髪少年は、少年たちをきっと睨《にら》みながら悔しそうに口にする。

しかし、彼の言葉を信じた様子もなく、少年たちはさらに嘲《あざけ》った。

「はん、何言ってんだ。もし光の武器が足りないなら、今この町が安全なわけないだろ？　武器のおかげで、こうして結界で守られてるってのに」

「さっきから負け惜しみ言ってんなよな、リュカ」

「魔物にやられた傷持ちのくせに！」

「負け惜しみなんかじゃない。……それ以上続けるなら、お前たちの口を封じてやる」

そう言って、彼らをぎっと睨《にら》んだリュカくんが、小さく何かを呟き出す。

あっ、これ、魔法の詠唱だ。

リュカくんがどんな魔法を使うつもりかはわからないが、子供でも魔術師と言われているぐらいだから、ある程度は強いものを扱えるのだろう。

きっとそれは、目の前の少年たちを文字通り黙らせるような魔法のはずで――

彼の悔しい気持ちもわかるが、大怪我する事態に発展してはまずい。

私はとっさに声を上げて彼らに歩み寄った。

「ちょっと！　貴方たち、そこで何してるの？」

「げっ、誰か来た！」

少年たちがぎょっとした様子で飛び上がり、こちらを向く。

彼らの向こうにいたリュカくんも弾《はじ》かれたように顔を上げ、眉根を寄せて詠唱をやめた。

その様子にほっとしつつ、私はさらに近づいていく。

「ねえ、こんな所で集まって何をしていたの？」

「な、なんでもねえよ。ただ、こいつが……リュカが生意気だから、色々教えてやってただけだ」

「そんな風に、三人で一人を取り囲んで？　もしリュカくんが本当に生意気なんだとしても、それって少し卑怯じゃないかしら」

少年たちを見渡して穏やかな口調で告げた私に、彼らは反射的に言い返してくる。

「ひ、卑怯じゃねえよ！　だってこいつ……仕方ないだろ、役立たずなんだから」

「どうして貴方は、彼が役立たずだと思うの？」

「そんなの、決まってるだろ。魔物を倒せないんだぜ」

得意げに胸を反らした彼の言葉を受けて、私は静かに続ける。

「魔物を倒せないから役立たず、か……。なら、私も役立たずね。残念だけど、この手で直接魔物を倒すことなんてできないもの。でも、そう言うからにはきっと、貴方たちはできるのでしょうね。それってすごいわ」

そう真っ直ぐに見つめて微笑めば、少年たちは、うっと言葉に詰まって顔を背《そむ》けた。そのまま目を逸《そ》らさない私にばつが悪くなったのか、やがてリーダー格の少年がその場を離れようとする。

「なんなんだよ、この変な女。ちぇっ……もういいや。白《しら》けたから、早く行こうぜ」

「う、うん」

「いい気になんなよな、リュカ」

最後にリュカくんをひと睨《にら》みするや、三人の少年たちはその場を歩み去った。絡まないとどうにも気が済まないらしい。

肩を竦《すく》めて彼らの後ろ姿を見送ると、私は一人残されたリュカくんを振り返る。

「さて。貴方、リュカくんって言うのよね。突然割り込んじゃってごめんなさい。そういえば、まだ名乗っていなかったわね。私は……」

「……ない」

「え？」

よく聞き取れず問い返せば、彼は俯《うつむ》いていた顔を上げ、ぐっと睨《にら》みつけてきた。

「僕は、あんたに助けてほしいなんて頼んでない。あんな奴ら、魔法で倒せたのに」

だいぶ悔しげな口調からして、気の強い少年のようだ。

それに間近で見ると、とても顔立ちが整っている。さらさらとした金髪は肩近くまであり、長い睫毛《まつげ》に覆《おお》われた紅茶色の瞳は凛《りん》とした光を湛《たた》えていた。今は優美な雰囲気の美少年だが、このまま育てば将来かなりの美青年になりそうだ。

彼は他の少年たちとは違い、金糸で綺麗な模様が刺繍された白い服を着ている。

――あ、これ、魔術師用の服だわ。

昔会った別の魔術師たちも、こんな複雑な刺繍入りの服を着ていたことを思い出す。

けれど彼の容姿や服装以上に目につくのは、額《ひたい》にある大きな傷。前髪で少し隠れているが、まるで動物の爪で引っかかれたかのような傷を中心に、黒ずんだ痕《あと》が広がっていた。

「貴方、その傷……」

私は驚いて呟く。黒い傷——それは、魔物によってつけられた傷だという証《あかし》だったからだ。

魔物は闇の気を強く持っているため、引っかかれたり噛まれたりすると、そんな風に黒い痕《あと》が残る。中には強い毒を持つ魔物もおり、傷が塞《ふさ》がった後でも体内に毒が広がり続ける場合さえあった。

心配から思わず眉根を寄せた私に、俯《うつむ》いた彼は右手の甲で額を隠す。

「……別に、大した傷じゃない」

「でも、そんなに黒ずんでいるのに……」

もし毒でも残っていたらと懸念《けねん》したのだが、彼はなんでもないと言うように首を横に振る。

「これ、だいぶ前にできた傷なんだ。それに、ただ黒くなっただけで、毒は少しもなかったから」

「本当に？」

それでも心配が消えない私に、彼は目を伏せて頷《うなず》いた。

「前——森で母さんが魔物に囲まれて、助けに入ったところを爪でやられたんだ。なんとか逃げ延びたけど、杖をくわえていかれて……以来、母さんは思うように魔物を倒せなくなった。それであいつら、あんな風に馬鹿にして。……でも、母さんは役立たずなんかじゃない」

リュカくんがぎゅっと拳《こぶし》を握り締め、悔しげに言う。

「そっか。そういうことだったのね……」

魔物は光の魔法以外には強い抵抗力を持っているので、武器を失っては上手く倒せないのも仕方がない。腕利きの魔術師にもなかなか倒せなかったせいで、国王は私という異世界人を召喚するよう命じたのだから。

同時に、光の魔力を込めた武器は沢山あったはずなのに、もはや前線で戦う人々への補充がきかないほどの状況になっているのかと不審に感じる。

あれだけ数があったのだから、神殿に申請すれば、新たなものを補充してもらえるのではと思ったのだけど……彼の話を聞く限り、それは難しそうだ。

「もしかして、それで私はもう一度召喚されたの……？」

となると、私を召喚したのは、やっぱり国王や神殿の人たちなんだろうか。

でも、迎えに来る気配は今もないし……

それに、もし彼らが召喚主なら、そもそもこんな王都から遠い町に召喚したりはしないだろう。前と同様、神殿内にある召喚の間に呼び寄せれば良いだけなのだから。

何より今の私は、光の魔法を使えるかどうかさえわからないのだ。以前は魔物を倒すだけでなく、彼らによる傷だって癒《いや》すこともできたけれど、日本では魔法なんて当然使えなかったし——。そこまで考えて、ふと思う。

そうだ……私の光の魔法を、リュカくんに試してみたらどうだろう。

光の魔法は、基本的に魔物を倒すだけで、治癒魔法のように傷を癒《いや》す類《たぐい》のものではない。ただ、普通の怪我はともかく、魔物に負わされた傷だけは例外的に治すことができた。

それだけ光の魔力が、闇の魔力に対して効果があるということなのだろう。

おまけにもし上手くいけば、リュカくんの傷痕《あと》を消すだけでなく、自分の能力の現状を把握できる。元々私に使えること自体が不思議な力だから、七年の歳月を重ねた今、すでに消失していたとしてもおかしくない。でも私に、巫女としての能力がまだほんの僅《わず》かでも残っているなら……

——迷っていても仕方ないわ。とにかく、一度やってみよう。

心に決めた私は、リュカくんに向き直って話しかけた。

「ねえ、リュカくん。ちょっとの間だけじっとしていてもらえる？」

「じっとって、なんでそんなことしなきゃいけないのさ」

怪訝《けげん》そうに見返す彼に、できるだけ簡潔に説明する。

「ええとね。貴方の傷痕《あと》、治せるかどうかはわからないけど、もしかしたらなんとかできるかも。ちょっとだけ試してみたい方法があるの」

「傷が、なんとかできるかもしれない……？」

目を見開く彼に、私は期待を持たせすぎないよう神妙な態度で続ける。

「そう。私、特殊な手当てができるの。ただ、今もちゃんとやれるかはわからないんだけど」

「なら……わかった」

私の言葉を信じてくれたのか、それとも少しでも可能性があるなら試してもいいと思ったのか。

リュカくんはやがて、そっと目を閉じてくれた。

良かった。ほっとしながら、私は右の手の平に意識を集中させる。

そして急いで頭を働かせ、過去の記憶を紐解《ひもと》き始めた。

——思い出せ、私。どうやって光の魔法を使っていたかを。

記憶の中、蘇《よみがえ》ってきたのは、私に魔法の使い方を教えてくれた、宮廷魔術師サミュエルの声。

長い栗色の髪を後ろでゆったりと三つ編みに結び、片眼鏡《かためがね》をかけた知的な美貌を持つ彼は、いつも丁寧な物腰で私に接してくれた。

『アオイ様。光の魔法とは魔の穢《けが》れを祓《はら》う清めの魔法であり、救いの魔法。誰かを助けたいと強く念じると、その手の平に白い浄化の光が現れるのです』

『浄化の、光……？』

『そうです。それは使用者が心から念じねば生じない、扱いの難しい魔法でもあります』

『でも、出ないよ……？　サミュエル。てのひら、何も変わらない』

戸惑いながら自身の小さな手を見つめた私に、サミュエルは静かに口にする。

『では、身近な誰かを思い浮かべて念じられるとよろしいでしょう。貴女の大切な誰かの命が、今まさに消えようとしている、その状況を』

その言葉で脳裏を過《よ》ぎったのは、大事な家族が大怪我をする場面。

次に浮かんだのは、ユーグが魔物に襲われて息絶える場面。騎士である彼が私を庇《かば》って大怪我をするのは、今は遠くにいる家族以上に、早晩起きてもおかしくない状況だった。

想像し、ぞっと肌が粟立《あわだ》つ。

ユーグが、死んじゃう……？　やだ、そんなの絶対にいやだ……!!

そう心の中で叫んだ瞬間、手の平からぼうっという音がして、ほのかな白い光が生じていた。ゆらゆらと揺れながら私の顔を照らす、まるで炎のような光。

私は目を見開き、淡《あわ》い輝きを呆然《ぼうぜん》と眺《なが》める。

『で、できた……』

『ええ、アオイ様。それが光の魔法です。その白い光こそが魔物を倒し、貴女自身をも守る力となる。それをゆめゆめ、お忘れなきよう』

サミュエルはそう囁《ささや》き、諭《さと》すように私の手をそっと握った。

——そんな過去の記憶から、私は目の前の少年へと意識を戻す。

母親を守ろうとして怪我を負ったリュカくん。私の力なんてちっぽけだけど、叶うなら彼の傷を癒《いや》したい。だからお願い。出てきて、あの時と同じ白い光——

そう強く念じた瞬間、手の平からかすかな光が生じた。初めはごく小さく。けれど徐々に大きくなったそれは、やがて少年の額をぼんやりと淡《あわ》く照らすほどの大きさになった。

「え……？」

瞼《まぶた》越しに光を感じたのだろう、リュカくんが驚いた様子で目を開ける。それを視界に入れながら、私はさらに魔法へ意識を集中する。

彼の傷を癒《いや》したい。だからお願い、少しでもいいから傷を消して……！

その必死な思いが通じたのか。白い光が触れた部分から、リュカくんの額の傷が徐々に薄くなっていく。濃い黒色が薄灰色となり、やがて元の肌色へと。そうして光の輝きが弱まり、完全に私の手の平から消える頃には、彼の傷はすっかり見えなくなっていた。

——やった、成功だ。

「良かったぁ……！」

思わずほっと息が漏《も》れる。

できるかどうか不安だったけれど、今も少しは光の魔法を使えるようだ。

「あのさ、あんた今の……」

戸惑った様子でリュカくんが私を見返してくる。直《じか》に目で確認することはできなくても、自分の肌に何か変化があったことは感じたのだろう。私は微笑んで答える。

「ありがとう、じっとしていてくれて。あっ、今のはね……」

そう続けようとしたが、途中でがくんと力が抜けた。さらには肩にどしっと疲労が伸《の》し掛かってきて、じわじわと額に汗まで滲《にじ》んでくる。あ、そういえば、と思った。

光の魔法を使った後は反動のため、時間差で疲労が来ることを思い出したのだ。それが今回も襲ってきたらしい。こうして一気に体力を消耗するところも以前と同じようだ。

「ご、ごめん。ちょっとだけ休ませて」

壁に手をついて力なく言う私を見て、リュカくんが真剣な表情をする。

「――僕、誰か人を呼んでくる」

「あ、大丈夫。少し休めば回復するものだから」

それに誰かに来てもらっても、現状の説明ができずに困ってしまう。光の魔法は本来、光の巫女にしか使えないものだから、下手に正体を明かせないし。

「でも……」

なおも心配そうな眼差しを向けてくる彼に、私は小さく首を横に振る。

「私のことは気にしないで。それより、君もそろそろ家に帰らなきゃ。もう暗くなってきたし」

「別に僕は、急いで帰らなくても……」

「ううん、帰った方がいいよ。おうちの人がきっと心配してると思うし。私も、休んだらちゃんと移動するから。だから……ありがとう、リュカくん」

微笑む私に、これ以上言っても無駄だと悟ったのか。やがて彼は小さく息を吐くと、逡巡《しゅんじゅん》する様子を見せつつも道の向こうへ歩いていった。最後まで、私の方を何度も振り返りながら。

リュカくんの姿が完全に消えたのを確認すると、私はほっとして、壁に背を預けたままずるずると下がっていく。彼に心配をかけまいと、なんとか腰を下ろすのだけは堪《こら》えていたのだ。

地面に座ったまま、ぐったりとしながら呟く。

「はぁ……それにしても、びっくりした。魔法ってこんなに疲れるものだったっけ」

当時も疲労は感じていたが、ここまでだった記憶はなかった。それとも、あの頃とはもう体力が違うせいだろうか。もしそうなら結構ショックだ。

「でも、ちゃんと使えた……光の魔法」

再び起こせた奇跡に、胸が高鳴る。ファンタジーな力を今も使えると思うと、やっぱり嬉しいものだ。だから疲れてはいるが、もう一度確認しようと手の平に念を込めてみる。

さあ、出てきて。白い光……！

だけど――

「あ、あれ？　何も出てこない……」

願いが足りなかったのかな？　そう思って必死にユーグのことなどを思ってみたが、やはりあの白い光は二度と出てこなかった。な、なんで……？

焦る思いで、疲労を堪《こら》えながらも何度か試していると、道の向こうから誰かが歩いてくる姿が見えた。徐々に近づいてくる小柄な影に、リュカくんが戻ってきたのかと思って慌てて動きを止めたが、違った。それは腰の曲がった小柄なお婆《ばあ》さんだった。

長い白髪《しらが》を後ろで束ね、上品な色の布で包んでアップにしている。上は濃い紫色のブラウス。下は丈長《たけなが》のスカートに白いエプロンを重ねていて、質素ながら品の良い佇《たたず》まいだ。

だが淑《しと》やかな装《よそお》いにそぐわず、その眼光は鋭い。

しわくちゃの顔に鷲鼻《わしばな》が特徴的な風貌の彼女は、私をじろりと見遣《みや》り問いかける。

「あんたなのかい？　リュカ坊の傷を治してくれた娘ってのは」

「は、はい……」

そして私の様子をさらにじろじろと観察するや、彼女は顎《あご》をしゃくって道の向こうを指した。

「よし。疲れちゃいるが、歩けないほどじゃなさそうだね。ほら、さっさと立ちな。行くよ」

「えっ？　あの、行くってどこに？」

いきなり現れたかと思えば、当たり前のように私をどこかへ案内しようとする様子に戸惑う。

すると彼女は、ふんと鼻を鳴らして答えた。

「そりゃあ、あたしの家さ。あんた、リュカ坊の傷を治してくれたんだろう？　あたしはあの子の母親から、あの子のことを頼まれてるんでね。ささやかだがその礼をしたいのさ」

「お礼……」

それで、わざわざここまで来てくれたのか。

恐らくリュカくんが、大人の手を借りた方がいいと判断し、彼女を呼びに行ってくれたのだろう。

ことの経緯に思いを馳《は》せていた私に、彼女は焦《じ》れた様子でさらに言う。

「ほら、行くのかい、行かないのかい？」

「あっ……行く！　行きます。喜んでお邪魔します！」

思わぬ誘いに驚きつつも、安全に休める場所が欲しかった私は勢いよく頷《うなず》いたのだった。


お婆《ばあ》さんに連れられるまま、細い路地を歩いて五分ほど。

彼女が向かったのは、路地を抜けた先にある閑静《かんせい》な石畳《いしだたみ》の通りだった。

立ち並ぶ建物の玄関脇に看板があるところを見ると、どうやら小さなお店がいくつも固まっている通りのようで、夕暮れを過ぎた今はどこもすでに閉まっている。けれど、どの店も窓辺に溢《あふ》れるほどの花が飾られているのが印象的だった。

その中の一軒である、白い石造りのこぢんまりした店の前まで来ると、お婆《ばあ》さんは足を止めた。

石壁には蔦《つた》が青々と這《は》い、窓辺にはこれまで見たどの店よりも沢山の花が飾られていて美しい。花の美しさ以外に、どこか謎めいた感じもあって、独特の雰囲気を持った店だ。

「ここがあたしの店さ。さ、入んな」

「あ、はい……お邪魔します」

玄関扉を開けたお婆《ばあ》さんに続いて、私はドキドキしながら中へ足を踏み入れる。

店内へ入ると、そこには狭いながらも趣味良く整えられた部屋があった。

すぐ目に飛び込んでくるのは、年季の入った飴色《あめいろ》の木製のカウンター。その後ろには、同じく飴《あめ》色《いろ》の木棚が作りつけられ、小瓶や乾燥させた植物、花などがずらりと並べられている。

脇の壁にも茎《くき》の長い植物が逆さまの状態で干されていた。見渡す中、鼻に届くのは、清々《すがすが》しい花の香りや、青臭い苦みを感じる草の匂い。

もしかしてここ、薬草屋さんなのかな？

興味深く辺りを眺《なが》める私の前で、お婆《ばあ》さんが棚から燭台《しょくだい》を取り出して火を灯《とも》す。途端、辺りが橙《だいだい》色の灯《あか》りでぼんやり照らされ、さらに観察しやすくなった。

色味は違えど、日本でよく見かけた草花にそっくりな植物もあり、思わず呟く。

「あ……なんだかラベンダーみたい」

壁際に干された桃色のそれをしげしげと見上げていると、お婆《ばあ》さんが振り返った。

「ラベンダー？　なんだいそりゃ」

「あの、私の住んでいたところにあったハーブ……ええと、薬草みたいなもので」

「ああ、そりゃあたしは薬草師だからね。そのラベンダーってのは知らないが、薬草や木の根っこだけはやたらと置いてあるのさ。さ、お喋りはいいからそこに座んな」

「は、はい」

どこまでもぶっきらぼうな態度のお婆《ばあ》さんだ。

私はとりあえず、示された椅子に大人しく座ることにした。

「今茶を淹《い》れてくるから、ちょっとだけ待っといで」

そう言うや、彼女は曲がった腰を叩きながら、カウンター脇にある扉の奥へと消えていく。どうやら本当にお茶を淹《い》れてくれるつもりらしい。

「根は悪い人じゃないのかも……？」

それに先ほどの言い方からすると、彼女はリュカくんの実のお祖母《ばあ》さんではないのだろう。なのにこうして私を気にかけてくれるということは、根が悪くないどころか、だいぶ義理堅い人なのかもしれない。

そんなことを考えていると、やがてお婆《ばあ》さんがお盆を手に戻ってきた。その上には陶器の茶器と茶杯が乗せられ、そこから良い香りがふわっと漂《ただよ》ってくる。

穏やかで心落ち着く、カモミールに似た香りだ。

「はいよ、待たせたね。あたし特製の香草茶だ。疲れによく効くよ」

「あ、ありがとうございます。あの……」

私が名前を尋ねようとしたのを察したらしく、彼女は自《みずか》ら名乗ってくれる。

「ああ、そういやまだ言ってなかったね。あたしの名前は、バルバラさ」

「バルバラさんと仰《おっしゃ》るんですね。私は葵……真村葵といいます」

「アオイだね。……茶を飲みながらで悪いが、まずはあんたに尋ねたいことがあってね。あんた、治療師か何かをしてるのかい？」

「治療師？」

予想外の質問に面食らう私に、彼女は隣の椅子にゆっくりと腰かけながら真面目な顔で頷《うなず》く。

「そうさ。あたしがどんな薬を塗ってやっても、あの子……リュカの額の傷は治りゃあしなかった。それを治せたってことは、あんた、腕のいい治療師なんだろう？」

どこか確信を持った言い方に、私は慌てて両手を振る。

「い、いえ、そういうわけじゃ！　その……本当にたまたまなんです、治せたのは」

「たまたま？　はん、そんなはずあるかい」

こちらをじろりと睨《にら》んで鼻を鳴らした彼女に、私は緊張しつつもはっきりと答える。

「本当なんです。多分同じことをもう一度しろと言われても、きっと難しいと思いますから」

実際、今、光の魔法を使えと言われてもできるかどうかは怪しかった。

あの一回でさえだいぶ体力を消耗したし、あの後はまったく成功しなかったのだから。もしかしたらあれは最後の一回で、今後はもう使えないのかもしれない。

真剣な眼差しの私をじっと見つめ返していたバルバラさんは、やがて肩を竦《すく》めた。

「……ふん、まあいいさ。あんたがもう治療できないってんなら、それでいい。ああいうのは、騒動の種になるからね」

「え……？」

「当たり前だろう。光の巫女様以外に魔物につけられた闇の傷を治せるなんて人間が現れたら、周りは放っておいちゃくれない。あんたは身体が壊れるまで酷使《こくし》されるだろうよ」

「バルバラさん……」

その言葉に驚いた。どうやら興味本位で聞いたわけではなく、私を慮《おもんぱか》ってくれていたらしい。

彼女の言う通りかもしれないなと、神妙な気持ちになる。

さっきはリュカくんの傷を治したかったのと、自分がまた魔法が使えるか試したいという思いでとっさに使ったが、本当なら一般人が扱えてはおかしい魔法なのだ。もし悪意を持った人に使っていたら、金になると目をつけられ、そのまま連れ去られていたかもしれない。

あとでリュカくんに会ったら、私が治療したことは秘密にしてほしいとお願いしよう。

そんな私の様子に何を思ったのか、バルバラさんは静かに続けた。

「それにあたしは、あんたに礼をしたいだけで、根掘り葉掘り聞きたいわけじゃないからね。リュカ坊の傷が治ったならそれで十分さ。さ、もっと茶をお上がんな」

どうやら彼女は竹を割ったような性格らしく、そこですんなり追及を終えてくれた。

うん……なんだかやっぱり、根が真っ直ぐないい人みたいだ。

良い香りのするお茶を頂きながら、私は少しずつ彼女に好感を抱き始めていた。

そうとは知らないバルバラさんは、自分の器に茶を注《つ》ぎ足しながら、また尋ねてくる。

「ところで、今晩の話だが。あんた、何か食べたいものはあるかい？」

「食べたいもの、ですか？」

茶杯を両手で持ったままきょとんとした私に、彼女は頷《うなず》く。

「そうさ。礼をするって言ったろう。夕飯を馳走するんだから、食べたいものがあるならなんでも遠慮なく言いな」

「え？　あの、お礼って、このお茶のことなんじゃ……」

「そんなもの、礼にもなりゃしないさ。さあ、わかったらちゃっちゃとお言い」

「あっ、は、はい！」

まさか、夕飯までご馳走してくれるつもりだったとは。

バルバラさん、思った以上に義理堅い人だ。そしてなんだか、伝え方がちょっと不器用な人なのかも。あの言い方で、まさかそこまでしてもらえるとは誰も思わないだろう。

ともかく、夕飯をご相伴《しょうばん》に預かれるのはありがたい。

初対面の人にそこまでしてもらうなんて、普段なら気が引けるけれど、今はお言葉に甘えさせてもらおう。次はいつまともな食事にありつけるかわからないし、今晩の宿だって決まっていないのだから――

そうだ、このチャンスを活《い》かさない手はないのでは？　とそこではっとする。

夕方を過ぎたので、宿や職探しは今日はもう無理そうだ。となると、ここが一晩の宿を得る最後のチャンスなのだ。私は思わず身を乗り出す。

「あ、あの……！　バルバラさん」

「なんだい、急に改まって」

「夕食をご馳走してくださるとのこと、本当にありがとうございます。でも、もし何かお礼をしてくださるというなら、できれば夕食ではなく一晩こちらに泊めて頂けないでしょうか？」

「一晩泊める？」

怪訝《けげん》そうな彼女に、私は緊張しながら詳しい説明を続ける。

異世界から召喚されたという部分だけ隠して、あとは本当のことを。

「は、はい。実は私……旅の途中で鞄《かばん》をなくしてしまい、一文無しになったんです。さっきリュカくんと出会ったのも、宿と職探しをしている途中のことで。それでもしご迷惑でなければ、数日……ううん。もしできれば、仕事が決まるまでの一週間ほど泊めて頂けたらと」

「あんたを、この狭い店にねえ……」

突然の申し出にかすかに眉根を寄せ、バルバラさんは店を見渡している。

「はい。お店の……薬草師の仕事ももちろんお手伝いしますし、皿洗いでも掃除でもなんでもします！　だから、ぜひ置いて頂けたら助かります」

そこまで一息に言うと、がばっと頭を下げる。

さすがに図々《ずうずう》しい気もしたが、ここを逃《のが》すと私には後がないのだ。

出会ったばかりだけど、彼女以上に信頼の置けそうな人に今後出会えるかどうかも怪しいし、さらに女性の一人暮らしのようだから、色々な意味で安心感もある。だから私は、もう必死だ。

バルバラさんは、なんとも言いがたい様子で考え込んでいる。

緊張しつつ答えを待っていると、やがて彼女は息を吐いて手を横に振った。

「悪いがね、薬草師の仕事はあたし一人で手が足りてるんだ。そもそも、素人《しろうと》に安易に任せられるものじゃないんだよ。薬ってのは、扱いによっては毒にも薬にもなる」

「そ、そうですよね……」

やっぱり、そう上手くはいかないか。

しょんぼりと肩を落としかけた私に、しかしバルバラさんは続けて言った。

「……まあ、さすがに薬草の採取や薬の調合までは手伝わせられないが。最近、足腰が痛くてかなわなくてね。奥の蔵から材料を出してきたり、仕上がった薬を配達してくれる助手ができるんなら、そりゃあ多少は助かるよ」

「えっ？　それって……」

驚いて見上げた私に、バルバラさんは、ふんと鼻を鳴らす。

相変わらず、口調と同じでぶっきらぼうな表情。だがそれが、どこか照れ隠しのようにも見えた。

「あんた、若いんだからそれくらいできるだろう？　ただし、ここに置いてやるのはあんたのちゃんとした職が決まるまでの間だからね。せいぜい一週間程度と思いな」

「は、はい……！」

その答えに、思わずぱあっと顔が輝いてしまう。どうやら一週間はここにいてもいいらしい。

そうして私は、素直じゃないけど根は優しいバルバラさんのお店に、少しの間お邪魔させてもらうことが決まったのだった。

# 間章　竜騎士の想い

王宮の東の塔にある竜の間。

竜が爪を掛けて留まれるよう、塔のてっぺんに作られたという逸話《いつわ》のあるその半屋外の部屋に、ばさりと翼がはためく音が響いた。

やがて旋風《せんぷう》と振動と共に床に降り立ったのは、一頭の白い竜。上質な白絹《しらぎぬ》のような光沢を持つその竜の背から、銀髪の麗《うるわ》しい美貌の青年、ユーグ・フェネオンが飛び降りる。

甲冑《かっちゅう》と揃いの銀の兜《かぶと》を脱ぎ、乱れた髪を掻《か》き上げて息を吐くユーグに、部屋の奥から騎士服姿の青年が歩み寄った。

焦げ茶色の髪に快活な面立ちをした彼——ラウル・アーデンは、飄々《ひょうひょう》とした口調でユーグに話しかける。

「よっ、思っていたより随分早かったな。ユーグ」

「数ヶ月振りだな、ラウル。彼女の……アオイの残していった物を盗まれたと聞いては、何を置いても駆けつけるだけだ」

口調は気安いが、ユーグは冴《さ》え冴《ざ》えとした視線を向けるのみで、にこりともしない。彼にそんな反応を返されると、多くの者はその冷たくも近寄りがたい美貌に見惚《みと》れ、同時に怖気《おじけ》づくものだ。

しかし長年の付き合いがあるラウルは慣れたもので、ひょいと肩を竦《すく》めて返す。

「まったく、相変わらず不愛想な奴だぜ。巫女のお嬢ちゃんがいた頃は、随分と可愛げがあったのになぁ。あの子に見せてやりたいもんだ、今のお前を」

「……アオイのことは、関係ないだろう」

「何言ってんだ、大ありだろ。なにしろお前が愛想良く変わった原因も彼女なら、そんな風に前に戻ったのだって、元はと言やぁ……」

「──ラウル・アーデン。久々に剣を交《まじ》えたいのならば、はっきりとそう言え」

氷のような眼差しを向けたユーグに、ラウルは降参したように両手を挙げる。

「あー、はいはい、わかった、わかった！　茶化してないでちゃんと本題に入りますって。だから、その右手の剣を収めろって」

まったく冗談の通じない奴だぜ。そうぼやきながらぼりぼりと頭を掻《か》くラウルに、ユーグは静かに話の先を促《うなが》す。

「それで、アオイの持ち物が盗まれた際の状況は？」

「それは手紙で伝えた通りだ。嬢ちゃんの巫女装束のほか、髪飾りの類《たぐい》もごっそりなくなっていた。ほかの金目の物には手をつけられてなかったから、最初からそれらが狙いだったんだろうよ」

「……保管時の状況は、どうなっていた？」

考えながら尋ねたユーグに、ラウルが真剣な表情で答える。

「あの子がいなくなってから七年、厳重な保管に変わりなかったぜ。……なんせ、光の巫女が使ってた品には光の魔力が宿るからな。欲しがる奴もいるだろうから、神殿の奥深くの金庫に入れて、鍵をかけた上に結界まで張って保管してあったさ」

ラウルはユーグが神殿騎士だった頃の同僚であり、現在の神殿騎士団長だ。当時からおちゃらけた性格ではあったが、信用に足る男でもあった。さらに今は騎士団長という責任ある立場となったため、ラウルの情報には信が置ける。

ラウルがそう判断したなら、きっと保管状況には特に問題はなかったのだろう。

「その状況で盗まれたというわけか……」

眼差しを鋭くしたユーグに、ラウルが小さく笑って意味深な視線を送る。

「おうよ。臭うだろ？」

「ああ、ありえないぐらいにな。少なくとも、ただの盗人《ぬすっと》の仕業ではないだろう」

神殿は一般人には不可侵の領域だ。人の出入りは厳重に監視されており、神官や神殿騎士でなければおいそれとは入れない。そのさらに奥深くに、アオイの品は厳重に管理されていたのだ。

神殿に関係する者か、余程権力のある者でなければ、近づけすらしないだろう。

「光の巫女の魔力が籠《こ》もった、数少ない品を悪用しようとしたのか。それともまさか……」

眉を顰《ひそ》めたユーグの言葉に、ラウルが後を続ける。

「――もう一度あの子を召喚しようとしたのか、だな。依代《よりしろ》となるものがあれば、能力の高い魔術師でなくとも、召喚の真似事ぐらいはできる。まあ、成功するかどうかは怪しいもんだが」

「もしそれが事実なら、なんと愚《おろ》かなことを」

ユーグが静かに吐き捨てる。その眼差しには抑えきれない怒りが滲《にじ》んでいた。

思わずといった様子で、ラウルが苦笑する。

「いや、なんつーか……お前は相変わらず、あの子のこととなると余裕を失うよなぁ」

「大事な相手が関われば、誰だとてそうなるだろう」

「大事な相手、ねぇ」

何やら言いたげな視線のラウルに、ユーグは淡々とした声で返す。

「ああ。尊《とうと》き巫女であり、私の大事な……守るべき人だ」

そしてユーグは、自然と懐《なつ》かしい少女の面影《おもかげ》を思い出していた。

鈴を転がしたような、彼女の愛らしい声が耳に蘇《よみがえ》る。

『ユーグ、ユーグ』

背の小さなあの少女は、自分が傍《そば》に行くと、目を輝かせてとたとたと歩み寄ってきたものだ。

あまり口数の多い子ではなかったが、それ以上につぶらな黒い瞳が感情を雄弁に語っていた。

初めユーグは、巫女の護衛の仕事にあまり乗り気ではなかったのだ。国王からそれを命じられた時、光栄に思うと同時に、またか、とどこかでうんざりする自分がいた。

それは、ユーグのこれまでの来歴による部分が大きい。

神殿騎士団に入った当初から、その剣の腕前と類稀《たぐいまれ》な美貌で注目を浴びていたユーグは、王侯貴族――中でも若い女性たちに引っぱりだこだった。

年頃の王女のもとへ呼ばれては、護衛という名の話し相手やダンスの練習相手をさせられ、公爵家の令嬢に呼ばれては、始終、秋波《しゅうは》を送られる。

潔白な騎士は、高貴な女性の恋の鞘《さや》あてごっこにちょうど良かったということだろう。

失礼にならないよう紳士的な口調で、けれど誤解はさせないよう冷たい眼差しで寄せられる想いをかわしながら、繰り返し命じられるそれらの仕事にユーグは辟易《へきえき》していた。

民を守るべく騎士を志《こころざ》した彼にとって、戦いから遠ざけられ、こうした無為《むい》な時間を過ごすことを強《し》いられるのは我慢ならなかったのだ。

いっそ、このような外見に生まれなければと思ったことさえある。

そうして丁重な態度と氷のような眼差しで女性に応対するうち、次第に呼ばれるようになった通り名が、『氷の騎士』。冷たい美貌のユーグを揶揄《やゆ》し、誰ともなしに呼び始めた言葉だった。

——そんなある日のことだ、異界から来た巫女の警護を命じられたのは。

『お前ならば、あの巫女も必ずや気を許すだろう』

国王直々の言葉を光栄に思うと同時に、ああ、またかと、虚《むな》しい気分も湧《わ》いた。自分の不名誉な名称はもうだいぶ広まっているはずだが、それでもまだこうして若い女性の話し相手を任されるのかと。そんな心持ちのまま、態度だけは恭《うやうや》しく馳《は》せ参じた神殿にある巫女の間。

そこにいたのは、ぽつんと立ち尽くす黒髪の幼い少女だった。

『貴女が、巫女……？』

気づけば、呆然《ぼうぜん》とそう呟いていた。見たところ、彼女は八歳か九歳ほどに見える。

まさか巫女が、ここまで幼いとは思っていなかったのだ。

ユーグの腰ほどしかない低い背丈。つぶらな黒い瞳は、今も不安に揺れていた。当然だろう、ここに彼女の見知った存在はいないのだ。恐らく、文化も歴史もすべてが違う場所から連れてこられた少女。きっとユーグを見て、また未知の相手が現れたと怯《おび》えているに違いない。

それに気づいた瞬間、ユーグははっとした。

――自分は一体何を思い、この場に来たのだろうと。

民を――中でも女子供を真摯《しんし》に守れと、剣の師匠に言われた言葉を思い出す。か弱き者を守る、それこそが騎士であると。しかし本来の職務から外れた望まぬ仕事を続けていくにつれ、ユーグはそうした初心を忘れかけていた。

感情の籠《こ》もらない微笑でそつなく仕事をこなし、けれどその裏にはなんの感慨も見出《みいだ》せず、ただ諾々《だくだく》と日々を過ごして。そんな男の一体何が騎士だというのか。

挙《あ》げ句《く》、こうして目の前の少女を不安にさせて――

そこまで考え、逸《はや》る思いですぐに頭を巡《めぐ》らせる。

どう振る舞えばいい？　どうすれば、目の前の少女の不安を取り除《のぞ》けるだろうかと。

考えた末に浮かんだのは、幼い頃に読んだ、英雄譚《たん》に出てくる騎士の姿。騎士の鑑《かがみ》と言われた彼は誰よりも強く、穏やかな態度で人に接していた。

その姿を思い出しながら、彼女の足元に跪《ひざまず》く。

そしてできる限り穏やかに微笑み、柔らかな声音《こわね》を意識して話した。

『まさかここまで稚《いとけな》い方だとは知らず、失礼を。私の名は、ユーグ・フェネオン。……これからは、私が貴女の剣となり盾《たて》となりましょう』

そう告げて小さな手の甲に口付ければ、少女は驚いたようにぱちぱちと瞬《まばた》きをした。

やがて彼女は、蕾《つぼみ》が花開くように、ふわっと微笑む。

『ユーグ……騎士様なのに、王子様みたい』

それはとても可憐《かれん》で、胸が温かくなるような笑みで。もう騎士でも王子でもなんでもいい、このまま紳士然とした振る舞いを続けてみせる。ユーグがそう心に決めた瞬間だった。

それからは、日ごとにその子――アオイが大切になっていき、どんどん世話を焼くようになった。時には自分でも、おい、お前は騎士だろう、それは侍女の仕事だと突っ込みたくなるほど、とにかく色々な場面で世話を焼いた。

一言で言えば、それだけアオイを放っておけなかったのである。

考えてみてほしい。無口でなかなか自分の思いを言葉にできない可憐《かれん》な少女が、自分が傍《そば》に来た時だけ、ほっと瞳を和《なご》ませて微笑んでくれる。

少し離れると、とたとたと可愛らしい足音を立てて傍《そば》に来て、自分の服の裾《すそ》をぎゅっと握る。視線を向けると、『お願い、傍《そば》にいて』という風に、じっと見上げられる。

ああ、可愛らしいなと思って彼女の髪を撫《な》でると、赤くなってかすかに俯《うつむ》く。撫《な》でてもらえて嬉しいと、全身で語っているのだ。

――いじらしいと思うなという方が無理だろう。

そんなわけで、アオイが来て半年経《た》つ頃には、立派な彼女の兄兼、過保護な保護者ができ上がっていた。

ラウル含め当時の同僚や上司からは、女嫌いの気《け》があるユーグのあまりの変貌ぶりに目を剥《む》かれたが、だからと言ってやめる気もなかった。大切に思い、守ると決めた相手の前で、他者の視線を気にしていても仕方ない。

ユーグにとって、アオイは自分を本当の騎士にしてくれた、ただ一人の相手だったのだから。

その彼女が残していった、数少ない思い出の品である巫女装束を盗むなど、到底許せることではない。……さて、どうしてやろうか。

冷たい眼差しで盗人《ぬすっと》の処遇を考えるユーグの後ろで、ふいに低く威厳のある声が告げた。

「光の巫女か……。下手に悪漢に召喚される前に、いっそのこと、そなたがもう一度こちらへ呼んでしまえば良いのではないか？　傍《そば》に置いておけば存分に守れるのであろう」

それは人の声のようでありながら、そうではなかった。

ユーグが騎乗してきた白銀竜がその太い喉《のど》から紡《つむ》いだ言葉だ。

知能の高い竜は人語を解し、こうして会話をすることさえできる。ユーグもはじめは驚いたが、今はもう慣れたもので、相棒を振り向いてゆるりと首を横に振った。

「いや、あの子を二度とこちらへ来させるつもりはない。彼女を疲弊《ひへい》させるだけのこの世界に」

そのために、ユーグはこうして戦っているのだ。光の巫女の力が必要だと上層部に判断されないよう、無類の活躍を見せるため。

竜もそれをわかっているので、言葉は続けずにただ短く返す。

「……そうか。今も思いは変わらぬか」

「ああ。何があろうと、私のすべきことは変わらない。——どんなに離れていても、この世界からアオイを守る。それだけだ」

——それは、ユーグが固く決意したこと。

アオイが元の世界に戻ってから、ユーグは一時、心にぽっかりと穴が開いた気分になった。

ああ、とうとう帰ってしまったのか。だが同時に、これが正しいことなのだとも感じた。

この世界は彼女に辛いことばかり課そうとする。

多くの武器を渡され、これに光の魔法を込めてくださいませと、恭《うやうや》しく跪《ひざまず》かれる。だがそれはお願いではなく、ほぼ強制のようなものだった。

それでも彼女は、自分の力が誰かを助けられるならと言っては、せっせと魔力を詰め込んでいった。無理をする余り、そのまま意識を失って倒れてしまったこともある。

光の魔法は体力と精神力をひどく消耗するため、幼い身体では耐えきれなかったのだ。

その様子を見る度、ユーグは自分が情けなくて仕方なくなった。こんな幼子《おさなご》にまで頼らなければならない自分に——そしてこの国に。

魔物は、決して武器で倒せない相手ではない。ただ、倒すのにひどく手間がかかるだけだ。

弱点となる核だって、剣で百も斬りつければ、なんとか破壊することができる。

だがそんな方法を取っていれば、いずれ騎士は消耗する。そうして疲れて剣を下ろしたところを別の魔物に襲われ、数多くの命が消えていった。

しかし、それほど難敵である魔物も、巫女の使う光の魔法なら一撃で倒せる。

つまりは巫女の力は、魔物を効率よく倒し、騎士や魔術師の力を温存するのに便利だったのだ。

だから国王や魔術師たちは、異邦の地から巫女を召喚し、魔物殲滅《せんめつ》に役立てようとした。

初めはユーグも、国王の取ったその行動を正しいものと信じていた。

異邦の地から来る者ならば、我々只人《ただびと》とは違い、人智を越えた力を持つに違いない。ならば、魔物退治に手を貸すくらい造作もないことなのだろうと。

だが実際に召喚されたのは、年端《としは》もいかない幼い少女だった。無理をすればごく当たり前に倒れてしまう、か弱い少女。そんな彼女に、自分たちは魔物を倒す重荷を課した。

「……本当に、業《ごう》の深いことだ」

冴《さ》え冴《ざ》えとした眼差しで、ユーグは吐き捨てる。

ようやくアオイを元の世界に戻した彼は、心に決めた。

彼女の力が必要な事態に陥《おちい》らぬよう、自分が魔物を殲滅《せんめつ》し続けると。百度斬らねば倒せない敵ならば、自分は千度だって斬ってみせよう。そうして国王たち上層部が巫女の力を求めることに思い至らぬほどの活躍を己が見せれば、間接的にアオイを守れるはずだと。

——だが、アオイが帰って数年が経《た》った頃。そうして休みなく戦い続けたユーグに、やがて限界が訪れた。

ある日、戦いに赴《おもむ》いたある森の奥で、とうとう力尽きて倒れてしまったのだ。運が良かったとすれば、周りにいる魔物をすべて倒し終わった後だったことだろうか。

全身から血が流れ、手足はもう動かない。ああ、自分は死ぬのか。

そう思った時、遥《はる》かな高みから、自分を覗《のぞ》き込んできた大きな影があった。

後に相棒となる白い竜――エンゾだ。竜はぐったりと大の字になったユーグを面白そうに見つめ、こう言った。

『ほう。魔物がいやに騒いでいると思えば、なんと、人の子が倒しておったのか……』

低く威厳ある声で紡《つむ》ぎ、エンゾはユーグにこう尋ねた。

『そなたは、毒と薬、どちらを望む？』と。そして、ユーグは問いに答え――

その時の様子を思い出し、ユーグは視線を落とし、ぎゅっと手を握る。

竜も当時を思い返したらしく、面白げに喉《のど》を鳴らした。

「ふむ、懐《なつ》かしいのう。あの時そなたの首元が白く光っておらなんだら、我は気づかずに踏み殺していただろうよ」

「……そうだな。あの時は運と、それ以上にアオイから頂いたこの首飾りに助けられた。これがなかったら、お前が私に気づくことはなかっただろう」

言いながらユーグが服の下から抜き出したのは、小さな首飾り。ほの白く光る魔石を鎖《くさり》に繋《つな》いだそれは、七年前からユーグの宝物だった。

光の魔力を込めたものは、持っているだけでもその者への加護となる。

そう聞いたアオイは、ユーグが戦いに召集された日、傍《そば》にあった魔石にありったけの魔法を込めてユーグに贈った。以降、肌身離さずこうして身に着けるようになったのだが、その魔石が竜の目にはほの白く光って見えたのだという。

「なんとも不思議なものよな。魔物は光の魔法を厭《いと》うが、我ら竜はその清《さや》けき光を好み、自《おの》ずと惹《ひ》かれてしまう」

とはいえ、それはエンゾが変わり者の竜であるからだとも、ユーグは知っていた。光の魔法に惹《ひ》かれる習性があるからとて、すべての竜が人前に姿を現すわけではない。そして、脆弱《ぜいじゃく》な存在である人間の力になろうとする竜など、さらに希少な存在だろう。

だからユーグは、感謝を込めた眼差しを相棒へ向けた。

「お前の酔狂《すいきょう》さには、今も助けられている。ちっぽけな存在である人間に手を貸そうなど、普通の竜ならば思わないだろうからな」

「何、酔狂《すいきょう》も時には必要よ。特に数百年もの時を歩み続ける我々にはな。生きるのに飽いて、そのまま石のように動かなくなった同胞もおる」

「……長く生き続けるのも、大変なものだな」

真摯《しんし》に返したユーグに、エンゾがゆるりと首を向けた。

「そうさな。長く生きるほどに見知った者が減り、それに憂《うれ》いを覚える時はある。故《ゆえ》に我ら竜は、気に入った相手には伴侶《はんりょ》や子を持ってほしいと望むものよ。その子孫がまた、我らの良き相棒となる可能性があるからな。……我は、そなたがその巫女を伴侶《はんりょ》にするのかと思っていたのだが」

「冗談を言うな。アオイは年端《としは》もいかない少女だったんだぞ？　七年経《た》った今もせいぜい十四、五歳だろう。そんな幼子《おさなご》に、そのような想いを抱けるはずもない」

どこか期待を込めた眼差しのエンゾに、ユーグは静かに首を横に振って返す。

彼にとってアオイは庇護《ひご》対象であり、己の伴侶《はんりょ》として見るような対象ではなかった。

そもそもそれ以前に、巫女として敬うべき人だったし、そうでなくとも幼すぎて、そのような感情を抱ける相手ではない。ユーグに幼児性愛趣味はないのだ。

「ふむ、そうか……」

エンゾがどこか惜しそうに、ぐるると喉《のど》を鳴らす。

そこで、それまで黙って彼らの会話を見守っていたラウルが声をかけた。

「さて、ユーグに竜の御仁《ごじん》よ。話がまとまったようなら、次はこの地図を見てくれ」

「これは……？」

ラウルが差し出したのは、羊皮紙に描《えが》かれたこの国の地図。

見れば、あらゆる都市の上に、筆で丸い印がつけられている。

「神官長殿から頂いた地図だ。衣装が盗まれた事実が判明してすぐ、神官たちが光の魔力の気配を探る儀式を行ってくれていてな。現状で気配を感じた地域に印がつけてあるそうだ」

「それはありがたい。ただ、数が多いが、これは僅《わず》かにでも魔力を感じた部分には、すべて印をつけているということか？」

「ああ、だからそこには、光の巫女が残した武器の気配も含まれているだろう。故《ゆえ》に探すには、様々な町へ赴《おもむ》かなければならん。お前には多大な手間をかけることになるが……」

ラウルが申し訳なさそうに口にする。

神殿で保管されていた光の巫女の持ち物が盗まれたのだから、本来ならば神殿騎士であるラウルや神官たちが動くべき事態だ。しかし探す範囲があまりに広く、さらには急を要する問題だっため、竜に乗って世界を飛び回れるユーグに連絡を取ったのだ。

そして、アオイを大切に思っていた彼ならば、きっとそれに応《こた》えてくれるだろうと。

神妙に謝罪したラウルに、ふっと目を和《なご》ませてユーグは言った。

「いや、上出来だ。そのどれもにアオイの気配が残っているというのなら、すべて当たればいい。それに、彼女の物を取り戻せるなら世界中を駆け巡《めぐ》ろうが大した距離にも感じない。――では、行こう。エンゾ」

「承知した」

白銀竜が威厳のある声で応《こた》え、翼をばさりと広げる。そして再び兜《かぶと》を被《かぶ》ったユーグが背に跨《また》がると、竜はすぐにその大きな翼をはためかせて飛翔を始める。

白銀の鱗《うろこ》に陽光が煌《きら》めく美しくも力強い光景は、ラウルをはじめとして、空を見上げる多くの人々の目を奪ったのだった。

# 第二章　薬草師の助手

私、真村葵がバルバラさんの薬屋にお世話になり始めて、今日で二日目。

昼休憩の時間に木製の椅子に上り、棚に並んだ小瓶や干した植物をまじまじと眺《なが》めていると、下から澄《す》んだボーイソプラノに声をかけられた。

「あんた、そんな所で何してんのさ」

「あっ、リュカくん！　いらっしゃい」

見下ろせばそこには、ここ数日で顔馴染《なじ》みになった少年の姿。

不思議そうに、そしてやや呆れたように私を見上げている。

相変わらずさらさらとした金髪が目を惹《ひ》く美少年ぶりだ。ここ数日で少し柔らかくなった彼の態度に嬉しさを覚えて、私は椅子から降りながら答える。

「薬草の種類や名前を早く覚えたくて、時々こうして確認してるの。今のところ、掃除は問題ないんだけど、薬草の補充の仕事をする時に戸惑うことがあるから」

床にとんと足をつけると、あ、そうだ、と私は付け足す。

「それと、昨日も言ったけど、私の名前はアオイだよ。良かったらリュカくんもそう呼んでね」

「別に、呼び方なんてどうでもいいけど……じゃあ、アオイ」

「うん！」

どこか調子が狂うといった様子だけれど、リュカくんに名前で呼んでもらえたことが嬉しくて、私は思わず笑顔になる。昨日から、彼とはこんなやりとりを繰り返していた。

バルバラさんに一時的に雇ってもらえることが決まった私は、今のように店番を任せてもらえたり、仕事を教えてもらえるようになった。

そんな私の主な仕事は、店内の掃除や薬草の在庫補充など。

掃除は日本でもしていたから問題なかったけれど、薬草の補充が曲者《くせもの》で、この世界の植物の名前をまだよく知らない私には、どれがどれなのか、なかなか見た目と名前が一致しない。バルバラさんに渡す時も手間取ってしまうので、こうして空き時間を使って頭に叩き込んでいたのだ。

今は、午前中の仕事が終わり、昼休みの時間帯。

玄関に下げた営業中の札は裏返してあるため、本来ならお客さんは入れない時間帯なのだが、バルバラさんと親しいリュカくんは、こうして気にせず入ってきたというわけだ。

リュカくんが、私の姿をちらりと見て口にする。

「ふーん……まあ、仕事はともかく、格好は少し板についてきたんじゃない？」

「あっ、そう見える？　ありがとう！」

ちなみに私の今の服装は、バルバラさんからもらった薬屋さんのお仕着せ。

元々着ていた、水色のブラウスとスカートでは汚れやすいし働きにくそうだからと、バルバラさんが昔の自分の服を棚から出してくれたのだ。

私の名前が青色を意味すると知った彼女がくれたのは、白いブラウスに藍色《あいいろ》の丈長ワンピースを重ねたもの。長袖のワンピースは、袖や腰部分に細かな飾りが施《ほどこ》され、作りが上品で丁寧だ。床につくぐらいのフレアロングスカートが、クラシカルで可愛い。

髪は元のまま、長い黒髪を三つ編みでハーフアップにした形だが、それが服としっくり合っているように思う。動く度にふわりと揺れるスカートの裾《すそ》に嬉しくなりながら、私は尋ねた。

「リュカくんは、これからどこかに出かけるところ？」

「まあ、そんな感じ」

出会った時は少年たちに絡まれて激昂《げっこう》していたリュカくんだが、普段の彼はクールというか、年齢の割に淡々として落ち着いている。

「いつもより着込んでいるみたいだけど、もしかして遠出でもするの？」

今日の彼は、普段の魔術師服の上に黒いローブを重ねていたので、気になって聞いてみた。

「そんなに遠くでもない。仕事の依頼があって、町の外の森まで行くだけだから」

「仕事？　えっ、リュカくん、もしかしてもう働いてるの？」

まだ十二、三歳ほどに見えるのにと驚くと、小さく息を吐かれた。

「……あんたって、本当にこの辺の事情に疎《うと》いんだね。まあ、他国から来たなら仕方ないのかもしれないけど」

リュカくんには、バルバラさんに話したのと同様、旅の途中で全財産を失い、一文無しになったのだと説明していた。それに納得している彼は、幾分呆れつつも丁寧に説明してくれる。

「僕みたいな杖を持たない魔術師の卵でも、護衛とまではいかないけど危険回避ぐらいには使えるから。……むしろ、正式に魔術師になっていない身だからこそ安い賃金で雇える。それで、魔物除《よ》けの同行としての依頼が時折来るんだ」

「魔物除《よ》け？」

「そう。魔術師は魔力に敏感だから、魔物のまとう闇の気配が近づいてきたら、いち早く気づける。魔物を倒すことまでは無理でも、出会う前に回避できるんだ。そうやって安全に森や草原に行きたい人たちが、念を入れて僕を雇うってわけ」

「ああ、なるほど……。それで今日はその依頼を受けたのね」

あまりいい気持ちはしないが、護衛として戦わせるのではなく、危険シグナルとして共に行動させる役目なら、まだ幼い少年に依頼する理由もわかる気がした。

きっと彼が一緒にいることで、魔物の回避率は各段に上がるのだろう。

だったらやっぱり、彼は役立たずなんかじゃないじゃない、といつぞやの少年たちに反論したいところだが、子供と大人では認識にややズレがあるのかもしれない。

魔物から逃げることはできても倒せないなら、格好良くない、役立たず。そんな風に感じて、あの子たちはリュカくんを馬鹿にしていたのかもしれない。

会話しつつそんなことを考えていると、奥から休憩を終えたバルバラさんが出てきた。

「おや、リュカ坊。来てたのかい」

「おはよう、婆《ばあ》ちゃん。でも、もう仕事に向かうところだから」

「気をつけて行っといでよ。陽が高い時間は魔物が出てくることはほぼないとはいえ、何があるかわからないんだから」

「わかってる。じゃあ、行ってくる」

頷《うなず》くと、リュカくんは黒いローブを翻《ひるがえ》して去っていった。

バルバラさんに対しては、彼はかなり素直だ。それはお世話になっているからだけでなく、きっと彼女が優しい人であることをよく知っているからだろう。

今では私も、バルバラさんのことが大好きになっていた。もしかしたらそれは、私が早くに祖母を亡くしているせいもあるかもしれない。

もしおばあちゃんが生きていたらこんな感じなのかな、なんてつい思ってしまうのだ。

そんなことを考えて微笑んでいると、バルバラさんが怪訝《けげん》そうに追及する。

「……何にやにやしてるんだい」

「いえ、なんだか嬉しくなって」

「ふん、変な子だね。……まあいい、それが終わったらそこの椅子に、ちっと座ってな。今はまだ休憩時間なんだから、あまりちょろちょろされるとかえって目障りなんだよ」

どうやら、働きすぎずに適度に休めと言いたいらしい。

私は思わずふふっと微笑んで、「わかりました」と頷《うなず》いた。

「そういやあ、ついでにあたしも、リュカ坊に森への同行を頼んどきゃ良かったね」

カウンターの中へよっこらしょ、と入りながら、バルバラさんが思い出したように口にする。

「バルバラさんも、近々森へ行かれる予定があるんですか？」

「ああ。奥で在庫を確認してたら、グレスの葉がだいぶ減ってたのさ。色んな薬の調合に使うから、ないと不便でね。数日後でも、あの子の都合が良けりゃ採取に付き合ってもらおうと思ったのさ」

「ああ、なるほど。それで」

グレスは、三十センチほどの丈を持つ多年草で、強い香りを放つぎざぎざの葉が、主《おも》に薬の材料として使われている薬草だ。葉の形が日本のシソに似ているので、よく覚えていた。この辺で生えているのを見た覚えはないから、普段は森や草原に行って採取しているのだろう。

薬草の採取は今もバルバラさんが一人で行っていて、私はまだ手伝ったことがなかった。初めに雇ってもらえると決まった時も、さすがにそこまでは任せられないと言われたけれど——

「あの、バルバラさん。もし良ければ、私が明日にでもグレスの葉を摘《つ》みに……」

そっと申し出たところで、バルバラさんに厳しい顔で遮《さえぎ》られた。

「馬鹿をお言いじゃないよ。まだ働き始めのあんたに、そんなことまで任せられるかい」

「でも、グレスがどういう形状かは頭に入っています。魔物が出るというなら、それもできる限り気をつけて行きますから……」

少しでも役に立ちたくて食い下がった私に、しかし彼女は頷《うなず》かなかった。

「……いいかい。あたしはね、あんたには無理だと思って許さないわけじゃないんだよ。今のあんたなら、グレスの葉を採取してくるくらい、ちゃんとやれるんだろうさ。熱心に薬草を覚えようとしてるのは見て知ってるからね」

「じゃあ……！」

身を乗り出した私に、バルバラさんはゆっくりと首を横に振る。

「だがね、それ以外にも森へ行くには色々と気をつけなきゃいけないことがある。魔物や野生動物を警戒するのはもちろん、毒草や、触れただけで肌がかぶれる植物にも注意しなくちゃならない。グレスは知っていたとしても、それ以外の植物までは、あんたはまだ覚えていないだろう？」

「それは……はい」

――確かにそうだ。私ははっとして頷《うなず》く。

薬草があるのなら、毒草だってきっと生えているだろう。そして私は、この店で扱う種類の薬草を覚えてはいても、それ以外の植物の知識までは持っていない。

私の目を見つめ、バルバラさんは静かに続けた。

「もしそれが原因で怪我をしたら、薬を調合して手当することになるだろう。そうなれば、せっかく摘《つ》んできた薬草を使うことになるかもしれないし、それで足りなければここにある薬を消費することになる。そうなれば……言いたいことはわかるね？」

「はい……」

手伝うどころか、足手纏《まと》いになる可能性があるということだ。お客さんが求める薬を、私のせいで減らしてしまうことにも繋《つな》がる。

とはいえ、バルバラさんは私の身を何より、案じてくれているんだろうなと感じた。

頭ごなしに駄目だと言ったら、逆にムキになって採《と》りに行こうとするかもしれない。そうさせないため、こうして噛んで含めるように話してくれている気がして――

「……わかりました。もっとちゃんと知識を増やしてからにします」

しょんぼりと引き下がった私の背を、バルバラさんが元気付けるようにとんと叩く。

「何、あんたの気持ちは本当に嬉しかったよ。だが採取に行く前に覚えることは山ほどある。それに、頼む機会が来る前に、あんたはよその店でちゃんとした仕事を見つけるかもしれない。その時はその時ってもんさ。さあ！　今日も午後からの仕事に精を出すよ」

「はい、目一杯頑張ります！」

気持ちを切り替えた私は、元気に頷《うなず》き返した。

たとえここにいられるのがあと五日ほどとはいえ、バルバラさんには良くしてもらっている。なんとか恩返しできるように早く仕事や植物を覚えようと、私はさらに奮起《ふんき》するのだった。

そして再び店を開け、午後からのお客さん相手に忙しく働く。

バルバラさんのお店は、持病を把握している常連客にはあらかじめ調合しておくこともあるが、大半のお客さんには症状を聞きながらその場で薬を調合していく。

私はその間、調合作業をする彼女から指示を受け、カウンターの後ろに並べられた材料や道具を手渡すのが役目だ。でき上がりを待つお客さんの話し相手をしたりもする。

三人目のお客さんの調合も無事終わり、バルバラさんが完成した粉薬を小瓶へ注《そそ》いでいく。

「さ、待たせたね。薬ができたよ」

「ああ……！　ありがとう、バルバラ。いつも助かるわ」

お客さんである茶髪の中年女性が、できた薬を受け取ってほっとしたように微笑む。

五十代ほどの豊満な身体つきの彼女は、時々来るお客さんらしく、私を珍しそうに眺《なが》めた。

「それにしても、この店でもいつの間にか助手なんて雇っていたのねえ。可愛い娘さんだこと」

「ありがとうございます。バルバラさんのご厚意でお世話になっていて、次の仕事が見つかるまでの間、こうして働かせて頂いてるんです」

ずっとここにいるわけではないのでそう答えると、彼女は不思議そうに言った。

「あら、そうなの？　バルバラ、ずっと雇ってあげたらいいのに」

「簡単に言ってくれるんじゃないよ。うちみたいな小さな店じゃ、それくらいが関の山さ。それとも何かい？　今後はあんたがこの子を雇ってくれるとでも言うのかい」

「まあ、意地悪言うこと。雇いたいのは山々だけど、うちにはそんな余裕はないわ。最近じゃあ、魔物を恐れて行商人がなかなか来ないから、商品の入りも悪いんだもの」

「だったら、余計な口挟むんじゃないよ」

バルバラさんが睨《ね》めつける。そんな二人のやりとりに、私は苦笑してしまう。そして、その上で雇ってくれているバルバラさんは、やはり優しい人なのだなと思う。

初めは寝る場所と食事を彼女から提供してもらう代わりに、私が薬草師の仕事を手伝うという話で——つまりは無給のはずだったのだけれど、バルバラさんは『真面目に仕事をすりゃあ、それに見合った給金は出すよ』と言ってくれた。本当にきちんとした人だ。

中年の女性客が帰り、その後に来た八名の客の応対を終える頃、ようやく閉店の時間になった。

窓から茜色の日が差し込む中、玄関扉にかけていた営業中の表札を裏返し、扉を閉じる。

働き出してまだ二日目だけれど、新たに知ることがいっぱいあって、しみじみと呟いてしまう。

「それにしても……この町って、薬を買いに来るお客さんが結構多いんですね」

「そりゃあそうさ。町の外にはなかなか出られないし、遠方の医者にかかるのも難しいからね。具合が悪くなったら早目に薬を飲んで、身体を休めるのが賢い選択さ。町の中ならまだ安全だが、一歩外に出れば危険極まりないからね」

「あの、町の中だと、なんで安全なんですか？」

魔物がいるから外が危険というのはわかるが、町の中なら安全という感覚は、ちょっと不思議な気がした。だって、この町の周りには、特に魔物除《よ》けの柵《さく》などがあるわけではないのだ。

一応高さの低い外壁はあるけれど、もし魔物が来たら簡単に乗り越えられてしまうように感じた。

首を傾《かし》げた私に、バルバラさんが驚いたように言う。

「そりゃあ当たり前だろう。町の中なら魔法の結界の守護があるんだから……って、ちょいと待ちな。あんた、もしかしてそのことも知らないのかい？」

「はい、実はあまり……」

ちょっと恥ずかしくなって頬を掻《か》きながら頷《うなず》く。

リュカくん同様バルバラさんにも、私がこの国の常識に疎《うと》いことは伝えてある。

隠していてもいずれはばれるだろうし、それに彼女なら、呆れはしてもきっと笑わないだろうと思ったのだ。案の定バルバラさんは、多少呆れた様子ながらも教えてくれる。

「まったく、本当に今までどんな生活を送ってきたんだい。まあいい。じゃあ……そうだね。七年前に現れた、光の巫女様については知ってるかい？」

「あっ、それならわかります」

明かせはしないが、なにせ本人だ。頷《うなず》き返せば、バルバラさんが説明を続けてくれる。

「その光の巫女様が元の世界にご帰還されてから、五年は何事もなく平和な状況が続いたんだよ。魔物の巣は封印され、残る魔物も残り僅《わず》か。それも騎士様たちが倒し続けて、やがてすべて退治された。――だがね。二年前、倒したはずの魔物がまたどこからか不意に現れたのさ」

「新たな魔物が？」

目を見開いた私に、バルバラさんが頷《うなず》く。

「そうさ。ところが不思議なことに、魔物の巣が見つからない。けど、ぽつりぽつりと、まるで地から湧《わ》いて出たように現れてくる。しかも、その魔物たちは前と違っていやに不気味な姿をしていてね」

「不気味な姿、ですか？」

「ああ。顔や手足が爛《ただ》れているというか、腐っているというか……まあ、そんな不気味な感じでね。それもあって、皆余計に外を出歩かなくなっちまったんだよ」

「そんな恐ろしい魔物が……」

腐っているだなんて動く死体のようで、ぞっとする。夜に出会ったら悲鳴を上げてしまいそうだ。

「それでも、初めの方は難なく退治できてたんだよ。なにせ巫女様が残していかれた、光の魔力が籠《こ》もった武器がまだそれなりにあったからね。けど、使っていけばいずれ壊れるし、摩耗《まもう》だってする。魔物を倒すにしても、簡単には使えない状況になってきたのさ」

バルバラさんは、無念そうにゆるりと首を横に振る。

「そこでお困りになった国王陛下は、残った数少ない光の武器を、町の保護のために使うようにと、宮廷魔術師様たちに命じられたのさ」

「町の保護に？」

「そうさ。あんたも、町の中心に像があったのは見ただろう？　あの中に光の武器が埋められている。あれを核として、宮廷魔術師様たちによって町に守護の結界が張られたんだ。そのおかげで、町の中にだけは魔物が入ってこれなくなったってわけさ」

「なるほど……だから、町の中だけは安全だと……」

段々と、これまで感じていた疑問が解けてきた。

そういえば、リュカくんに絡んでいた少年たちも似たことを言っていた覚えがある。光の武器があるおかげで、この町は安全なのだと。私がこの世界に来てすぐの頃、町の外に出ようとしたところを見知らぬ町人たちに止められたのも、これが理由だろう。

うんうんと頷《うなず》く私の視線の先で、バルバラさんが肩を竦《すく》める。

「まあ、そうして町の中が安全だとわかっちゃいても、外に出ないわけにはいかない。肉屋が獲物を捕まえるためにも、木こりが材木を得るためにも、森や草原に行かなけりゃならないからね。あたしらだってそうさ。薬の材料を採《と》るには、どうしたって森まで行く必要がある」

「それでリュカくんを伴って、薬草を採《と》りに行く予定だったんですね」

「そうさ。この町には他にも魔術師が数人いるが、あたしはできるだけあの子に金を貯《た》めさせてやりたくってね」

「あの、そういえば、リュカくんのご両親は……？」

お母さんがいるとは聞いていたがまだ会ったことはないし、それ以外の家族も見たことがない。おうちにいるのかな？　と思ったが、バルバラさんは首を横に振った。

「父親はとうの昔に亡くなったよ。それにあの子の母親は、魔物に襲われて大怪我して以来、遠くの町で療養していてね」

「じゃあリュカくんは今、自宅で一人暮らしを……」

「ああ。子供一人じゃ不便だろうから、うちにおいでと何度か誘ってはみたんだが、母親がいつ戻ってもいいよう、自分が家を守るんだって聞かなくてね。その母親へ仕送りするためにも、リュカは働かなきゃいけないのさ。……もっと実入りのいい仕事があれば一番なんだろうけどね」

バルバラさんが遠くを見て、ふっと息を吐きつつ言った言葉が胸に残る。

だからリュカくんは、ああして馬鹿にされても負けないのだろう。お母さんを守り、そして自分自身の暮らしを守り続けるために、彼は凛《りん》と立ち続けているのだ。

日本と違い、この世界で生きていくのは難しい。それを私は静かに感じたのだった。

そんな風に、少しずつこの世界の知識を増やし、町の人と交流して過ごす中。

町の通りを歩いていると、ある人々の姿がふと目につくようになった。

それは布を被《かぶ》って顔や身体を隠した、やや不自然な格好をした人たちの姿だ。最初は変わっているなとしか思わなかったけれど、結構な数を目にすると次第に不思議に感じてくる。

三日目の朝、買い出しに行った市場から店に戻って尋ねると、バルバラさんが教えてくれた。

「ああ、それは魔物にやられた傷を隠しているんだろうさ」

「魔物にやられた傷を？」

「前にあんたも、リュカ坊の黒い傷痕《あと》を見ただろう？　あの傷を見せると、人によっちゃあ恐れて離れていっちまうからね。それで他人に見られないよう、ああやって隠しているのさ」

「恐れられるなんて……あの人たちは被害者なのに」

納得いかずに眉根を寄せた私に、バルバラさんが苦笑する。

「もちろん被害者さ。だがね、いずれ魔物の毒に侵《おか》され、彼らも魔物になるんじゃないかって信じてる連中が、世の中には少なからずいるってことだよ」

「魔物になるなんて、まさかそんなことがあるわけ……」

私が目を丸くすると、バルバラさんはすぐ肯定する。

「当然、そんなのは馬鹿馬鹿しい迷信さ。魔物に噛まれて魔物に変化した奴なんて、あたしは一度も見たことがない」

「それでも、怖がられてしまうってことなんですね……」

もしかしたら、以前と違うという動く死体のような魔物の見た目が、より人々の恐怖心を煽《あお》っているのかもしれない。一度は消えたはずなのに、不気味な姿で再びどこからか現れた魔物。そんな異形《いぎょう》の存在なら、人間を仲間に引き込むこともできるように思えて。

なんとも言えない気持ちで呟けば、バルバラさんが重々しく頷《うなず》く。

「人ってのは、自分の理解の及ばないものを怖がりがちで、時には被害者にだってひどい扱いをしちまう。……まったく難儀なことさ。だからあたしも現状に我慢ならなくて、こんなもんを作っちまった」

そう言ってバルバラさんが溜息《ためいき》混じりに棚から取り出したのは、ふた付きの小さな二つの器。どちらも底の浅い白い陶器製で、手の平に載るぐらいのサイズだ。

「これ、なんですか？」

「傷隠しに使う、白粉《おしろい》に軟膏《なんこう》さ。白粉《おしろい》は木の実の澱粉《でんぷん》から、軟膏《なんこう》は蜜蝋《みつろう》に薬草の抽出油《ちゅうしゅつゆ》を混ぜて作ってある。前にリュカ坊用に用意したものでね」

「白粉《おしろい》と、軟膏《なんこう》……」

白粉《おしろい》はもちろん、軟膏《なんこう》も下地として使うクリームと考えれば、これもある意味で化粧品だ。この世界で初めて見る化粧品をまじまじ眺《なが》めていると、バルバラさんが肩を竦《すく》めて言った。

「まあ、結局役には立たなかったんだがね。男が白粉《おしろい》なんてって、つっぱねられちまった。それに塗ったところで、痕《あと》は大して隠せやしなかっただろうしね。——ああ、もし気になってるなら、あんたが持ってて構わないよ。薬草から作ったもんだが、普通に化粧にも使えるからね」

「えっ……いいんですか？　頂いてしまって」

驚く私に、バルバラさんは迷わずぽんと器を渡してくれた。

「ああ、好きにしな。あたしはもう、こんなのを肌に塗る年でもないからね」

「あ、ありがとうございます……！」

受け取った途端、胸が弾《はず》むのを感じる。

ユーグへの初恋を拗《こじ》らせ、綺麗な大人の女性を目指したことでコスメに嵌《は》まった私だが、この世界ではそれらに該当する品に、まだ出会えていなかった。だから今だって、すっぴんだ。

化粧は貴族などの身分が高い人がする物だという先入観もあって、こうやって手にすることができるとは思っていなかったから、自然とうきうきしてしまう。

夕方になって仕事が終わると、さっそく二階にある自室に戻って試してみる。バルバラさんが空き部屋を貸してくれたので、狭いながらもちゃんと自分用の部屋があるのだ。

「さて、つけ心地はどんな感じかな……」

窓が一つある室内には、簡素な寝台と机だけが置かれている。その寝台に腰を下ろし、器から指にすくった軟膏《なんこう》と、白粉《おしろい》を順に肌に載せていく。

軟膏《なんこう》は蜜蝋《みつろう》を使っているからか、結構甘めな蜂蜜みたいな香りがする。

白粉《おしろい》は感触や香りが粉っぽくて、どこかお母さんが使っていた化粧品を思い出させる感じだ。昭和の化粧品風というか、どことなく懐《なつ》かしくなって、ふふっと微笑んでしまう。

「やっぱりこれ、本当に白粉《おしろい》だ。でもこれだとちょっと色が白すぎるから、もう少し肌に近い自然な色に変えられたら、さらに使いやすいかも」

窓硝子《ガラス》に白粉《おしろい》を塗った顔を映してみたが、やっぱり結構白浮きして見える。

――そうだ。肌色に近い粉……ラゼナの実から作った粉辺りを混ぜると、良い感じになるかも。

ラゼナは固い外皮が茶色で、中身である中核が肌色をしている木の実だ。

塗り薬にも使われるほど肌に優しい植物だと聞くし、それにこれなら森まで採《と》りに行かなくても、町の端《はし》に生えた木から採取できるはずだ。よし、今度さっそく試してみよう。

あ、そうだ。あと、どうにかして口紅も作れないかな？

そんな風に色々と思いついたことをまとめていると、あっという間に時間が過ぎていく。

大好きな化粧品に触れている時間は、そんな風に私に元気を与えてくれたのだった。


翌日も、白粉《おしろい》を手に入れた喜びに浸《ひた》りつつ、私は薬屋の助手の仕事に精を出す。

この仕事は性に合っているのか、すごく楽しかった。けれど、あくまで一時的な職であり、あと三日ほどで終了せざるを得ない以上、次の職も急いで探さなければならない。

そのため、私は助手の仕事と並行して、新たな職探しも行っていた。店を閉めた後の夕方二時間ほどを、転職活動に充《あ》てているのだ。

今日も仕事終わりに薬屋のお仕着せをできる限り整え、町の大通りへと繰り出す。

「さあ、今日こそは次の仕事を見つけてみせるわよ！」

気合十分に大通りを歩いていくと、やがて町角の至るところで人々が立ち話をしている様子が目に入ってきた。なんだか皆、がやがやと盛り上がっているというか、嬉しげな様子だ。

そんな中、昨日店に来た豊満な身体つきの中年女性が肉屋の前にいるのを見つけ、そっと話しかけてみる。

「こんにちは。昨日はお買い上げありがとうございました。あの……なんだか町中がざわわしているみたいですけど、何かあったんですか？」

振り返った彼女は機嫌良く答える。

「ああ、バルバラのところの子ね。近々、宮廷魔術師様や騎士様が、結界の状態確認のためにこの町においでくださるそうなのよ。今日、町長にお達しがあったらしくてね。こんな風に来て頂けるのは数年に一度のことだから、今から楽しみで仕方なくて」

「魔術師様と騎士様が？　あの、もしかして竜騎士のユーグもいたり……」

思わず目を輝かせて身を乗り出せば、すぐに手を横に振られた。

「あらやだ、さすがにそんな有名なお人は来ないわよ。それなら今頃、町中がひっくり返るほどの大騒ぎになっているはずだもの。第一、国一番の英雄様相手に、宮廷魔術師様といえど護衛なんて命じられないでしょうし。来るのは魔術師様と、その護衛の騎士よ」

「や、やっぱりそうですよね……」

さすがに安易に期待しすぎたかとがっくりする私に、彼女はふふっと笑う。

「まあ、さすがに空の英雄までは来ないけど、宮廷魔術師様が来られるだけでもやっぱり嬉しいものよ。特に、この町を管轄《かんかつ》してくださっている方は魔術師として名を馳《は》せていらっしゃる方だし」

「へぇ……」

「結界の確認だけでなく、行商人たちも大勢引き連れてくださるから、物品の仕入れもできて大助かりなのよ」

そう言いながら彼女が視線を向けたのは、通りの先にある石畳《いしだたみ》の広場。円形のそこをぐるりと囲む形で店が並び、広場の中心には白い石像が立っている。

前にバルバラさんに聞いた話だと、あの像の中に光の魔力が籠《こ》もった武器が埋められているらしい。その魔力を増幅させる形で、町全体に守護の結界が張られているそうだ。

その結界に綻《ほころ》びがないかを、宮廷魔術師たちは確認してくれるのだという。

「なるほど……それで皆さん、今から楽しみにされているんですね」

普段なかなか町の外へ出ていけない皆が、わくわくと心待ちにする様子も頷《うなず》けた。

女性に挨拶して離れると、また私は大通りの方へ戻る。

「それにしても、宮廷魔術師かぁ……。一体誰が来るんだろう？」

私が顔を知っているのは、七年前の宮廷魔術師長と、その側近ぐらいだ。

光の巫女だった私に直接会えるのは、上層部でもごく一部の人間に限られていたため、脳裏に浮かぶのはどうしても、お偉方《えらがた》の数人だけになってしまう。

宮廷魔術師長は年老いたお爺《じい》さんで、当時でさえ寄る年波から近々引退するとの話を聞いていた。きっともう代替わりしているのだろう。

他に覚えているのは、彼の側近の魔術師であり、私の教育係だったサミュエル。

私に光の魔法の使い方を手ほどきしてくれた人物で、当時二十代後半。穏やかに細められた目に片眼鏡《かためがね》が似合う、栗色の髪に水色の瞳をした知的な美貌の男性だった。

魔物退治に尽力《じんりょく》してきた彼は、人格者としても名高かった記憶がある。

「もしサミュエルが来るなら、ちょっとだけ会ってみたいかも……」

ショッキングな出来事があってから屋敷に引き籠《こ》もってしまった彼とは、最後はあまり会えないまま別れてしまったけれど、それ以前は穏やかな微笑みに随分と助けられたものだ。

もちろん一番に会いたいのはユーグだけれど、それが難しい今、懐《なつ》かしい人に会えれば少し元気が出る気がした。それにもしかしたら、私が再トリップしている事実についても、知恵者である彼なら有益な情報を教えてくれるかもしれないし……

そんなことを思いながら、私はいくつかの店へ向かったのだった。


――そして二時間後。

職探しを終えて戻った薬屋の店内で、私はカウンターに顔をつっぷして撃沈《げきちん》していた。

「うう。今日も全然駄目だったぁ……」

異世界での転職活動は、今のところ連戦連敗だ。

なんで駄目なんだろう。今は一応バルバラさんのところに住んでいるから、前よりは身元が確かで雇いやすいはずなのに。もしかして、必死すぎる雰囲気がいけないんだろうか。

この世界に来て、もう四日が経《た》っている。バルバラさんがこの店にいていいと言ってくれた期間は一週間だから、あと三日でなんとか別の仕事を見つけなければならない。

焦りもあり、自己アピールする時もかなり前のめりになっている自覚はあったので、もしかしたらその態度に引かれてしまったのかもしれない。

がっくりしながら反省していると、傍《そば》の椅子に座って調合道具を磨《みが》いていたバルバラさんが、のんびりとした声をかけてきた。

「まあ、仕事なんてのは縁さ。焦らずに探していきゃあいい。なんならあと数日、余分にここにいたって構わないよ」

バルバラさん、優しい……。心遣いにじんとくるが、だからこそ彼女に甘えていては駄目だとも思う。私に事情があるように、私を一週間しか雇えないと言った彼女にも、きっと事情があるはずだ。だから、むくりと上半身を起こして口にする。

「ありがとうございます。でも、さすがにこれ以上御厄介《やっかい》になってばかりもいられないし……。それに私、早くお金を貯《た》めて王都へ行きたいんです」

「なんでまた、王都なんて目指してるんだい。結構な距離があるっていうのに」

「あの……実はそこに、すごく会いたい人がいて」

厳密には、ユーグが所属する騎士団の本部があるのであって、彼がそこにいるわけではないのだが、説明が複雑になるので割愛する。

するとバルバラさんが、磨《みが》く手を止めて眉を上げた。

「おや、なんだい。あんた、王都に恋人がいたのかい？」

その言葉に、思わずかぁっと頬が熱くなり、慌てて両手を振る。

「ち、違います……！　確かに私はその人が初恋で、今もずっと好きだけど、彼は多分そうじゃなくて。というか、私のことを覚えているかもかなり怪しいし……」

あ、言っているうち、なんか悲しくなってきた。再びぱたりとカウンターにつっぷしそうになった私を、バルバラさんが力強い声で励ましてくれる。

「何、忘れられたって大したことじゃないさ。もし仮にそうなったとしても、その男がそれを惜しく感じるくらい綺麗になって、驚かせてやりゃあいい」

「え？」

見ればバルバラさんは、ニヒルな笑みを浮かべて自分の二の腕をぱしんと叩いていた。

「そいつの記憶に新たに焼きつくぐらいに美人になって、こっちから惚れさせておやり。……あたしだって、若い頃は男泣かせのバルバラと言われたもんさ。そういうことなら、少しは力になってやるよ」

まさか、バルバラさんにそんな過去があったとは……

いや、確かに年を重ねているとはいえ、彼女は彫りの深い美人だから、男性にモテたのはすごく頷《うなず》ける。けれど、男を撥《は》ね除《の》けそうな気迫があるというか、いい意味で色恋とは無縁そうに見えたのだ。一人で生きていける女性特有の、強いオーラを持っているというか。

雇い主の新たな一面を知り、しみじみと驚く私なのだった。

※　※　※

その晩、私はぼんやりと夢を見ていた。懐《なつ》かしい、七年前の夢を――

『アオイ様、だいぶ光の魔法の扱いがお上手になられましたね』

魔法の練習に使っていた、静謐《せいひつ》な雰囲気が満ちる神殿の一室。

見上げれば、隣に焦げ茶色の魔術師服姿のサミュエルが立っていて、優しい眼差しで私を見返していた。穏やかで、まるでお兄さんのような、お父さんのようなサミュエル。

今思えば、ユーグの次に私が気を許していたのは、彼だったような気がする。

私は嬉しくなって、彼を見上げてえへへと笑った。

『うん！　ちょっとずつだけど、できるようになったの』

『少しずつでよろしいのですよ。焦ってことを進めては、いずれお身体を壊してしまう。それでなくとも、女人の身体は大切にしなければならないものなのですから』

そこで、横から別の声が会話に入ってきた。

『ははぁ。サミュエル様は、奥方ができてからさらに紳士ぶりに磨《みが》きがかかられたようだ。俺も願うことなら、早く美しい妻が欲しいものですよ。……おっと。よく見れば、その良き候補となりそうな愛らしいご令嬢が、こんなにも傍《そば》にいらっしゃる』

いつの間にか私たちの近くに来ていた赤髪の青年がおどけて私の手を取り、優雅に手の甲に口付ける。炎みたいに赤い髪に、貴族の上着のようにも見える黒い魔術師服を纏《まと》った、派手な風貌の青年だ。

たまに会う度、そういう軟派《なんぱ》な言い回しをする彼が私はちょっと苦手で、ぷいっと彼の手から逃れると、サミュエルの背後に隠れる。

『エリオット……変なことばっかり言うから、いや』

令嬢扱いしてくれるのは嬉しかったけれど、口説《くど》くようなことは、なんとなくユーグにしか言われたくなかったのだ。

『おや残念、振られてしまったようだ』

飄々《ひょうひょう》とした態度で肩を竦《すく》めたエリオットに、サミュエルが苦笑する。

『まったく……久々に訪れたかと思えばそのような言動を繰り返すから、アオイ様が警戒なさっているではありませんか。それに、エリオット。私のこともあまりからかわないでください。シーリアと結婚したからといって、特に私自身が変わったわけでは……』

『おや、そんなことを仰《おっしゃ》って。やに下がっておられるサミュエル様は、拝見している俺たちとしては、珍しくも楽しいものですがね』

エリオットは目を輝かせ、楽しげに言う。途端、サミュエルが弱ったように眉を下げた。

困っている様子だが、どこか照れくさそうでもある。

『やめてください、そのようなことは本当に……』

そんなサミュエルがなんだか珍しくて、私は彼の背中をじっと見上げた。奥さんのこと、大好きなんだなぁ、なんてドキドキしながら。

その時、息せききって男が部屋に駆け込んでくる。

宮廷魔術師の制服を着た、サミュエルの部下だ。

『サミュエル様、大変です‼　奥方様が、奥方様が魔物に……！』

『え……？』

普段は優しく細められているサミュエルの目が見開かれる。

いつの間にか窓の外は、雨がざあざあと降っていた。

――場面が暗転する。


次に見えたのは、雨が降る中、大勢の人々がどこかへ参列する様子だった。

視線の先を黒いヴェールを被《かぶ》った彼らが連なってゆっくりと歩き、馬車の中にいる私はそれをどこか不安な思いで見つめている。その列の先頭を歩くのは、黒い服を纏《まと》ったサミュエルだ。

彼は手に、小さな壺《つぼ》を抱えていた。大事そうに、もう二度と離すまいというかのように。

私は隣に座るユーグの袖をぎゅっと握り、かすかな声で尋ねる。

『ねえ、ユーグ。サミュエル、どうしたの？』

『……サミュエル殿は、一番大切な方を魔物に襲われて亡くされたのです』

『一番、大切な人？』

ユーグは私をあやすように、そっと髪を撫《な》でて口にした。

『ええ。……決して離れたくないと思う、大切な方を。ですからアオイも、今はサミュエル殿をそっとして差し上げてください。心が現実を受け入れるには、まだ時間がかかることでしょうから』

『うん……』

それ以上、何も聞くことができなかった。

だって視界の先――参列者の先頭に立つサミュエルが、いつものように穏やかに伏せた目が、どこか泣いているように見えたから。そしてその後ろにいる、常に飄々《ひょうひょう》とおちゃらけた態度を取るエリオットが、今日は真剣な表情で、少しも笑っていなかったから。

だから私は、なんとなく心細い気分になって、隣に座るユーグの服の袖をただぎゅっと握った。

サミュエルたちを笑顔にするには、私はどうしたらいいんだろう。

一体、何ができるんだろう。そんなことを考えながら――

※　※　※

はっと目覚めて、上半身だけ寝台から起き上がった私は、はぁっと息を吐く。

「夢……」

窓の外を見れば、まだ早朝の薄明るい空。随分早く起きてしまったらしい。

胸に残るのは、懐《なつ》かしい夢がもたらした悲しい余韻。あんな夢を見たのは、町中でサミュエルたちの話題を聞いたからだろうか。

だってあれは――七年前の巫女生活中、一番悲しく切なかった出来事で、あまり思い返さないようにしていた記憶だったから。

サミュエルの奥さんであるシーリアさんが魔物に襲われ、二度と帰ってこなくなった日。あの日以来神殿を離れ、自領の屋敷に戻ったサミュエルとは疎遠《そえん》になっていった。その寂しさを埋めようと、私は光の魔法を武器に込める作業にさらに没頭《ぼっとう》していったのだ。

そうすることで、僅《わず》かにでもサミュエルの役に立てるような――彼の奥さんの仇《かたき》を討《う》てるような気がして。

そうだ……思い出してきた。あれ以来、サミュエルが少し遠い存在になったのだ。

「前はユーグの次に頼りにしていたけど、頼っちゃいけないって思うようになったのよね……」

だって、彼の心はきっと奥さんのことでいっぱいで、下手に煩《わずら》わせてはいけないと思ったから。

夢の切なさを引きずりつつ、身支度と朝食を済ませて階下に降りる。

店へ出ると、すでにカウンターの中にいたバルバラさんが声をかけてきた。

「おはようさん。おや……どうしたね。珍しく寝坊かと思えば、どうも顔色が悪いじゃないか」

「おはようございます。いえ、少しだけ目覚めが悪くて……大丈夫です。体調が悪いわけではありませんから」

夢の内容を口にもできず、ぎこちなく微笑んで返した私を、バルバラさんはじっと見つめてきたが、それ以上追及されることはなかった。

「まあ、そういう時もあるだろうさ。……ああ、そうだ。それよりこれも、良かったら化粧品の材料としてあんたにやるよ。上手くすれば、紅《べに》なりなんなりに使えるだろうからね」

そう言って、小瓶を手渡される。なんでも、赤色の花弁を発酵させたものが中に入っているらしい。

「あんた、前にやった白粉《おしろい》や軟膏《なんこう》を自分に合わせて改良してるみたいじゃないか。そんなに化粧が好きなら、これも上手く使えるんじゃないかと思ってね。それに化粧品が増えれば、より綺麗になって初恋の男を驚かせてやれるだろう？」

もしかしたらそれは、仕事探しも恋愛も前途多難そうな私への、彼女なりの励ましだったのかもしれない。夢でかすかに落ち込んでいた気分が、段々と浮上してくる。

「ありがとうございます……！　バルバラさん」

受け取った私は、夕方になると早速、自室に戻って化粧品作りを試してみることにした。

ちなみに、この赤い花弁を発酵させたものは、作用の強い薬を劇薬として見分けるため、着色用に作ってみた染料なのだそうだ。口に入れるものだから、岩石などではなく、自然の花から赤色を取ろうとして。

しかしいざ混ぜ合わせてみると、件《くだん》の薬の材料とは相性が悪く、変色して役目を果たさないと判明したため不要になったらしい。化粧品の材料とは、上手く合うといいけれど……

そんなことを思いながら、机の上に小さな器や筆を並べていく。

「これ、紅花から赤色を抽出するみたいな方法で作ったのかな……？」

呟きながら、絵具に似た粘性《ねんせい》の塊《かたまり》を筆先に取り、器の上で軟膏《なんこう》と混ぜ合わせていく。だが成分が合わなかったのか、暗い色に沈殿《ちんでん》してしまった。

次に、ある薬草の粉を足してみたところ、今度は少し朱色味が増して明るくなった。ただその代わり、ざらざらとして使い心地が悪そうだ。

なら、この薬草の粉をなんとか糊《のり》状にして混ぜてみれば――

そんな風に試行錯誤《しこうさくご》していき、もう二時間。やがて私の顔がぱっと輝く。

「あとはこれを足して……と。よし、できた！　いい感じの赤色」

器の中に、なんとか紅くどろりとした口紅もどきができて、私はほっと笑みを浮かべた。

どうだろう、ちゃんと口紅っぽくなっているかな？

手鏡を左手で持ち、右手に握った筆でそっと唇に載せてみる。すると、日本でつけた時よりビビッドな赤さが目立つが、ちゃんとお化粧した顔になった。

口紅をつけただけなのに、ぱっと目を惹《ひ》き、まるで別の自分になったような気分になる。

「うーん、やっぱりメイクって楽しい！　自然と気持ちが明るくなってくるもの」

その日の気分で色を載せ、少しだけ普段と違う自分になれて。シックなボルドーの口紅で大人の女性にもなれるし、時には淡《あわ》い桃色のチークで可憐《かれん》な少女にもなれる。そんな風に気軽に変身できたり、気持ちを前向きにできるから、メイクやコスメが大好きなのかもしれない。

うきうきと化粧を続けていると、やがて玄関の方から戸を叩く音が聞こえてきた。

私は慌てて、持っていた道具を机の上に置く。

「あっ、はーい！　今行きます」

今は、午後七時頃。すでに店仕舞いした時間なのだけれど、もしかして急用のお客さんだろうか。

そう思い、私は慌てて階下に降りて玄関へ向かう。

　扉を開けると、日が暮れた薄暗い風景の中、すっぽりと布を被《かぶ》って顔を隠した女性が佇《たたず》んでいた。俯《うつむ》いていて顔が見えない。彼女は、顔を上げないままひどく恐縮した様子で口にした。

「あの……夜分にごめんなさい。お薬を頂けたらと思って」

「いえ、構いませんよ。どのような薬をお探しですか？」

　声からすると、どうも二十代くらいの若い女性のようだ。

　困っているお客さんがいたらいつでも店を開けていいと、バルバラさんから言われていたので、私はすぐに頷《うなず》いた。するとほっとした様子で、彼女は話を切り出す。

「ありがとう。……私、傷を治す薬を探しているの」

「傷を治す薬を？」

　そういえば彼女は、布を目深《まぶか》に被《かぶ》って頑なに顔を出さない。

　町で見た同様の格好をした人々をふと思い出し、もしかして……と尋ねてみる。

「もしかして、魔物に襲われた時の傷……ですか？」

　すると、彼女ははっとした様子で顔を上げ、消え入りそうな声で答えた。

「ええ……そうなの。どうしても黒い傷を治したくて」

　どうも、ここではあまり詳しく話したくなさそうだ。夜とはいえ、玄関先では人目があるからだろう。私は、すぐに扉を大きく開き、彼女を中へ誘う。

「わかりました。詳しくは中で伺いますので、まずはお入りください。今、灯《あか》りをつけますね」

バルバラさんに相談するにしても、依頼内容を聞いてからの方がいいだろう。

そう判断し、私は慌ただしく彼女を店内に迎え入れたのだった。


中に入り、ようやく被《かぶ》っていた布を外した彼女は、予想通りまだ若い女性だった。

私より少し上の恐らく二十三、四歳ほどで、波打つ長い亜麻色《あまいろ》の髪が目を惹《ひ》く、しっとりとした雰囲気のお姉さんだ。口元の黒子《ほくろ》が、どことなく色っぽい。

そしてやはりというか、その頬には黒い傷跡があった。ひどく引っかかれたのか、結構目立つ。

「ごめんなさい、こんな遅い時間にお邪魔してしまって」

「いいえ、お気になさらずに。どうぞそちらの椅子にお座りください。それで、傷を治す薬をお探しとのことでしたが」

「ええ……別の薬屋でも探したけど見つからなくて、ここならあるかしらと思って。できれば、早急《さっきゅう》に欲しかったものだから」

椅子に腰を下ろした彼女の向かいに、カウンター越しに立ち、私はそっと尋ねる。

「不躾《ぶしつけ》ですが、急ぐ理由をお伺いしても？」

「私、大通りにある油屋の娘で……二ケ月後に結婚する予定なの。でも三日前、森に油の材料の花を摘《つ》みに行った際、運悪く魔物と鉢合わせしてしまって」

「それでそんな傷を……」

それは怖かったことだろう。息を吐いた私に、彼女はぽつりぽつりと話を続ける。

「幸い、父や護衛たちも一緒だったから、魔物を撃退してなんとか逃げ帰ることはできたの。だけど怪我は癒《い》えても、この傷痕《あと》だけはどうしても消えなくて。……ずっと夢だったの、あの人と結婚するの。だからこんな醜《みにく》い傷、早く消してしまいたくて……」

俯《うつむ》き、ぎゅっと拳《こぶし》を握って声を震わせる姿に胸が痛む。

あと二ヶ月で美しい花嫁姿を披露《ひろう》するというタイミングで、生涯消えない傷を負ってしまったのだ。それはとても辛く、口惜しかったことだろう。なんとかできないものかと思う。

もしまた、リュカくんの時のように光の魔法で治せたら――

そう思い、私はそっと申し出る。

「あの、すみません。少しだけ、傷痕《あと》に手を翳《かざ》してみてもいいですか？」

「え？　ええ……」

不思議そうにしつつも頷《うなず》いてくれたので、彼女の額に手を掲《かか》げて念じてみる。

しかし――何も起こらない。

やはりリュカくんの時のあれは、一回きりの奇跡だったのだろうか。それに……もし今回もまぐれで光の魔法を使えても、それで治すのが正しい方法なのだろうかと、いまだに迷ってもいた。

もしこの話を聞いて、自分も治してほしいとまた別のお客さんが現れた時、私はきっとその人までは治せない。前にバルバラさんに言われたように、有限な力であるならなおさら、下手に見せてはいけない気がした。

だから魔法ではなく、何か別の方法で彼女の心を軽くすることができたら――

そこで、はっと気づく。

「あっ……そうだ、化粧！」

「え？」

泣くのをやめてこちらをきょとんと見返す彼女に、私は顔を輝かせて告げる。さっきでき上がった口紅や、前にバルバラさんからもらった白粉《おしろい》のことが、ふと頭に浮かんだのだ。

「生憎《あいにく》、魔物から受けた傷を完全に癒《いや》せるような薬はうちにもないんです。でも、それを少しでも薄くして隠すだけなら……化粧なら、きっとできると思います」

「でも、化粧品なんて高価で手が出ないし。それに、すぐに落ちてしまうでしょう？」

不安そうに見上げた彼女に、私は安心させるように微笑みかける。

「確かにそうなんですが、幸い、今貴女にお化粧できそうな試作品がいくつかあるんです。試作品ですから、もちろんお代も要《い》りません。もしご迷惑じゃなかったら少し試させてください」

「え、ええ……それなら」

戸惑った様子だったが、どうにか頷《うなず》いてもらえたので、私は奥の自室からいそいそと化粧品や手鏡を持ってくる。

選んだ化粧品は三つ。バルバラさんからもらった軟膏《なんこう》と白粉《おしろい》に、色味などに手を加えて改良したもの。それと、さっきでき上がったばかりの口紅もどき。

まだ三つしかないけれど、それでもそこそこ使えるはずだ。

椅子に座った彼女に目を閉じてもらい、私は初めに下地用の軟膏《なんこう》を傷の上に塗る。痕《あと》に馴染《なじ》ませるよう、丁寧に色味を調整しながら。さらにその上から、白粉《おしろい》を丁寧にはたきつけていく。

それが終わったら、今度は口紅。紅《べに》を筆先につけ、唇からはみ出さないよう丁寧に載せていく。

彼女がより美しくなりますように、自信を持てますようにと、何度も願いながら。

そして、十分後――

「できたぁ……！」

ふうっと息を吐き、私は彼女に手鏡を差し出す。

「どうぞ、見てみてください」

「あ……傷が、なんだか少し薄く見える？」

女性が驚いたように目を見開く。私は嬉しくなって頷《うなず》いた。

日本でのメイクを思い出し、傷のカバーに重点を置いて工夫してみたのだ。

「はい。黄色い軟膏《なんこう》を塗って、その上から白粉《おしろい》を載せたんです。それに、口紅の色を濃い目に調整してみたから、傷にはだいぶ視線が行かないようになったと思います」

「そうね……確かにこれなら、前より気にならないかも……」

まだまじまじと眺《なが》めている彼女に、私は小さく微笑んで告げる。

「傷を完全に消せたらよかったんですけど、残念ながら、今の私にそれはできないので。でも、こうして少し目立たなくすることはできます。それに……」

「それに……？」

「好きな人の顔なら、きっと見ているだけでドキドキして、傷なんて気にならないものなんじゃないかなと思って。私も好きな人の顔を見ていると、その人への想いで胸がいっぱいになって、他には何も考えられなくなるから」

それはユーグのことを思い浮かべて、自然と口から出た言葉。もし再会した彼の顔に傷ができていたとしても、私はきっとドキドキして、彼のこと以外何も考えられないだろう。むしろ、傷さえも格好良く見えてしまうかもしれない。

もちろん、傷を気にする彼女の気持ちだってよくわかる。好きな人に醜《みにく》い傷痕《あと》が残った顔を見られたくない。嫌われたくない。——それは自然な気持ちだ。

でも、少しでも元気になってほしくて、そう告げる。

私の思いが伝わったのだろうか。やがて彼女は手鏡を置いて顔を上げた。

「ふふっ……そうね。……そうなのかもしれない。私は傷にばかり目が行っていたけれど、あの人はもしかしたらそんなに気にしないのかも」

彼女は静かに続きを口にする。

「……多分、自信が持てなかったのね、私。このことで……このくらいのことで、彼に捨てられるんじゃないかって。でも、それって結局は、相手の気持ちも疑うことだったのに……」

ゆるりと首を振った後、顔を上げた彼女の眼差しは、気弱げだった先ほどとは変わって、どこか凛《りん》として見えた。

「ありがとう……化粧をしてくれて。それに勇気をくれて。私、このまま彼のもとへ行ってみるわ」

「はい……。どうか頑張ってください」

私も力強く頷《うなず》く。そうして立ち上がった彼女は、最後に振り返って尋ねてきた。

波打つ亜麻色《あまいろ》の髪の下から覗《のぞ》く青い瞳は、私を真っ直ぐに見つめていた。

「私の名前は、シャロン。もし良ければ、貴女のお名前を聞いてもいい？」

「私はアオイと言います」

「そう。ありがとう、アオイ。……貴女の恋もどうか叶いますように」

囁《ささや》くように言うと、彼女は小さく微笑んで店を後にした。

彼女の姿が完全に見えなくなったのを確認してから、私は店内へと戻る。

胸の中にあるのは、シャロンさんの結婚が上手くいってほしい気持ちと、メイクで少しでも彼女を勇気づけられたことへの高揚感。二つが混ざり、やけにドキドキふわふわとした心地になっていた。そのままぼんやりとした足取りで玄関に鍵をかけ、自室に戻ろうとしたところで、横からふいに声をかけられる。

「帰ったのかい、あのお客さんは」

「わっ!!」

暗闇からの声に、私は思わず飛び上がる。

見れば、寝間着姿のバルバラさんが腕組みをしてこちらを見ていた。

「バ、バルバラさん……！　あ、あの、ごめんなさい、勝手なことをして」

そうだ。シャロンさんから事情を聞いたら、バルバラさんのところへ行ってどうすべきか相談に乗ってもらおうと思っていたのに。化粧のことを思いついてから、すっかり忘れてしまっていた。

慌てた私だが、バルバラさんに怒っている様子はなかった。

「いや、いいさ。あんたがしたことは間違ってない。だからあたしも声をかけなかったんだからね」

どうやら、私たちのやりとりをずっと陰で見ていたらしい。

戸棚からゆっくりと燭台《しょくだい》を取り出し、その灯《あか》りに火を灯《とも》しながらバルバラさんは言う。

「あたしらは薬を渡して客の身体の傷や不調を治すが、本人の気の持ちよう以上に効く薬もないんだよ。特にあの子は、どうやらそっちの問題が大きかったように思うからね」

「気の持ちよう……確かに、そうかもしれませんね」

そこで、バルバラさんが私の方を振り返る。

「しかし——それとは別に、あんたがしたことは面白いね」

「え？」

きょとんとする私に構わず、バルバラさんは深く感じ入った様子で続ける。

「そうさ……軟膏《なんこう》だって傷を治すだけじゃない。成分を変えりゃあ、こうして化粧として立派に使えるんだ。薬を飲んでも内側から効かない気の病なら、外側から被《かぶ》せて癒《いや》せばいい」

「あ、あの、バルバラさん？」

なんだか目に光が漲《みなぎ》っているというか、いつもより力を感じさせる表情だ。

「……よし、決めた！　これからはこの店で、あんたに化粧の仕事を任せようじゃないか」

「化粧の仕事を？」

突然の提案にぽかんとした私に、バルバラさんは力強く頷《うなず》く。

「そうさ。あたしはね、本当ならそろそろ店を畳《たた》む気だったんだ。だから、あんたを長くこの店に置くつもりもなかった。……でもね、あんたがさっきやったことを見て、もう少し冒険してみたっていいいんじゃないかと思ったんだよ」

「冒険、ですか？」

「ああ。あたしは若い頃、世界中の薬草を探して旅に出るのが夢でね。そうやって外に出かけられたらそりゃ一番だが、そうしなくたって冒険はできる。今まで行ったことがない方向に船を漕《こ》ぎ出せば、それは間違いなく冒険なんだろうさ」

昔を懐《なつ》かしむように目を細めた彼女は、やがて想いの籠《こ》もった声音《こわね》で言った。

「あたしはね、薬草師として……いいや、薬草を扱う一人の商売人として、もう少し活動の幅を広げてみたくなったんだよ」

「バルバラさん……」

シャロンさんの心を一歩前へ動かすことができたように、もしかして私のしたことは、バルバラさんの心もいくらか後押しできたのだろうか。

静かに喜びを感じている私を置いて、バルバラさんはてきぱきと話を進めていく。

「そうと決まれば、あんたの雇用についてだ」

「は、はい！」

「さっきも言った通り、あたしはあんたを今後も継続して雇うつもりだ。薬草師の助手兼、化粧師《けわいし》としてね。あんたがここにいたい限り、この店にいてくれていい。まあ……あんたは王都に行くのが目標みたいだから、もちろんその旅費が貯まるまでの間ってことにはなるんだろうけどね」

「えっ……ほ、本当ですか？」

私、これからも店にいていいの……？

驚いて聞き返した私に、彼女はしっかりと頷《うなず》く。

「ああ。あんた、夕方になるといつも職探しに町を歩き回ってるだろう？　その時間をこの化粧品作りに充《あ》てた方が余程いいと思ったのさ。それに作業の幅が広がれば、あたしだってあんたにちゃんとした給金をやれる。だから、金銭面については心配いらないよ」

単なる思い付きではなく、私の事情も色々考慮してくれた上での発言であることがわかり、さらにじんわりと嬉しさが広がっていく。

「あ、ありがとうございます……！　こちらこそ、是非これからもお願いします！」

喜びを噛み締め、私はバルバラさんに深く頭を下げたのだった。

第三章　炎の魔術師

翌日から私は、ますます化粧品作りにのめり込んでいった。

薬屋が開店中は薬草師の助手として働き、たまに客から頼まれたら、慣れない手つきで化粧を施《ほどこ》す。閉店後の夕方から夜にかけては、自室で化粧品作りやメイクの仕方の勉強に没頭《ぼっとう》する日々だ。

どうしたら、白粉《おしろい》をより自然な肌色へ近づけられる？

どうしたら、口紅をより鮮やかに、落ちにくくできるだろう？

そんなことを考えながら、色々な素材を夢中で調合していく。

時には失敗して、おかしな色味の塊《かたまり》を作ってしまうこともあったけれど、そうした過程も含めて、化粧品が少しずつ形になっていくのはとても楽しかった。

日本で使っていたコスメには遠く及ばなくても、ここにあるのは私が作った、誰かを輝かせることのできる化粧品。それが嬉しくて誇らしかったのだ。

もちろん最終的な目標は、働いて旅費を貯《た》め、王都にいるユーグに会いに行くことだ。

それは今も変わっていないけれど、こうして自分の好きな方法でお金を貯《た》められるというのは、やっぱり元気が出るというか、やる気が漲《みなぎ》ってくる。

そんなある日の午後、店に一人のお客さんが訪れた。

「あっ、アオイ！　あの時はありがとう！」

先日傷を治す薬を買いに訪れた女性――シャロンさんだ。波打つ亜麻色《あまいろ》の髪の下、今は傷のある顔を隠さずに曝《さら》け出し、朗《ほが》らかな笑みを浮かべている。

「貴女に化粧をしてもらってから、色々考えたわ。それで……決めたの。傷を気にして過ごすんじゃなく、顔を上げて生きていこうって」

「シャロンさん……」

「それから……あの日、彼に会いに行くと言ったでしょう？　そうして訪ねたら、彼、こう言ってくれたの。僕は君の傷なんて少しも気にならない、君を見ていると、その青い瞳や亜麻色《あまいろ》の髪に目を奪われてしまうからって……貴女の言ってたこと、本当ね」

はにかんで話す彼女は恥じらいつつも幸せそうで、私は嬉しくなった。

「そうだったんですか……！　本当に良かったです、シャロンさん」

「ええ。……それでね。二ケ月後の結婚式の日に、ぜひアオイに化粧をしてほしくて。それで今日はやって来たの」

「私に？」

「そうよ。あの時、私に自信をくれたのは貴女だから。だから、是非貴女の化粧で式に出たいと思ったの。どう、お願いできるかしら？」

「私が、花嫁になるシャロンさんのお化粧を……」

驚いたが、次第に喜びの方が勝《まさ》っていく。

恐らく二ヶ月後では、まだ旅費も貯まっていないだろう。それなら結婚式の日も私はこの町に滞在しているはずだから、ちゃんとこの仕事を請《う》け負《お》えるに違いない。そう考えて強く頷《うなず》く。

「わかりました。私で良かったら、是非やらせてください」

「ありがとう……！　嬉しいわ」

そんな私たちの会話を横で聞いていた、老婦人が話しかけてくる。

「おや。あんた、化粧ができるのかい？」

「あ、はい。駆け出しみたいなものですけど」

「なら、うちの孫にもしてやってくれないかね。あの子も年頃で、妙に自分の顔立ちを気にしているもんでね。少しでも綺麗にして、勇気づけてやりたいんだ」

するとシャロンさんが、すかさずしっかりと頷《うなず》いてくれる。

「アオイの腕は私が保証するわ。すごく綺麗にしてくれるんだから」

そんな風に、シャロンさんが店に来る度にさりげなく口添えをしてくれたおかげもあってか、次第に口コミが広まっていき、私に化粧を依頼する人の数は増えていった。

金額を低めに設定したことも良かったのかもしれない。使う化粧品も、貴族ご用達のような上等なものではないから、魔物から受けた傷を少しでも隠したい人や、好きな人の前で綺麗に装《よそお》いたい人——様々な女性が、それぞれの悩みと共に私のもとへやってくる。

その度に化粧だけでなく相談にも乗ったりして、お客さんが徐々に増えていく。

すると、手持ちの化粧品の改善点もはっきりしてきて、さらに改良できていった。

ちなみに、化粧落とし用のオイルも必要だと途中で気づいたが、それは油屋を営《いとな》んでいるシャロンさんのお宅から、メイク料代わりに肌に優しい油をもらうことで解決した。そんな風に、出会った縁から生まれた新たな繋《つな》がりで、化粧師《けわいし》の仕事は徐々に広がっていっている。

――それから一週間後。今では顔馴染《なじ》みになったシャロンさんが、今日も店にやって来て嬉しそうに話す。

「そういえばね、アオイ。貴女に化粧してもらってから、あの傷が少し薄くなったのよ」

「えっ、本当ですか？」

頷《うなず》いたシャロンさんが、自分の頬を指差す。

言われてみれば、確かに、前より薄《うっす》らしてきたように見える。

「ええ。ほんの少しずつだけど、色や傷口が薄くなって。不思議ね、化粧品に使った植物の成分が効いたのかしら？」

まさか、光の魔力のおかげ……？

いや、でも、リュカくんの傷を消した後は、上手く魔法を使えなかったし。

そうも思うが、もし何か理由があるならそれ以外には考えられない気もした。

「もしかして私、まだ光の魔法が使えるの……？」

手の平を見つめ、シャロンさんには聞こえないぐらいかすかな声で呟く。

そんな時、店の外から賑《にぎ》やかな声が耳に届いた。

「おおい、来たぞ！　宮廷魔術師様たちだ!!」

「行商人も大勢来たぞ‼　みんな、広場の方だ！」

「あら、とうとういらっしゃったのね」

シャロンさんが窓の外に視線を向け、弾《はず》んだ声で言う。見れば高揚した様子の町人たちが、ぞろぞろと広場の方へ向かうところだ。

前にちらりと聞いていたが、魔術師たちが来るのは今日だったのかと驚く。

窓から視線を戻したシャロンさんが、楽しそうに尋ねてきた。

「ねえ、アオイも見に行かない？　魔術師様たちと一緒にいつも行商人が大勢来るから、広場の方がすごく賑《にぎ》やかになるのよ。色々な雑貨がずらりと並べられて、まるでお祭りみたいなの」

「うーん……気になりますけど、私はやめておこうかなと思います。店番もしたいので」

というのも、店を空けてバルバラさんを一人にするのが心配なためだ。

昨日からなんだか腰の調子が悪いと言っていて、今日も午前中のお客さんの相手が終わると、彼女は奥に引っ込んでしまっていた。

少し休めば治るから大丈夫だとバルバラさんは言っていたが、彼女の身体の具合の方が私には大事だし、そこまで魔術師たちのことが気になるわけでもない。

もしサミュエルが来るなら、ちょっと会いたかったなと思ったぐらいで。

そんな私に、シャロンさんは小さく息を吐く。

「そう……アオイは行かないのね。滅多にない機会なのに、残念だわ」

「せっかく誘ってくださったのに、ごめんなさい。シャロンさんはどうか楽しんできてくださいね。

後でどんな感じだったか教えてもらえたら、嬉しいです」

「わかったわ。彼と行ってみるつもりだから、後で感想を伝えるわね。……あっ、それとアオイ。今日の貴女のお化粧、大人っぽくてすごく素敵だから、良かったら今度私にもしてちょうだい」

「はい、是非！」

頷《うなず》いた私に笑顔で手を振って、シャロンさんは店を出ていった。今日の私は可愛さよりも綺麗さ重視のしっとりしたメイクをしていたので、きっと気になったのだろう。

さて、バルバラさんの様子は……と、玄関の札を閉店状態にしたまま、店の奥へ足を向ける。

すると、そこには――

「バ、バルバラさん⁉」

小柄な身体が廊下の端《はし》にうずくまっている姿が見え、私は慌てて駆け寄った。

どうしたんだろう、だいぶ具合が悪いんだろうか。おろおろしながら背中をさすると、顔を上げたバルバラさんが青い顔色ながらもいつもの口調で返してきた。

「ああ……心配おしでないよ。ただちょいとばかり、腰の痛みが強くなっただけさ」

「何か薬を塗りましょうか？　もし、いつも使っている痛み止めなんかがあれば……」

「……それが、生憎《あいにく》切らしてるのさ。グレスの葉が足りないって前に言っただろう？　……あれから忙しくなって、結局森に摘《つ》みにも行けずじまいでね。あたしとしたことが、手際が悪いことをしたもんだよ」

最後の方は、少し弱々しい声音《こわね》だった。

そういえば確かに、近々採取に行けたらと言っていた。お店が忙しかった以外にも、リュカくんの都合と微妙に合わなかったこともあり、なかなか行けなかったのだ。

以前ならともかく、あれから二週間経《た》って薬草に詳しくなったため、今の私はグレスの葉だけでなく、毒草の見極めもできるようになっている。だから、迷わずに申し出た。

「バルバラさん。――私、これから森へ行って摘《つ》んできます」

「馬鹿をお言いでないよ。あんたにそんなこと……」

その言葉に、今日は首を横に振り、私ははっきりと告げる。

「でも、これから先もグレスの葉は必要になるんですよね」

「そりゃまあ、そうだが……」

「きっとお客さんも、グレスを使った薬を求めに来るだろうし。だったら、天気の良い今のうちに取りに行った方がいいと思います。今日は宮廷魔術師様たちが来ているそうなので森へ行く人も少なくて、リュカくんの手が空いている可能性も高いでしょうし」

「だがね、魔物が……」

それでもまだ私のことを心配してくれるらしい。

渋るバルバラさんに、私は安心させるように微笑んだ。

「大丈夫です、私も重々気をつけますから。これからリュカくんに声をかけてきます。彼に同行してもらえるなら、きっと安全ですよ。だから行かせてください、バルバラさん」

「……仕方ないね。それなら頼むよ」

そうしてバルバラさんは渋々と、しかし、かすかにほっと息を吐《つ》いて了承してくれたのだった。

その後、バルバラさんを奥の部屋で休ませ、店を完全に閉店の状態に整えた。そして、籠《かご》などの薬草摘《つ》み用の道具を抱えると、私は五分ほど歩いた先にあるリュカくんの家へ向かう。

玄関先で、バルバラさんの体調や薬草が足りない事情を伝えると、彼はあっさり了承してくれた。

「僕は構わない。じゃあ、今から行こうか」

「えっ、本当にいいの？」

頼んでおいてなんだが、もしかしたら断られる可能性もあるかなと思っていた。

魔術師の卵であるリュカくんなら、町に来たという宮廷魔術師たちに会いに行きたいのではと、ちらりと頭に浮かんだのだ。そうなったら、別の魔術師に頼もうかとも考えていた。

だが紅茶色の瞳の美少年は、傍《そば》の棚から道具らしき荷物を取り出しながら、クールに答える。

「宮廷魔術師長であるサミュエル様が来られたなら話は別だけど、今回来た人――副魔術師長のエリオット様には、特に興味ないから」

「ああ……！　今の魔術師長って、やっぱりサミュエル……ええと、サミュエル様なんだ」

夢でも見た、片眼鏡《かためがね》の似合う、知的で穏やかな栗色の髪の男性。

年齢は、今なら恐らく三十代前半だろうか。彼は地の魔法の名手だったから、今の魔術師長に選ばれたのは、能力的にも人格的にも妥当《だとう》な選定に思えた。

そして、エリオットという名前。

――そうだ。彼もまた先日夢に見た、青年魔術師だ。当時の宮廷魔術師長が忙しい時、代わりに書簡を持ってきたりしていたから、巫女時代に何度か顔を合わせたことがある。

燃えるような赤髪に琥珀色《こはくいろ》の瞳の美青年で、軟派《なんぱ》で飄々《ひょうひょう》とした性格。女性を見ればすぐ声をかける女たらしな一面があり、禁欲的で静かな雰囲気の人が多い宮廷魔術師の中では悪い意味で目立っていた。

「そっか……。今の副魔術師長は彼なのね」

そういえば、私に初めに挨拶に来た時も、私を口説《くど》くような挨拶をして、ユーグに鋭い眼差しを向けられていたっけ。もちろん冗談だったのだろうけれど、年齢問わず一貫して女性を口説《くど》こうとするあの軟派《なんぱ》さはすごいと思う。

だがそうした問題ある性格や行動はともかく、彼の扱う炎の魔術の威力は桁違《けたちが》いで、周囲に一目《いちもく》置かれていた記憶もある。だから私は、リュカくんに念のため尋ねてみた。

「エリオット様って確か、炎の魔術を使わせたら右に出る人がいないほどの方なのよね？」

「そうだけど……僕、あの人嫌いだ」

ぶすっとして言ったリュカくんに、おや、と思う。遠い王都にいて、普段はやりとりもない人だろうに、彼がそこまで嫌うのはちょっと不思議な気がしたのだ。

「ええと、何か苦手になるようなことでもあったの？」

「前にあの人が町に来た時、僕、魔法を教えてもらいたくて会いに行ったんだ。そうしたら、『この可憐《かれん》なお嬢さん。どう？　俺の未来の恋人にならない？』って手に口付けられた」

「そ、それはまた……あまりいい思い出じゃないわね」

思わず頬を引き攣《つ》らせる。ただでさえ早く一人前の男になりたいと考えている少年にとっては地雷すぎる対応だし、その時は純粋に彼を尊敬していたのなら、なおさら悪い意味で衝撃だろう。

確かにリュカくんは美少年で、数年前ならさらに少女に見紛《みまが》うほどだったのかもしれないけれど。

それでも彼の性別を勘違いし、さらには口説《くど》こうとするなんて、二重の意味で痛い。

つられて他の嫌な記憶まで思い出したのか、さらに眼差しが険《けわ》しくなっていくリュカくんに、これはまずいと、私は慌てて話題を逸《そ》らした。

「そ、そうだ！　そういえば、リュカくんの得意な魔法ってなんなの？」

「…………炎の魔法」

答えたリュカくんの声は、それは地を這《は》うように低いものだった。

まさか、よりにもよってエリオットと同じとは……

尊敬できない人物が自分の目指すずっと先にいるという事実は、複雑なことこの上ないだろう。

もう下手に尋ねない方が良さそうだと判断し、私は彼の背をドンマイ、と叩いたのだった。

そんな会話をしつつ、森の方へ向かう。

森には、大通りから二十分ほど歩いた先にある、町外れの木に囲まれた入り口から入るらしい。

そこには番人の男性が立っており、リュカくんが森へ向かう理由を伝えると、頷《うなず》いて外へ出るのを許可してくれた。道に迷って町の外へ出てしまう人がいないよう、交代で番をしているらしい。

入り口を抜け、その先に伸びる小道を二人で進んでいき、十五分ほど歩いた頃。

やがてまばらだった両脇の木立ちが鬱蒼《うっそう》とした緑に変わり、完全に森に入ったことがわかった。私たち以外には誰もいない、静謐《せいひつ》な雰囲気だ。

「新鮮な空気……それに、陽射しが明るいせいか、すごく綺麗な景色ね」

「まあ、今はまだ昼過ぎだからね」

木々の間から斜《なな》めに光が差し込み、どこか神秘的な美しさを感じる風景だ。鳥などの動物の鳴き声のほかに聞こえてくるのは、枝葉の揺れるかすかな音やせせらぎのような音だけ。

さらに十分ほど歩いたところで、リュカくんが立ち止まった。

「この辺りから、出しておいた方がいいかな」

地図でも出すのかな？　と思ったが、彼は持ってきた布袋からは何も取り出さず、右の手の平を天へと向ける。

そしてリュカくんが小さく何か呟くと、そこに、ぼうっと揺らめく赤い炎が現れた。

「わっ、炎……！」

「これを手の平に浮かべた状態で、僕ら炎の魔術師は魔物の気配を察知するんだ」

炎へ視線を落としながら、リュカくんがさらに説明する。

「魔物が近くにいると、その闇の気配の影響を受けて、この炎の形が変わる。魔物がいる方向を教えるか、もしくは、その方向を避けるように。それで僕らは、奴らの位置や気配を察知してる」

「へぇ……そうなんだ。すごいのね」

炎は今、真っ直ぐに天を向き、かすかに揺らめいていた。蝋燭《ろうそく》の灯《あか》りと同じ状態だ。それが通常で、どうやら現在は特に危険はないらしい。

褒《ほ》められたのが照れくさかったのか、ふいと視線を背《そむ》けて彼は素っ気なく言う。

「別に、いつもやってることだから。じゃあ、薬草を採取してさっさと帰るよ」

「了解！　そういえばバルバラさんに聞いたけど、グレスの葉は湖近くに多く生えているらしいの。あっちの方かな？」

「湖の近くなら、僕も何度か同行したことがある。——来て、こっち」

リュカくんの先導で、私たちは揃って湖の方へ向かった。

——十分ほど歩いて辿《たど》り着いた先は、林を抜けた先にある、綺麗な湖だった。

濁《にご》らない水質なのか、澄《す》んだ青緑色の湖面が、陽射しを受けてきらきらと輝いている。傍《そば》の繁《しげ》みには草が生い茂っており、どうやらその中にグレスの葉も混じっているようだ。

私は持ってきた籠《かご》を地面に置くと、シソの形状に似たグレスを探して、そっと葉を摘《つ》み取っては籠《かご》の中へと入れていく。

リュカくんはそんな私の傍《そば》に立ち、手の平の炎と周囲の風景とに交互に視線を向けていた。異常があればすぐ気づけるよう、丹念に様子を見てくれているのだろう。

少しずつ場所を移動しながら一時間ほど摘《つ》み続け、ようやく籠《かご》はいっぱいになった。

籠《かご》を抱えて、私は満足げにリュカくんを振り返る。

「よし！　これくらいあれば大丈夫そうね。ありがとう。これで町に……」

しかし、リュカくんが難しそうな顔をしているのが見えて言葉が途切れる。

「どうしたの？」

「……変だ。魔物の気配はないけど、血の匂いがする」

ぽつりと言った彼は、手の平の炎を真剣な眼差しで見つめていた。そこにあるのは、先ほどと何も変わらず揺らめく炎の姿。

私にはなんの香りも感じられないけれど、魔術師は嗅覚《きゅうかく》も発達しているのだろうか。

やがて彼は、周囲へぐるりと目を向けた後、ある方向にぴたりと視線を止める。

「――あっちだ」

「えっ？　ちょっと、リュカくん……!?」

そのまますたすたと歩き出してしまった彼の後を、私は慌てて追いかける。

リュカくんが向かったのは、湖から奥へ進んだ先にある草むらだった。

鬱蒼《うっそう》と繁《しげ》る草を掻《か》き分けてさらに道を進むと、ぽっかりと小さく開《ひら》けた場所があり、そこに初老の男性が一人倒れていた。

葉が豊かに生い茂った、高さ五メートル近くある一本の木の根元に横たわっている。六十歳ほどと思われるその男性は、粗末な布の上下を着た姿で、左足から血を流していた。痛みから意識が朦《もう》朧《ろう》としているのか、脂汗《あぶらあせ》を垂らしながら荒い息を吐いている。

真剣な眼差しになったリュカくんは、彼の顔の傍《そば》に片膝をついた。

「やっぱり。――大丈夫？　魔物にでも襲われた？」

顔見知りだったようで、おじいさんは弱々しい声ながら返事をした。

「おお、お前さん、リュカか……。山羊《やぎ》を連れて果物を採《と》りに来たところで、魔物に……うう、出くわしてしまってな」

息も絶《た》え絶《だ》えな彼の様子に、私も傍《そば》にしゃがんでそっと声をかける。

「ゆっくりで大丈夫です、無理しないで」

「ああ……すまないね、娘さん。それで……山羊《やぎ》が襲われている間にどうにか逃げてきてな。しかし途中で転んでしまって、こんな状態に……」

「動かないで、多分足の骨が折れてる。……そうか、それでレンジュの木まで来たんだね」

「レンジュ？」

おじいさんを介抱しながら尋ねた私に、リュカくんが背後に聳《そび》える木に視線を向けた。

「この木のこと。魔物が嫌うって言い伝えのある木で、これの根元で息を殺してれば、やがて魔物は気づかずに通り過ぎていくって言われてる」

魔物に対して、目くらましのような効果のある木だということらしい。

ともかく、このおじいさんの骨が折れている可能性が高い以上、早く安全な場所へ連れていって、治療しないと危険だろう。

「早く町に連れていかないとまずいわね……」

だが、非力な私とリュカくんでは、どうしたっておじいさんの身体を引きずるような形になるはずだ。それでは傷口に負担をかけてしまうし、そうやって運んでいる途中でもし背後から魔物に襲われでもしたら、ひとたまりもない。

同じことを考えていたのか、難しい表情で目を伏せていたリュカくんが顔を上げた。

「あんたは、このままここにいて。僕が町から人を呼んでくる」

「リュカくんが？　でも、それなら私が行くわ」

いざという時に魔法を使える彼が残っておじいさんを守った方がいいのではと思ったのだが、はっきりと首を横に振られた。

「今日初めて森まで来たあんたが一人で戻ろうとすれば、道に迷う可能性がある。それに、戻る途中で魔物に出くわしたら、それこそ悲惨な事態になるだろ。なら、あんたにはここでこの人を守ってもらった方が効率がいい」

「言われてみると、確かにそうね……うん、わかった」

彼なら魔物を回避しつつ、町まで辿《たど》り着けるだろう。だったら私のすべきことは、その間に少しでもおじいさんを手当てして、助けが来るまでなんとか守りきることだ。

リュカくんは、おじいさんが冷えないようにか、着ていた黒いローブを脱ぎ、彼の上にかけながら言った。

「とりあえず、レンジュの木だけだと不安だから、簡単な目くらましの魔法陣を描《か》いておく」

そう言うや、リュカくんは持ってきた布袋からチョークを取り出し、しゃがんで木の根元の地面に円形の模様を刻《きざ》んでいく。流れるように描《えが》かれていくのは、幾何学的な不思議な紋様《もんよう》だ。

「この円の中からは出ないように気をつけて。それから、炎も残していく」

そして彼は布袋から取り出した小さな燭台《しょくだい》に、手の平から出した炎を灯《とも》して地面に置く。

これで魔物の気配を察知するように、ということだろう。

てきぱきした彼の行動に感心し、私は心からお礼を言った。

「ありがとう、リュカくん。どうか気をつけてね」

「僕は大丈夫。それと、この籠《かご》はついでに持っていく。あんたこそ、油断しないで」

そう言って薬草の入った籠《かご》を持つや、リュカくんは身を翻《ひるがえ》して駆けていった。

それからの時間、私は持っていた清潔な布でおじいさんの怪我を止血し、なんとか簡易的な応急処置を施《ほどこ》した。そして彼の額の汗を拭《ぬぐ》ったりしながら、周囲の様子に気を配り続ける。

途中、痛みからおじいさんがとうとう意識を失ってしまい、それを心配していたせいもあったからか短いようでとても長い時間に感じられた。

ただざわざわと、森の木々が揺れる音だけが耳に入る。

「そろそろリュカくんたち、戻ってくる頃かな……早く帰ってくるといいけど」

レンジュの木の下で横座りした体勢のまま、私は不安からぽつりと呟く。

その時、ざっと強い風が吹いた。おじいさんの身体にかけたリュカくんのローブが風で飛ばされそうになり、慌てて手で掴《つか》む。

リュカくんの置いていった炎が消えてしまう……！　そう気づいて横を見遣《みや》るが、魔法による特殊な炎だったせいか、それは風によって消えることはなかった。

ただ——見つめた先の炎は今、どこか不思議な動きをしていた。

真っ直ぐに揺れていた炎が、今は西側を向いて揺らめいている。風ももう止んだというのに、ゆらゆらと不自然な方向に傾《かたむ》いた炎。

まるでこれでは、リュカくんが言っていた、危険を伝える時のような……

私はぎこちない動きで、その炎が示す方向を振り返る。

いつの間にか、心臓が早鐘《はやがね》のように打っていた。

すると、そこには――

黒い毛並みの動物が、木立ちの中に現れていた。太い木の枝に両腕と両足を使ってだらんとぶら下がり、感情の見えないぎょろりとした眼《まなこ》を辺りに向けている。

「ひっ……」

まるで、動物のナマケモノのような姿だった。

だがそれよりもずっと不気味で、恐ろしい姿形。顔は半分爛《ただ》れたように腐り、牙や手足に生えた爪は鋭く、口には何かを咥え、今もぐちゃぐちゃと噛み続けている。

その口からぽろりと落ちたのが山羊《やぎ》の頭であるとわかり、ひっと喉《のど》の奥が引き攣《つ》る。

これだ、おじいさんを襲ったのは、きっとこの魔物だ。

なんとか、なんとか息を殺してやり過ごさないと――

震える歯を噛み締め、私は後ろに横たわるおじいさんを背に庇《かば》うように、ぐっと動きを止める。

大丈夫だ、リュカくんの描《えが》いてくれた魔法陣があるんだから。

それにレンジュの木だってある。だから、どうかこのまま私たちに気づかないで。

そう願いながら、ただひたすらにじっと息を殺す。

だがタイミングの悪いことに、そこでおじいさんが目を覚ましてしまった。彼は視線の先にいる黒い魔物に驚き、悲鳴を上げる。

「ひぃっ‼　魔物……‼」

「駄目、動かないで……！」

恐らく先ほどの恐怖を思い出し、恐慌状態に陥《おちい》ってしまったのだろう、足がまともに動かないというのに、彼は慌てて這《は》いつくばって逃げ出そうとする。

レンジュの木の根元と、さらには魔法陣の中からはみ出しかけた彼を、私は急いで引き留める。

「お願い、待って。そこから出ると危ないから……！」

ようやく彼の手首を捕まえ、円の中へと引き戻す。だが、もう遅かった。

あらぬ方向を向いていた魔物の目は、今真っ直ぐにこちらへと向けられていた。先ほどまでの焦点の合わない視線とは違う、はっきりと何かを認識した瞳。そして魔物は、まるで新たな獲物を見つけた歓喜に笑うように、無邪気な表情でにたりと頤《おとがい》を開いた。

「あ……」

次の瞬間、魔物はぶら下がっていた枝からどすんと地面に降り、そのまま風のような速さで地を駆けてくる。鈍重《どんじゅう》な見た目に反して、それは驚くほど俊敏な動きだった。

どんどん近づいてくる、異様な形相《ぎょうそう》。ぱっくりと開かれた牙のある大きな口。

駄目だ、もうかわせない。でも——死にたくない。死なせたくなんてない。

おじいさんを背に庇《かば》い、恐怖から震えそうになる中で、私はただそう思った。

その瞬間、私の身体の表面に、かすかに白い光が浮かぶ。

内側からほの白く光る、不思議な光。私に噛みつこうとした魔物がそれに触れた瞬間、まるで火傷《やけど》でもしたかのように口を離し、地面に転がってぎゃああと悲鳴を上げる。

「え……」

私は目を見開く。

まるで、光の魔法が発動したかのようだった。でも、その力はもう失っているはずなのに。

「どうして……？」

呆然《ぼうぜん》とする私の視線の先で、やがて魔物がむくりと起き上がる。その目は先ほどとは違い、ぎらぎらとした怒りに燃えていた。

抵抗できると思わなかった獲物にしてやられ、怒り狂っているのだろう。

そして咆哮《ほうこう》を上げ、魔物は再びこちらに向かってくる。

次も撃退できるかはわからない。でも、なんとかして倒さなきゃ――

しかし光の魔法が発動したためか、すぐにどっと疲労が襲いかかってくる。肩に鉛《なまり》を載せられたように身体が動かない。そんな、こんな時に……

額に汗を滲《にじ》ませたその時。どこか遠く――空の方から大きな生き物の咆哮《ほうこう》が聞こえた気がした。

目の前の獣《けもの》とは違う、肌がびりびりと震えそうになるほど太く大きな生き物の声。

「え……？」

思わずその方向を見ようとしたすぐ後のことだった。

遥《はる》か上空から突風が流れてきたかと思ったら、次に轟音《ごうおん》と振動で地面が揺れる。突然の衝撃に身体のバランスを保てなくなり、私はぎゅっと目を瞑《つむ》って地面に上半身を伏せた。

次の瞬間、ぐぎゃあああと濁《にご》った大きな悲鳴が聞こえる。先ほどよりも大きな、魔物の断末魔《だんまつま》。

今のって、まさか――

目を開けた先には、今まさに私に襲いかかろうとしていた魔物が、血を吐いて倒れる姿があった。

心臓を何か鋭いもので一突きにされたらしく、そこから大量の血が噴《ふ》き出している。

いや、よく見れば一箇所だけでなく、魔物の身体には一瞬の間にいくつもの傷ができていた。そこからも一拍遅れて血が噴《ふ》き出していく。信じられない光景だった。

「そんな、いつの間に……」

本当に、ほんの一瞬の出来事だった。私は目を見開いてただ呆然《ぼうぜん》とする。

だがそうしていると、次第に辺りの様子がちゃんと目に入ってきた。魔物の向こうには今、とても大きな生き物の姿がある。

陽射しを受けて煌《きら》めく、白銀の鱗《うろこ》の巨大な竜。人間の五倍はあろうかという大きさで、力強くも神々《こうごう》しい輝きのそれに目を奪われる。驚きから声が掠《かす》れた。

「本物の、竜……」

そして竜の背から降り立ったのは、銀の甲冑《かっちゅう》と兜《かぶと》を纏《まと》った、すらりとした肢体の男性。

彼は流れるような仕草で地面に降り立つと、魔物を倒すのに使ったのだろう長い槍《やり》を、地面に突き刺した。そのまま彼は、自由になった両手で被《かぶ》っていた銀の兜《かぶと》を外す。

見る間に露《あら》わになる、やや癖《くせ》のある銀髪に覆《おお》われた、碧色《みどりいろ》の目の涼しげな美貌。その下の、凛《りん》と背筋の伸びた長身。それは、ずっと会いたかった初恋の――

信じられない思いに、気づけば私は、震える声で彼の名を叫んでいた。

「ユーグ!!」

ずっと会いたくて、何度も夢にまで見た人。それが今、目の前にいる。

胸がぎゅっと苦しくなって、それ以上に嬉しくて堪《たま》らなかった。

だって、本当にずっと会いたかったのだ。

七年ぶりに見る彼は、記憶の中と変わらない麗《うるわ》しい容貌で、けれど思い出の彼より、どこか身体つきが逞《たくま》しくなったように見える。

木の根元に座りこんだまま名を呼ぶ私に、ユーグが視線を向けた。

冷静だったその瞳が、私の姿を映した途端、徐々に驚愕《きょうがく》に見開かれていく。

「貴女は……まさか、アオイ……?」

私の姿を眺《なが》め、それでもまだ信じられないように呆然《ぼうぜん》と呟く。

「なぜ、ここに……。貴女は七年前、元の世界に戻ったはずでは……」

彼の言葉に、そうだ、ちゃんと事情を説明しなきゃと私は立ち上がろうとする。

「うん、一度は地球に戻ったの。でも二週間前、気づいたらこの世界にいて……あっ」

その途中で、足元がふらついてしまう。どうやら魔法を使った疲労がまだ抜けていなかったようだ。すぐに、はっと真剣な表情になったユーグが駆け寄って支えてくれる。

「アオイ、お怪我は？」

「大丈夫、怪我はないから。ただ、ちょっとふらつくだけで……」

それでもユーグは心配なようで、小さな傷も見逃《みのが》すまいとするかのように、私の肩を両手で支えたまま、私の姿を上から下までじっくり眺《なが》める。

やがて本当に怪我はないとわかったのか、彼は私をぎゅっと抱き締めると、はぁ……と安堵《あんど》の息を吐いた。成長してもまだ、長身の彼と私とでは身長差があるから、今は彼の肩口に額を埋《うず》める形だ。心配してもらえるのは嬉しい。ものすごく嬉しいんだけど……

「あ、あの、ユーグ？」

いきなり抱き締められた私は、顔から火が出るほど真っ赤になり、内心大パニックだ。

だって、ユーグに会えただけでも嬉しかったのに、さらには彼に抱き締められているのだ。

嬉しいのと同じくらい恥ずかしくて、どうしたらいいかわからなくなる。

一見すらりとして見えるのに、彼は以前よりもずっと逞《たくま》しくなっていて、私の身体なんてすっぽりと腕の中に隠せてしまう。私とは全然違う、大人の男性の身体だ。

意識するほどドキドキして、心臓が破裂しそうになっていく。

「……ああ、失礼しました」

ようやく自分の行動に気づいたらしいユーグが身を離した。無意識だったのかかすかに恥じている様子だ。彼の体温が遠のいたことに、私は少しほっとする。

「う、ううん。ありがとう。心配してくれて。それに、危ないところを助けてくれて」

「いえ、貴女の無事に関わるのですから、当然のことです」

「そ、そっか……」

当たり前のように言われ、またそわそわと落ち着かない気持ちになる。そんな私を、ユーグは今もまじまじと見つめていた。

「それにしてもアオイ。まるで貴女は、急に大人の女性になられたような……」

その言葉に、そうだ、彼は私のことを幼い少女だとずっと勘違いしていたのだと思い出す。

今日の私は大人っぽいメイクをしていたので、それでぐっと成長して見えたのかもしれない。私は照れくさくなりながら頷《うなず》く。

「うん、ユーグ、間違ってないよ。だって私、本当に大人になったから」

「しかし、以前の貴女はあんなにも小さな少女で……」

多分、自分の腰ほどの背丈しかなかった私を思い出しているのだろう。

戸惑いを隠さない彼に、私は思わずふふっと笑う。

「もう！　あの時だって言ったじゃない。私、ユーグが思ってるより、ずっとお姉さんなんだよって。貴方も他の皆も信じてくれなかったけど。……私、今年でもう二十一歳になるんだよ」

「二十一……？」

ユーグは、かつて見たこともないほど唖然《あぜん》とした表情をしていた。

呆然《ぼうぜん》としながら、彼は私の姿を上から下まで改めて眺《なが》める。

「まさか、それほどの年齢だったとは……。てっきり、あの頃の貴女は八歳ほどだとばかり……」

そこまで年下だと信じていたなら、彼の驚きようもわかる気がした。

いや――というか、待ってユーグ。いくら私が幼く見えていたとはいえ、当時でも十四歳だったのに。さすがに若く見積もりすぎでしょう。

思わずかすかに膨《ふく》れていると、それを見たユーグが目を瞬《しばたた》いた。

「ああ……変わられたかと思いましたが、やはり貴女はアオイですね。言葉よりも表情が雄弁で愛らしいところは、まったく変わっておられない。……ええ、私がお守りした、素直なアオイだ」

そして、ふっと嬉しそうに微笑む。

そんな彼の柔らかな美貌を見た私は、またすぐにじわじわと茹《ゆ》で蛸《だこ》のようになっていく。

だって、前以上に格好良いし、私に優しいところも変わっていなくて、なんだかもう胸がいっぱいになってしまうのだ。駄目だ……やっぱり私、ユーグのことが大好きみたいだ。こんなやりとりだけで、空も飛べそうなほど嬉しくなっている。

でも、喜んでばかりもいられない。なぜなら、魔物はユーグが無事倒してくれたとはいえ、まだおじいさんを安全なところへ運べていないから。

振り返って見れば、レンジュの木の下にいるおじいさんは、またも意識を失っていた。魔物が私に噛みつこうとした辺りで恐怖のあまり気絶してしまったのかもしれない。

私はドキドキする気持ちを抑え、できるだけ冷静にユーグに事情を説明する。

「ええと……それでね、ユーグ。私、そこにいるおじいさんを、町まで連れて帰ろうとしていたところだったの」

「こちらの御老体を？」

「うん。連れの魔術師の男の子がいるんだけど……彼と私じゃ力がなくておじいさんを運べそうにないから、その子が町まで助けを呼びに行ってくれていたところで。彼の戻りを待っている間に魔物に見つかってしまって……」

「なるほど。それで御身《おんみ》一人でこちらにおられたのですね」

ユーグの畏《かしこ》まった物言いに、なんとなく落ち着かない気分になって返す。

「あの、もっと砕けた話し方でも大丈夫だよ？　もう私、前みたいに光の巫女じゃないんだし……」

「巫女ではない？　それは一体どういう意味ですか」

真剣な眼差しになった彼に、私は少し驚きつつ答える。

「だ、だって、光の魔法はもう使えなくなったから……」

すると、なぜか彼はほっとした様子でこう言った。

「ああ、そういう意味でしたか……。しかし、先ほど貴女は確かに力を使えていたようでしたが」

「え？」

目を瞬《しばたた》いた私に、彼は後ろにいる竜を視線で指し示して言う。

「先ほど、私がエンゾの――この竜に乗って辺りを飛んでいた時、光の魔法の気配を感じたのです。その気配を追ったところ、貴女が魔物に襲われている場面に行き当たりました。あの白い光が見えなかったら、私が助けに入ることは難しかったでしょう」

「えっ……じゃあ、あの白い光、ユーグにも見えていたの？」

「ええ。とはいえ、まさか貴女がいらっしゃるとはさすがに思わず、どこぞの騎士や魔術師が光の武器で戦っている際の輝きかと思っていましたが。それで魔物がいるのならばと、助太刀《すけだち》すべく舞い降りた次第です」

どうやら私はあの時、やはりちゃんと光の魔法を使えていたようだ。

「でも、それならどうして、前の時は使えなかったんだろう……？」

うーんと首を捻《ひね》った私に、ユーグが不思議そうに尋ねる。

「前の時とは？」

「リュカくんや、このおじいさんを助けようとした時は光の魔法が発動したんだけど、シャロンさんっていう町の女性の傷を治そうとした時はできなかったの。だから、それがすごく不思議で」

ユーグがちらりとおじいさんの方を見て、何かに気づいたように呟く。

「ああ。それは恐らく――」

しかし、その言葉は途中で途切れた。

道の向こうから、少年と男性たちの野太い声が聞こえてきたからだ。

「アオイがいるのは、あっちだ！　早く」

「おう、みんな、向こうだとよ。早く来い‼」

その声に、リュカくんが助けを連れてきてくれたことがわかり、ほっとする。

一瞬そちらに視線を向けたユーグは、何か考え込む眼差しをした後、すっと身を翻《ひるがえ》した。

「アオイ。申し訳ありませんが、私はいったん失礼します。――私とエンゾがここにいると知れると、いらぬ騒ぎになる恐れがありますので」

「えっ？　でもユーグ、まだお話が途中……」

まだ全然、話し足りなかったし、会えてすぐに離れたくない。

とっさに引き留めようとした私に、彼はゆるりと首を横に振る。

「ご心配なさらず。すぐにまた貴女のもとへ参ります。失礼ながら、現在のお住まいはどちらに？」

「ええと、ファルゴの町にある、バルバラさんっていう女性が営む薬屋さん。今は、その二階に住まわせてもらってるんだけど……」

「承知しました。では、後程。私がここにいたことは、どうかご内密にして頂けますよう」

「あの、ユーグ……！」

「――大丈夫です。私はいつでも、貴女のお傍《そば》に」

私を安心させるようにそう囁《ささや》くと、彼は素早く兜《かぶと》を被《かぶ》り、槍《やり》を手にして竜の背へと跨《また》がった。

そのまま竜を飛翔させ、リュカくんたちが来る方向とは逆方向へ去っていく。

静かに竜を飛ばしたのだろう、風と振動はあったが、先ほどより大人しい動きだった。

そうしてユーグの姿が完全に見えなくなった辺りで、リュカくんたちが現れた。

「悪い、遅くなった！　無事だったか？」

リュカくんは息を切らして私に歩み寄ってくる。後ろには、逞《たくま》しい体格の中年男性たちが四人ほど。どうやら担架《たんか》も持ってきてくれたようだ。

「あっ、うん。私は大丈夫」

そんな私にほっと息を吐いたリュカくんは、次に辺りの様子に気づき、驚きに目を瞠《みは》る。

「魔物が、死んでる……」

すぐに真剣な表情になった彼は、私にぐっと詰め寄ってきた。

「ねえ、僕がいない間に一体、何があった？」

「ええと、魔物に襲われたんだけど、なんとか無事に済んで……」

思わずのけぞりつつ答えれば、後ろから仰天した様子の中年男性たちの声も聞こえてくる。

「なんだこりゃ、一体全体どういうことだ？」

「おい、お嬢ちゃん！　状況を教えてくれ」

「す、すみません。実はその、私もよくわかっていなくて。気を失って目を覚ましたら、いつの間にかこんな風になっていたというか」

何せユーグが自分のことを話さないようにと言っていた手前、そう誤魔化すしかなかったのだ。

助けが来たことにはほっとしつつ、私は冷や汗をかきながら、しどろもどろに状況を説明したのだった。


以降は、忙《せわ》しなく時間が過ぎていった。

リュカくんが連れてきた男性たちによって、気を失ったおじいさんは町まで運ばれた。これから馬車に乗せ、隣町の医者のもとへ連れていくのだという。

それを見届けて皆安堵《あんど》していたが、やはり先ほどの不可解な状況を疑問に思ったらしく、私はしばらくリュカくんや町の人たちに捕まっていた。

気を失ったという私と初老の男性、その前にあった、ずたずたに切り裂かれた魔物の死骸。

そんな状況に納得のいく説明を求めた町人たちだったが、ちょうど今、町に宮廷魔術師が来ていることを思い出した私が『気を失って姿は見れなかったけれど、もしかしたら腕のいい魔術師様が助けてくれたのかも』と言ったら、なんとか信じてもらえた。

それほどユーグの倒し方は神業的《かみわざ》だったということだろう。

そのため皆は、現在町を訪れている魔術師のうちの誰かが旋風《せんぷう》で切り裂いて魔物を倒したのだと信じ、彼らの滞在をさらに歓迎する雰囲気になっている。

タイミングが良かったというか、なんとか上手くいってほっとしたというか。そんなこんなで夕方にようやく解放され、今は薬屋の二階の自室にいた。

「今日は本当、色々あった一日だったなぁ……」

ちなみに店に帰ると、心配して待っていたバルバラさんにすごく怒られた。

けれどその後すぐに、無事帰ってきて良かったと強く抱き締められた。きっとじりじりしながら帰りを待っていてくれたのだろう。申し訳なくもあり、嬉しくもあった。

そしてバルバラさんとの夕食も終え、自室に戻った今は、もうとっぷりと日が暮れている。

窓を閉め、燭台《しょくだい》を灯《とも》した部屋の中。私は一人寝台に腰かけて、先ほどのことをぼんやりと思い出していた。魔物に襲われたところを、竜に乗ったユーグに助けられた。そのすべてになんだか現実味がなく、まるで夢物語のように思えて。

ううん——でも、あれは夢なんかじゃなかった。本当に目の前にユーグがいたんだ。

「前と同じ、優しいユーグだった……」

困っている人がいたら助けようとするところも、すぐに歩み寄って手を差し伸べてくれるところも……以前と全然変わっていない。より男らしくなった点は、ちょっと変わっていたけれど。

と、その時。窓の外でびゅっと激しい風の音が聞こえた。

突風でも吹いたのかな？　と初めは気に留めなかったが、そのすぐ後に、窓にこつんと何かがぶつかるような音がした。

それが一度きりでなく何度か続いたため、さすがに気になって窓の方へ向かう。

確認しようと窓を開けると、そこにはなんと——ユーグがいた。

「わっ!!」

店の傍《そば》に立つ木の枝に片手で掴《つか》まり、太い幹に足を載せ器用に立っている。薄闇に紛《まぎ》れるようにしてその場にいる彼は、口元に人差し指を当て、しっと合図をした。

その仕草さえ、彼がするだけでどこか洗練されて見える。

「驚かせてしまい申し訳ありません。——ですがどうかお静かに。無礼を承知で願いますが、今から中へ入れて頂いても？」

「う、うん。どうぞ……」

予想外の事態にばくばくと心臓が鳴りつつも、私は慌てて彼を迎え入れる。

すぐに参るって言っていたけれど、まさか今晩だったとは。しかも、こんな恋人たちの秘密の逢《おう》瀬《せ》みたいな現れ方をするとは――色々と心臓に悪い。

恋人たちの逢瀬《おうせ》……いや、変なことを考えるな。ユーグにまた会えただけでも落ち着かないのに、これでは心臓が持たない。ぎくしゃくする私とは裏腹に、彼は至って真面目な表情だ。

枝から室内に足を下ろした彼は、すぐに私へ歩み寄り、足元にすっと跪《ひざまず》く。

そして顔を上げ、落ち着いた声で告げた。

「アオイ。夜分に、うら若き女性のお部屋にこのような無礼な現れ方をし、誠に失礼を」

今の彼は、先ほど戦っていた時のような銀の甲冑《かっちゅう》姿ではなく、青い騎士服姿で腰に剣を佩《は》いている。神殿騎士時代に着ていたシンプルな意匠《いしょう》とは違い、壮麗な飾りがついた騎士服だが、色は以前同様に青色だ。

銀髪に碧《みどり》の目の美貌は相変わらず麗《うるわ》しく、凛々《りり》しい詰襟《つめえり》姿で跪《ひざまず》かれると、とにかく格好良くてつい見惚《みと》れてしまう。そして静かに掠《かす》れて聞こえる声がまた、耳に心地いい。

「ですが、早急《さっきゅう》にお話ししなければと……アオイ？」

「あ、ううん！　なんでもない。ええと、急いで話しに来てくれたのよね、ありがとう」

いけない。七年ぶりの初恋の人とはいえ、見惚《みと》れている場合じゃなかった。

首をぶんぶんと左右に振って気持ちを切り替える。

そんな私に気づかず、ユーグは立ち上がって、静かに話を続けた。

「まずは先ほど、話の途中で退席させて頂いた件ですが。本来私はここにいるはずの身ではなかったため、あまり人目に触れるわけにはいかなかったのです」

「えっ、待って。じゃあさっきは、魔物退治の任務のためにこの町に寄ったんじゃなかったの？」

ユーグは世界中を飛び回っていると聞いたから、その途中でたまたまあそこに立ち寄ったのだと思っていたが、違うらしい。

「ええ。本来なら私は、ここより南方の町で任務を終え、そこに滞在しているはずでした。しかしあるものを探すため、この辺りを飛翔していたのです」

「あるもの……何を探していたの？」

「それを詳しくお話ししたいところですが、その前に貴女がこちらに来られることになった経緯について、お伺いしてもよろしいでしょうか？　それに深く関わってくることでもありますので」

「う、うん。もちろん構わないけど……」

話の流れがよくわからないながらも、私は大学へ向かう途中魔法陣に引きずりこまれたことと、そして着いた先のファルゴの町で、薬草師の助手として働き出したことなどを伝える。

話をすべて聞き終えたユーグは、深く息を吐いた。

「――なるほど、そういうことでしたか。つまり貴女は再び何者かに召喚され、以来ずっと、このファルゴの町で薬草師の助手、そして化粧師《けわいし》として働き続けておられたと」

「そうなの。私が本当に召喚されたのかどうかは、今もまだ謎なんだけど……」

なにせ、召喚した人がいるのかさえ、まったく見えてこないのだ。

だがユーグは、はっきりと首を横に振った。

「いえ、貴女が召喚されたことは確実でしょう。――というのも、今から三週間ほど前。何者かの手によって、神殿から貴女の巫女衣装などが盗まれたと発覚したからです。実を申せば、私は魔物退治の正規任務の合間に、それらを盗んだ犯人を秘密裏に探していました」

「私の衣装を……？」

なんでそんなものを、と眉根を寄せた私に、ユーグが説明を続ける。

「なぜそれが狙われたのかは、私たちにも不可解でした。――しかし、貴女がここにおられることで理由は判明した。その者は衣装を盗み、それを依代《よりしろ》とすることで、貴女の再召喚を成功させたのでしょう」

依代《よりしろ》？　と首を傾《かし》げると、ユーグが詳しく教えてくれる。

「召喚には多大な魔力を必要とします。だからこそ、以前に貴女を召喚した際は、神殿にある召喚の間が使われた。魔力を増幅させる力のあるその場ならば、儀式を無事成功させることができますから。しかし、今回貴女を召喚した何者かは、他の場所から呼び寄せようとした。成功率を上げるには、貴女に深く関わるもの……依代《よりしろ》が必要だったのでしょう」

つまり犯人は、秘密裏に私を召喚しようと、ファルゴの町を召喚先に選んだ。しかし、それを成功させるのは難しかったため、力を増幅させるべく私の巫女衣装を盗んだ、ということらしい。

「なるほど、そういうわけだったのね。でも、どうしてそんなことをしてまで私を……」

戸惑って目を伏せる私に、ユーグは静かに首を横に振った。

「それがわからないのが不気味であり、同時に懸念《けねん》している部分でもあります。犯人の目的は不明ですが、恐らく近いうちに貴女に接触しようとするでしょう。貴女を己の手元に置いて利用するため、呼び寄せたのでしょうから」

「私に、怪しい誰かが近づいてくるってこと……？」

思わずぞっとして、自分の腕をさする。

「そうなります。そして私は、そのような危険な状態にあると知りながら、貴女を現状のままにしておくつもりはありません」

そこでユーグは、さらに真剣な表情になった。

「――ですから、アオイ。御身《おんみ》を守るため、こちらから私の屋敷へ住まいを移されませんか？」

「私が、ユーグの屋敷に？」

目を見開いた私に、彼は考え深げな眼差しで続ける。

「ええ。貴女の衣装が盗まれた形跡がある以上、神殿も今は安全な場所とは言いがたい。さらに王宮は、下手に足を踏み入れたが最後、恐らく一生貴女を外へ出さないでしょう」

「確かに、前に私が元の世界に戻る時も、国王陛下たちがだいぶ渋ってたもんね……」

せっかく召喚したというのに、むざむざと巫女を帰すとは何事か。そんな風に苦い顔をした国王や側近たちに、神殿騎士であるユーグやラウルたちが進言してくれたのだ。

巫女が尽力《じんりょく》した甲斐《かい》あって、大半の魔物が滅ぼせた。巫女が光の魔力を込めた武器も今では沢山ある。けれど幼い身を酷使《こくし》し続けたため、だいぶ彼女の身体に負担がかかっているから、問題がほぼ収束した今は、元の世界に戻した方が良いと言って。

そうしてなんとか帰った形である以上、今また王宮へ行けば、ユーグの言うようにきっと国王はもう私を逃がさないだろう。

「それに私は、陛下より魔物退治の任務を、神殿の者たちからは貴女の衣装を取り戻す依頼を受けておりますが、貴女ご自身に対して何か命じられているわけではありません。ですから、こうして偶然再会することが叶った貴女を王宮や神殿へお連れしなかったとしても、彼らからの依頼を違えることにもなりません」

その言葉に戸惑う私に、ユーグはさらに真摯《しんし》に続けた。

「ですので、どうか私の屋敷へ。幸い竜騎士として階級が上がったため、私はここから離れた南の領地に屋敷を持っています。そこで貴女をお守りできればと思っています」

「ユーグの屋敷へ、私が……」

まさか再会してすぐ、そんな提案を受けるとは思わなかった。

彼が心配してくれる気持ちは本当に嬉しいが、同時にそれは私に戸惑いを与えるものでもあった。

なぜなら私は、少しずつファルゴの町に愛着が湧《わ》き始めていたから。

もちろん、ユーグに会いに行くために、いずれここから離れることになるのは理解していた。でもそれは、まだずっと先のことだと思っていたのだ。

だから正直に言えば、急にここを離れなければいけないことに少し抵抗を感じてしまう。

でも――私が残ることでバルバラさんたちに迷惑をかけてしまうなら、それは絶対回避したい。

だからきっと、ユーグの屋敷でお世話になるのが一番いいのだろう。

ユーグに守ってもらえるのは、やっぱりすごく嬉しいことだし。

しかし同時にそれは、彼にかなり負担をかけてしまうのでは、とも思うのだ。

ユーグは、竜騎士として世界中を飛び回っている。そんな中、私を匿《かくま》うことになったら、彼は忙しい状況を押しても私の様子を見に帰ってこようとするだろう。私が昔一緒に過ごした彼は、そういう律儀な人だったから。

それは……どうなんだろう。前と同じようにただ彼に守ってもらって、それで私はいいの？

そこまで思った私は、迷いながら口にする。

「あの、ユーグ。気持ちはすごくありがたいんだけど……ごめんなさい。少しだけ考えさせてもらってもいいかな？」

「ええ。急な申し出でしたから、戸惑われるのも当然でしょう」

急《せ》かさない彼にほっとして、私は「そうだ」と話題を変える。

「そういえば、せっかく来てくれたのにお茶も用意してなかったね。ごめん、今淹《い》れてくる」

「いえ、どうぞお構いなく」

「ううん、すぐ持ってくるから。ちょっとだけ待ってて」

多分、私は自分が思うよりずっと、動揺していたのだと思う。一度に色々なことが起きて、頭の中ですべてを整理しきれなくて。

だからか、ぎこちなく笑って階段に向かおうとして、途中で床の継ぎ目に躓《つまず》いてしまった。

「あ……」

転ぶ——と思ったが、私がそのまま倒れることはなかった。

「っ！　アオイ……！」

すぐにユーグが私の手首を掴《つか》み、胸にぐっと抱き寄せてくれたからだ。彼の鼓動が聞こえるほど身体が密着してしまい、逞《たくま》しく温かい胸に支えられた私は、動揺しながらお礼を言う。

「ご、ごめん！　ユーグ、ありがとう」

さっき一度抱き締められたとはいえ、それで慣れるはずもない。さらに今は、私が間抜けなせいで迷惑をかけてしまったため、恥ずかしさもひとしおだ。

熱を持った頬のまま、慌てて顔を上げれば、なぜかユーグは驚いたように目を見開いていた。

まるで何か信じられない現象が起きたとでもいう風に、私を胸に抱き寄せたまま、もう片方の手で自分の心臓の辺りをぎゅっと押さえている。

「あ、あの、ユーグ？」

一体どうしたんだろう。

まだ動揺しつつも、私以上に困惑した様子の彼を不思議に思って見上げる。

その時、彼の碧色《みどりいろ》の目が一瞬、炎のようにゆらりと揺らいだ気がした。だが気のせいだったのか、すぐに彼の瞳はいつものように戻った。

はっとした様子のユーグは私から身を離し、硬い表情で口にする。

「――いえ。また明日、下の薬屋にお伺いします。どうかその際にお返事をお聞かせ頂ければ幸いです」

「う、うん……わかった」

明らかに変わった彼の態度に戸惑いながら、頷《うなず》く。

「それでは、アオイ。また後日に。……夜分に失礼致しました」

そのまま丁重すぎるほどの態度で一礼すると、ユーグは入ってきた時同様、流れるような動きで窓の外へ出ていく。

木の枝に器用に足を掛け、上へあがると、すぐにどこかへ消えてしまった——と思うと、やや離れた場所から、ばさりと大きな翼がはばたくような音が聞こえてくる。

窓の外を見つめたまま、私はどこか呆然《ぼうぜん》と呟いた。

「ユーグ、行っちゃった……」

彼との距離が近づいたような、なんだか不思議なひと時だった。

何より胸に残ったのは、急に硬くなった、さっきの彼の表情。

もしかして、間抜けな転び方をしそうになったせいで、彼に呆れられてしまったのだろうか。それにしては、様子が少しおかしかった気もするけれど。

窓を施錠《せじょう》し、寝間着に着替えて寝台の上に横になると、私はこれまでのことに思いを馳《は》せる。

七年前、幼かった私にとても優しかった彼。

そしてさっきの——成長した私に、どこか距離を取る彼。

「ユーグの様子が急に変わったのはもしかして、私がもう幼い女の子じゃないってわかったせいなのかな……？」

天井を見つめながら、ふとそんなことを思う。

私が二十一歳なのだと伝えた時も、彼はひどく驚いた様子だった。

もしかしたら、さっき密着したことで、私が本当に大人の女性なのだと理解し、それでさらに距離を取ろうとしたのかもしれない。礼節を保ち、婦女子にはおいそれと近づかないのが、きっと騎士たる者の取るべき態度なのだろうから。それに、もしかしたら――

「私の気持ちになんとなく気づいた、とか……？」

自分で口にして、静かに衝撃を受ける。

抱き留められた時、私は明らかに動揺していたし、頬が火照《ほて》っていた自覚もある。最初に抱き締められた時だって、茹《ゆ》で蛸《だこ》みたいに真っ赤になっていたと思う。

そんなところを二度も見せたのだから、この気持ちに気づかれてもおかしくない気がしたのだ。

でも、彼にとって私はきっと以前と同じ……いや、良くて妹のような存在だろう。

だからさっきの状況は、私の気持ちに応えられないと思った彼が、私にわかりやすい形で距離を取ろうとしたのだと考えれば、なんとなく納得できる気がした。

だってそうでもなければ、あんな風に急に硬い表情に変わったりはしないだろう。

――つまり、私の恋は前途多難。

そこまで考え、思わず吐息が漏《も》れる。

「妹、かぁ……なんとなくわかってはいたけど、結構きついな」

ユーグに会えて嬉しかったけれど、それ以上に切なさを覚えて、無意識に寝台の上でぎゅっと身を縮める。肌に触れるシーツが、なんだかいつもよりひんやりと冷たく感じられた。

第四章　賢明なる竜

結局あの後、私はうんうんと考え込み続け、寝不足のまま朝を迎えた。それでも藍色《あいいろ》のお仕着せに身を包み、薬屋の開店準備をする頃には、段々と頭がはっきりしてくる。

第一、悩んでばかりは性に合わない。基本的に私は、前向きにしか生きられない人間だ。

「そうよ……悩んでても仕方ない！　もう決めたんだから」

あの後考えて至ったのは、やっぱりユーグに迷惑はかけられないという結論。

もし彼の屋敷に世話になったとして、きっとユーグは、任務の間に何度も私の様子を見に戻ってこようとするだろう。彼は一度言ったことは必ず守る、責任感の強い人。それに——きっと私を妹のように思い、守ってくれようとするはずだから。

だがそうすれば、どうしたって世界中を飛び回る彼に大きな負担をかけてしまう。守ってもらえるのは嬉しいけれど、そうして彼の重荷になるのだけは、どうしても嫌だったのだ。

加えて今の私にはこの薬屋のこともある。バルバラさんに化粧師《けわいし》として認めてもらった矢先に店を辞めるのはやはり憚《はばか》られるというか、抵抗があった。

もちろん彼女には、ここで働くのは好きな人のいる王都へ行く旅費が貯まるまでと伝えてある。だからその相手であるユーグに会えた今、彼の屋敷に移るため店を辞めると言えば、きっと彼女はく送り出してくれるだろう。

しかし、たとえ彼女が許してくれたとしても、私自身が、バルバラさんのお店や仕事から離れがたかったのだ。駆け出しとはいえ、それくらい化粧師《けわいし》の仕事に今はやりがいを感じている。

「それに――召喚の件にしたって、考えてみればこれは私自身の問題なのよね」

噛みしめるように呟く。

確かに、ユーグに助けてもらえたら助かるとは思っていた。それもあり、彼のいる王都を目指していたのだから。でも本当ならこれは、私自身が動いて解決しなければいけないことなのだ。

だから、何者かに召喚された事実だけは判明した今、ここで働き続けながら、合間に犯人をなんとか自力で見つけられたらと考えたのだ。

もちろん、犯人が近づいてくる危険はあるが、一つだけ利点があるとすれば、恐らくその人もまたユーグのように私の年齢を勘違いしているだろうこと。

七年前の私の年齢を、ユーグは八歳くらいだと思い込んでいた。傍《そば》にいた彼でさえそうなら、他の人々だって私の年齢を勘違いしたままのはず。

――つまり、私を召喚した犯人が捜しているのも現在十五歳くらいの少女であって、今の私が目に入ってもスルーしてもらえる可能性が高い。

だからその辺りで上手く危険を回避して、犯人捜しができるのではと踏んだのだ。

幸い、今の私は知り合いも徐々に増えつつある。そこから情報を得て、私を召喚した犯人へ近づけたら――。無謀かもしれないけれど、それが昨晩、私が決めたことだった。

自分の足で問題を解決し、少しでもユーグに認めてもらえるような人間になりたかった。

守るべき小さな巫女でも妹でもなく、一人の女性として認めてもらえるように。

「うん……やっぱり、次にユーグと会えた時、ちゃんとそう伝えよう」

心に決めるといくらか楽になり、仕事にも身が入った。そうして気持ちを切り替えて働いていると、やがて玄関扉がきぃと開き、鈴の音と共に来客を告げる。

「あ、いらっしゃ――……」

振り向いて、思わずそのまま固まってしまう。

なぜならそこにいたのが、この店を訪れるとは思えないような風貌の客だったからだ。

燃えるような赤髪に琥珀色《こはくいろ》の瞳。男らしく整った美貌は、どこか自信を湛《たた》えた飄々《ひょうひょう》とした笑みを浮かべている。黒地に赤い細かな紋様《もんよう》の編み込まれた格式高い服装をしていて、それがまた彼の長身に似合っていた。

そんな派手な風貌の美青年が、店内を物珍しげにぐるりと見回し、楽しげに口にする。

「へえ、初めて来たが、悪くない店だな」

「エ、エリオット、様……」

そう、彼は宮廷魔術師であり、現在の副魔術師長でもあるエリオットだ。記憶の中よりいくらか渋みが増した姿は、今は恐らく二十七歳ほど。なぜ彼がここにいるのだろう。

いや――今、宮廷魔術師として町を訪れているのだから、おかしなことではないのだが、こうした慎《つつ》ましい雰囲気の店に来るタイプには到底思えなかったのだ。

驚く私に視線を向けたエリオットが目を見開き、艶《あで》やかに笑んだ。

「おや、初めてお会いするが、美しいお嬢さんだ。嬉しいな。俺の名前をご存じだなんて」

「そ、それはまあ、とても有名な方なので」

主《おも》にリュカくん経由で聞いた話や、私の記憶の中でだけど。

笑顔を引き攣《つ》らせた私に気づかず、彼は堂々とした足取りで歩み寄ってくる。

「それは光栄だな。貴女のような可憐《かれん》な人に出会えるなら、この町を訪れた甲斐《かい》があったってものだ」

目の前まで来た彼は、私の手を取ると流れるように手の甲に口付け、神秘的な琥珀色《こはくいろ》の瞳を向けて嫣然《えんぜん》と微笑んだ。男性的で整った美貌をしているだけに、間近で見るとすごい破壊力だ。

しかし突然のことに動揺はしても、ユーグ一筋な私の心は動かない。彫刻みたいに綺麗な顔だなと感心するが、それだけだ。過去に似た挨拶をされて耐性があったせいもある。

彼とはユーグやサミュエルほど親しい間柄でもなかったので、私が巫女だったアオイだと名乗るのは遠慮しておくことにした。

だから、彼の手からそっと自《みずか》らの手を抜き、ゆっくりと距離を取ろうとする。

「丁寧にご挨拶くださってありがとうございます。あの、本日は何かお薬をお探しでしたか？」

「おっと、つれない。だが——そこも悪くないな。なびかない花だからこそ手折《たお》りたくなる」

どうやらかえって興味を引いてしまったのか、さらに熱を帯《お》びた流し目を向けられてしまう。

う、うーん……これ、本当にどうしたらいいんだろう。

男の人に迫られた経験なんてほとんどない私には、こういう時の上手い対処法がわからない。

そうこうするうちにさらに距離を詰められ、ほとほと困っていると、鈴の音と共に新たな客が訪れる。彼――リュカくんは扉を開けた体勢のまま、あからさまに顔を顰《しか》めた。

「うわ……」

「あっ、リュカくん！　いいところに」

良かった、本当に絶妙なタイミングで来てくれた。お願い、速くこっちへ来て。

必死に目で訴える私の前で、エリオットがちっと舌打ちをして身を離す。

「なんだよ、いいところで邪魔が……と。おや？　これはまた可憐《かれん》な……」

そして同様に甘い眼差しを向けようとした彼に、歩み寄ってきたリュカくんは先手を打った。

「先に言っておくけど、僕は可憐《かれん》なお嬢さんじゃない。あんたと同じものがついている。それと、ここは店だから口説《くど》くのはやめた方がいい。仕事の邪魔だ」

畳《たた》みかけるような容赦ない彼の発言の数々に、さすがのエリオットも頬を引き攣《つ》らせる。

「お前、男かよ……。しかもなんとも生意気な……」

そこまで言いかけて、ふと彼のことを思い出したらしい。

ぽんとエリオットが手を打つ。

「ああ……なんだお前、二年前に会ったあの子供か。女と間違えたらやたらと噛みついてきた」

「噛みついてなんかない。文句を言っただけだ」

リュカくんの刺々《とげとげ》しい態度も、どうやらエリオットはあまり気にしていないようだ。

睨みつける彼に、しっしと片手を振る。

「まあいい。男なら範疇《はんちゅう》外だ。お前はあっちにでも行っとけ。俺は彼女と話してるんだから」

「誰が行くか。用があるなら僕が聞く」

リュカくんはエリオットをそれ以上私に近づけたくないらしく、背中で庇《かば》って威嚇《いかく》し続けている。

肩を竦《すく》めたエリオットは、やれやれといった様子で口にした。

「お姉さんが心配なのはわかるが、そんな目に見えて警戒するなよな。——大体、俺は町のお嬢さんたちから、腕のいい化粧師《けわいし》がいると聞いて来ただけだ。今度王都の御婦人に会う際に、紅《べに》の一つでも手土産《みやげ》に持っていけば喜ばれるかと思ってね」

女性と見れば気軽に口説《くど》く彼のこと、言葉通り、町娘たちから聞いてこの店を知ったのだろう。それにこの様子だと、私のことを覚えている風でもない。

そうとわかればほっとして、私は売り子に専念しようと口を開いた。

「噂に聞いて、おいでくださったんですね。でも、すみません。化粧は承《うけたまわ》っているんですが、化粧品を売っているわけではないんです。お売りするほどは数を揃えていなくて」

するとエリオットは、あららとぼやいて頭を掻《か》いた。

「そうなのか。それは残念。でもまあ、せっかくだから何かお薦《すす》めの薬でもあれば、代わりに買っていこうかな」

「ありがとうございます！　あ……でしたら、こちらなんていかがでしょう。男性のお客さんにも好まれている軟膏《なんこう》で、手荒れによく効くんですよ」

男性に評判の軟膏《なんこう》を紹介すれば、うんと機嫌良く頷《うなず》かれる。

「ああ、いいね。あと、もう少し強めの香りのものもないかな？　最近気がつくと、気になる匂いがローブに染みついてるもんでね。いい香りで消したいんだ」

それはもしや、香水などの女性の残り香《が》が……という意味だろうか。彼らしい理由に思わず苦笑するが、そうして変に口説《くど》いてくるのを止めれば、彼はいいお客だった。

こちらが薦《すす》めたものを豪快に購入すると、やがて彼は優雅に一礼して帰っていった。

訪れた時は少しびっくりしたが、思わぬ売れ行きに、ちょっと嬉しくなる。

だが彼が帰った後も、リュカくんはなぜか表情を硬くしていた。

「なあ、あんたさ……」

「どうしたの？　リュカくん」

カウンターに広げた品物を片づけながら振り返れば、彼はぽつりと言った。

「あいつに気を許さない方がいいよ」

「え？」

見れば、彼は硬い表情のままエリオットの帰った方角を見つめていた。

「あいつ、陽気な態度を取ってたけど目が笑ってなかった。あんたのことじっと見てて」

「……そうだったの？」

商品を説明するのに一生懸命で、まったく気づかなかった。

目を瞠《みは》る私に、リュカくんはさらに難しい顔で言う。

「第一あいつ、前にここに立ち寄った時は商品に大して興味を示さなかったのに。なんなんだ、こころころ意見を変えて」

「えっ、前にも来たことがあったの？　でもさっき彼……」

『へえ、初めて来たが、悪くない店だな』

確かに彼はそう言って、物珍しげに店内を眺《なが》めていた。つまり、以前この店に来たことを本当に忘れたわけではなかったとしたら、初めて来た素振《そぶ》りをしたということだろうか？

本当は興味がないのに、あたかも商品に惹《ひ》かれて入ってきたように見せかけて。

「でも、一体なんのために……」

もしかして、さっきみたいに私へ自然に近づくため？

商品を気に入ってくれたようだったから熱心に説明したけれど、そうでなければ私は、もう少し早めに接客を切り上げていただろう。

そこで、ユーグの言葉をふと思い出す。怪しい何者かが、近いうちに私に接触してくるかもしれないと、彼は言っていた。私を召喚した犯人か、犯人の手先である何者かが。

まさか――もしかして、エリオットがそうなの？

そこまで考えた私は、彼が消えた玄関扉へとはっとして視線を向ける。

閉じられた余韻から、まだちりんとかすかに鈴が揺れる、木製の扉。誰もいないはずのその扉の向こうに、まるで黒い影が蠢《うごめ》いているような気がした。

――十分後。

リュカくんは自宅へ帰り、それと入れ替わるようにして、近所に出かけていたバルバラさんが戻ってきた。店番が二人になったことでお客さんも徐々に増え、店に活気が戻っていく。

そうしてバタバタと来客対応する中、ふと考えてしまう。もしかしたらエリオットは私を召喚した犯人か、もしくはその人物に関わっているのではないかと。……けれど確証はない。

ただ、もしそうだとしたら、彼はあんな風に世間話だけして帰らず、すぐに私を捕まえようとする気がした。もし、彼が本当に犯人なのだとすれば――

そんなことを不安な思いで考えながら仕事するうち、気づけば夕方になっていた。窓の外は薄《うっす》らと茜色《あかね》に染まり、店内にも夕陽が差し込んでいる。

そんな頃合いに、昨日の宣言通りユーグが店を訪れた。

「失礼致します」

「あっ、ユーグ！　いらっしゃい」

薬を棚に片づけていた手を止め、振り返る。

恐らく私の仕事を邪魔しないよう、彼はこの閉店間際の時間帯を選んだのだろう。

昨日の別れ際はユーグと少しぎこちなくなってしまったけれど、エリオットの件があったせいか、彼の姿を見るとなんだかとてもほっとした。

「ええ。アオイ、こんにちは」

今日も青い騎士服姿の彼は、私を見てかすかに目を細めた。

そして、すぐにバルバラさんに向かってすっと礼の姿勢を取る。

「貴女がこちらの店のご主人でしたか。初めまして、私はユーグと申します。アオイを保護してくださり、心よりお礼を申し上げます」

「ちょ、ちょっと、ユーグ！」

丁寧に挨拶してくれるのは嬉しいが、仰々《ぎょうぎょう》しい物言いに私は赤くなって慌てる。だってこれでは本当に、彼が私の兄か何かのようだ。

案の定バルバラさんは、ユーグの美貌と畏《かしこ》まった態度に面食らった様子だ。

「なんだい、アオイ。このやたらと男前で丁寧なお客さんは」

「あ、あの、前にお話しした、王都にいるはずの私が会いたかった人で……」

「ああ、この人だったのかい、あんたが言ってたのは。良かったじゃないか、初こ……」

「あああああ!!」

初恋の人と言いかけたらしい彼女の言葉を、私は慌てて遮《さえぎ》る。

いや、もしかしたらユーグには私の気持ちなんてもうバレバレなのかもしれないけれど、第三者の口からはっきり言われるのは、やっぱりいたたまれない。

うろたえる私の様子を怪訝《けげん》そうに見て、バルバラさんは肩を竦《すく》めた。

「ふん……よくわからないが、なんだか訳ありみたいだね。いいさ、店仕舞いの作業はいいから、早くその人と一緒に行っといで」

「でも、バルバラさん。まだ閉店まで時間が……」

「あと半刻《はんとき》もすれば閉める時間さ、気にするほどじゃない。それに、そこの男前はどうもあんたと二人きりで話したそうだからね」

どうやらバルバラさんが言ったことは当たっていたらしく、ユーグが感謝するように眼差しをふっと緩《ゆる》める。

「ええ。お心遣いに感謝いたします。――それでは、アオイ。参りましょう」

「う、うん。……じゃあバルバラさん、すみません。あまり遅くならないうちに戻ります」

「ああ。さっさと行っといで」

そうしてバルバラさんに手を振って見送られ、私たちは店の外へと歩き出した。

大通りへ出ると、ユーグは迷いのない足取りで夕暮れ時の町並みを進んでいく。

多分、昨日した話の続き――ユーグのもとで私がお世話になるかどうかを話すつもりなんだろうけれど、一体、どこへ行くんだろう？

不思議に思いながらも、彼と並んで歩けることが嬉しくて、私は時折そわそわと隣を見上げながら歩き続ける。通りを進む間も、ユーグの姿はとても人目を惹《ひ》いた。道行く女性たちはうっとりと彼に見惚《みと》れ、男性たちも物珍しげに目を見開いては立ち止まる。

ユーグの癖《くせ》のある銀髪が夕暮れ時になった今も美しい艶《つや》を放ち、どこか物憂《ものう》げな美貌を際立たせているせいかもしれない。それに、凛《りん》として人を寄せ付けない彼の雰囲気に目を惹《ひ》かれ、つい見てしまうのだろう。

先日は人目を気にしていたユーグが、今はこうして堂々と姿を晒《さら》しているのは、きっとここに竜がおらず、竜騎士の甲冑《かっちゅう》も身に纏《まと》っていないためなのかなと思う。

青い騎士服姿で、今の彼は騎士だということはわかるが、それ以上は素性が知れない。ただ銀髪碧眼なだけでは、竜騎士であるユーグ・フェネオンとは繋《つな》がらないだろうから――

そんなことを思っているうち、目に見える風景が次第に変わっていく。

大通りを真っ直ぐ北に抜け、やがて辿《たど》り着いたのは、町外れにある大きな屋敷だった。

周囲を壁に囲まれた煉瓦《れんが》造りの瀟洒《しょうしゃ》な屋敷で、門扉《もんぴ》を潜《くぐ》り抜けて中へ入ると、建物の両脇に可愛らしい庭園があった。夕陽に染まる中、赤や桃色の花々が咲いていて美しい。

「わぁ、綺麗……！　ユーグ、ここは？」

「知人の屋敷です。家人の口も堅く、奥にはさらに広い庭もあるため、エンゾの姿を隠すのにちょうどいい。それ故《ゆえ》、この町を訪れた際はエンゾを休める場として庭を借りています」

「へぇ……そうなんだ」

確かに竜には、馬のように厩舎《きゅうしゃ》が用意されているわけではないから、休める場を探すのも一苦労なのだろう。ユーグは、そのまま屋敷の裏手の方へと足を進めていく。

途中、庭師らしき男性とすれ違ったが、彼はユーグに対して恭《うやうや》しく礼をするだけで、勝手に入ってきた私たちを見咎《みとが》める様子もなかった。主人だという知人だけでなく、屋敷の使用人たち全員に認知され、自由に出入りを許されているらしい。

やがて辿《たど》り着いた屋敷の裏手。

建物の陰に隠れて表からは見えなかったが、そこには確かに広大な庭があった。中央に石畳《いしだたみ》が敷《し》かれたスペースがあり、それをぐるりと囲む形で壮麗な庭が作られている。

その石畳《いしだたみ》の広場に今、白銀竜がゆったりと大きな身体を丸めて身を休めていた。

赤や黄や白……周囲に咲く様々な色合いの花や緑が白銀の身体に映え、とても美しい光景だ。

先日はユーグの登場に驚いてよく見られなかったけれど、こうして近くで眺《なが》めると穏やかな深い眼差しをした竜で、どことなく威厳のようなものを感じる。

ユーグは竜の傍《そば》で会話するつもりらしく、着ていた上着を脱ぐと彼の手前に敷《し》いた。

「どうぞこちらへ。本来なら室内でお話しすべきなのでしょうが、ここであればエンゾも同席できるので」

その言葉に、ユーグが竜を相棒として大切にしているのがわかる。

そして私は、どうやら彼の上着の上に座っていいらしいのだが——背後に竜がいる状態というのは、やっぱりやや落ち着かない。誇り高い生き物と聞くし、あまり気軽に近寄ってはいけない気がして。私は竜を見つめて緊張しながら尋ねる。

「あの、近寄っても本当に平気かな？」

「ええ。アオイにならばエンゾも喜んで気を許すでしょう。どうぞ、近寄るだけでなく触れてみてください。戦いを離れれば、決して恐ろしい生き物ではありませんから」

「じゃあ……試しにちょっとだけ」

恐る恐る右手を伸ばし、竜の太い首の後ろ辺りをそっと撫《な》でてみる。すると、水色の目が心地よさそうに細められた。あ、良かった。嫌じゃないみたいだ。

次いで、竜がゆるりと首を向けて頷《うなず》く。それが傍《そば》に座る許しをくれたように見えて、安堵《あんど》した私は竜に背を預け腰を下ろす。

ユーグはやはり私と距離を取ろうとしているのか、人ふたり分くらい空けた位置に腰を下ろした。

そんな彼に寂しい気持ちになりつつ、私は今日のことを口にする。

「そういえばね、ユーグ。今日、店にエリオットが来たんだよ。結界の様子を見るために王都から魔術師が来ているらしくて、ファルゴの町では彼が担当だったみたいなの」

「エリオットが……？　ああ、そういえばここは彼の管轄《かんかつ》の町でしたか。——あの男に、何かおかしな真似はされませんでしたか？」

「おかしなというか、前と変わらず軟派《なんぱ》な感じというか。大丈夫、何もなかったよ」

以前の彼の軽薄な挨拶でも思い出したのか眼差しを鋭くしたユーグに、ついくすりと笑ってしまう。そう、何もなかった。ただ……エリオットの思惑がわからず、少し怖く感じただけで。

そのため、気づけば彼に尋ねていた。

「ねえ。ユーグから見て、エリオットはどんな印象の人？」

突然の質問に面食らった様子ながら、ユーグは考えつつ、真摯《しんし》に答えてくれる。

「彼ですか？　そうですね……女性と見ればすぐに口説《くど》く、不埒《ふらち》で理解の難しい男という印象ですが、魔術師としての能力は抜きんでて高い。それに女性の件でこそ箍《たが》が外れますが、それ以外で道を外す男ではありません。好ましい人柄とは言えませんが、人間性は信頼しています」

「そっか……ありがとう、教えてくれて」

ユーグの言葉を聞いて、ちょっとほっとした。彼がそう言うなら、きっとそうなのだろう。

私は彼ほどエリオットのことを知らない。ならば彼の目を信じて、変にエリオットの動向を気にするのは止めよう。

それに、こうして目の前の問題にひと息つけたからこそ、先日の答えを言う気持ちになれた。

私はすっと息を吸い、話を切り出す。

「昨日の話なんだけど……私、ユーグの屋敷でお世話になるのは、やっぱりやめておこうと思うの。そうすると、貴方はどうしたって、私の様子を見に屋敷に戻ろうとするでしょう？　それって、任務で世界中を飛び回る貴方にすごく負担をかけてしまうと思うから」

「アオイ……？」

まさか断られるとは思っていなかったのか、身を起こしたユーグが目を瞠《みは》る。

「確かに、私はできる限り貴女のもとへ馳《は》せ参じる所存です。心優しい貴女ゆえ、それを心苦しく感じるお気持ちも理解できます。しかし、だからと言ってこちらにいらしては御身《おんみ》に危険が……」

私は先ほど考えたことを思い返しながら、一つ一つ言葉を紡《つむ》ぐ。

ユーグと同じで、きっと犯人も私の実年齢を勘違いしているだろうこと。

だからこそ、きっと私一人でも危険を回避できるはずだと。

「――だから、上手くすれば見つからずにいられるはず。それで、自力で犯人を捜そうと思って」

「そんな、ご自分で動かれるなど。お気持ちは尊《とうと》いものですが……」

驚いた様子で言い募《つの》ろうとするユーグを制して、私は静かに首を横に振る。

「……ありがとう。でも私、本当に貴方に迷惑はかけたくないんだ。前は助けてもらうばかりだったから、今回はなおさら。自分の問題だし、なんとか自力でやってみたいの。だから……」

ユーグが真剣な表情で私の言葉を遮《さえぎ》った。

「アオイ。はっきりと申し上げますが、決して迷惑などではありません。私自身が望んで申し上げたことです。それに貴女を召喚した犯人についても、任務の遂行《すいこう》と並行して探す所存でおりました」

「ユーグ……」

犯人探しまで、代わりにしてくれるつもりだったのか……

彼の気持ちがじんわりと嬉しく、だからこそ彼の時間を奪ってはいけないという思いが強くなる。

そのため私は、これまで口にしなかったもう一つの本音を言った。

「貴方の気持ちは本当に嬉しい。……でもユーグ。私がこうして傍《そば》に行くと、きっと困るでしょう？」

そう言って、人一人分の距離を詰め、勇気を出して彼の顔へそっと片手を伸ばす。だが頬に触れる前に、とっさに手首を握って止められた。

反射的かと思えるほど素早い、どこか焦るような仕草で。

ああ……やっぱり、ユーグは私に近寄られたくないみたいだ。自然と気持ちが沈んでいく。

多分、守りたいとは思ってくれていても、私を女性として——そういう対象として見ることはできない。そういうことなのだろう。

かすかに傷付きながら、私は手を引いてなんとか明るい声を出す。

「だから、ユーグ。私のことは忘れて任務に戻ってもらって大丈夫だよ」

うん、きっとこれが、彼にとっても私にとっても一番いい方法のはずだ。

七年前に守ってもらった縁があるからといって、今もまた当たり前のようにユーグを縛ってはいけない。私が今も彼を好きで、変に寄り掛かってしまいそうになるなら、なおさら。

第一、今の私は光の巫女ではないし、彼だってもう巫女を守る神殿騎士ではないのだから……

そう——本当なら私たちはもう、縁もゆかりもない間柄なのだ。

「……じゃあね、ユーグ。お仕事頑張ってね」

すぐに立ち上がり、ぱんぱんとスカートの埃《ほこり》を払う。そうしてお暇《いとま》しようとしたところで、彼に呼び止められた。ひどく真剣な、どこか焦りを感じさせる表情で。

「アオイ。どうか待ってください。それでも私は貴女を——」

その時。私たちの会話に割って入る、低く威厳のある声があった。

「ふむ——我は、思うのだが」

「えっ？」

どこから声がしたのかわからず、思わず私は辺りをきょろきょろと見回す。そして、すぐにそれが後ろにいる竜が紡《つむ》いだ言葉だとわかり、ぎょっとした。

「え……しゃ、喋ってる!?」

「うむ。そなたらの問題ゆえ、しばらく黙っておこうと思ったのだがな。……しかし、これでは一向に埒《らち》が明かぬ」

まじまじと見つめた竜は、確かに人語を操っていた。それも古めかしい話し方で、まるで老いた賢者が話しているような雰囲気だ。

驚く私の視線の先で、ユーグが竜に鋭い眼差しを向ける。

「エンゾ、一体何が言いたい」

「ユーグ。そなたの焦る気持ちもわかるが、ただ無暗《むやみ》に引き留めるだけでは話は進むまい。このままではお前の巫女は遠い場所へ行ったまま、帰ってこぬことになるぞ」

「アオイが、遠い場所に……」

言葉に詰まったユーグから私へと視線を移し、竜は言う。

「巫女もそうだ。ユーグから離れ、その後どうする。ややもすれば、何者かに刃《やいば》を向けられるやも知れぬのだぞ。そうして降りかかる危険を、そなたには撥《は》ね除《の》ける術《すべ》があるとでも言うのか？」

「それは……」

確かにそんな当てはなかった。ただ召喚した犯人にも、上手くすれば見つからないはずだという希望的観測があるだけで。

大事な問題を見ないようにしていたことを指摘され、私もまた黙り込む。

そんな私たちに、竜はやれやれといった様子で口にした。

「そなたらは、ただ相手のことを思うばかりで、ことを無意味に拗《こじ》らせているように見える。故《ゆえ》に、我は提案するのだが」

ユーグが怪訝《けげん》そうに相棒を見返す。

「……何をだ」

「そなたら、一緒に旅をすれば良いのではないか？」

「旅を？」

私とユーグは、揃ってぽかんとした。そんな選択肢は、考えたことすらなかったからだ。

南方にあるというユーグの屋敷か、もしくはこのファルゴの町か。どちらか一方に留まることが前提で、旅をするなんて思ってもみなかった。

しかし、竜は当たり前のように口にする。

「ユーグが竜騎士として、任務のため各地を飛び回っていることは巫女も知っておろう。遠方にあるこやつの屋敷に匿《かくま》われることによって、ユーグに迷惑をかけたくないというのならば、共に行動すればいい。こやつがそなたと距離を置いて見えるのは……まあ、事情があってな。だが同行するうちに慣れるであろうし、むしろこの男の心は休まるだろうよ」

「ユーグと一緒に、各地へ旅を……」

目を見開いて反復する私から、今度はユーグに視線を向けて竜は言う。

「それに、ユーグよ。巫女を心配してすぐにでも攫《さら》い、匿《かくま》いたい気持ちはわかるが、巫女とて急にはこの町を離れられまい」

「それは……確かにそうだが」

「人には様々な繋《つな》がりがあるものよ。ゆえに共に旅をして、時折この地の傍《そば》を通った際、巫女を今の住まいに戻せばいい。そなたは国を西に東に、いつも我の背に乗ってどこかしらを飛び回っているのだからな。さすれば、そなたらの願いは共に叶うであろうよ」

竜の発言に驚いていた私だが、少なくともユーグが私を遠ざけたがっているわけではないとわかり、少しほっとする。話を聞くうちに、だんだんとそれが良い案かもしれない、と思えてきた。

確かに一緒に旅をすれば、ユーグがわざわざ私の様子を見に屋敷へ戻る必要もなくなる。

私だって、バルバラさんの店に留まらずに各地を移動していれば、彼女や町の人々を危険に巻き込む可能性がなくなる。それに――旅することで、私を召喚した犯人探しも進みそうだし、もっとバルバラさんに恩返しもできるのではないだろうか。

世界各地の、その土地にしかない薬草を手土産《みやげ》に、定期的に彼女のもとへ戻れたら。

そうすれば彼女の薬草師としての仕事の幅も広がるはずだ。バルバラさんは若い頃、薬草を探す旅に出るのが夢だったと言っていた。上手くすれば、その夢を肩代わりできるのでは。

完全にファルゴの町から離れるわけではないのなら、私は薬草師の助手として、それに化粧師《けわいし》として時折戻ってきて、ここで仕事も続けられる。

そうして身を守って生活しながら、召喚した犯人の影を追えたら――

うん――いいかも！

そこまで考えた私は顔を上げ、目を輝かせて竜とユーグを順に見つめた。

「あの、竜さん……エンゾさん」

「エンゾでいい。畏《かしこ》まった口調もいらぬ」

「ええと……じゃあ、これからはそう呼ばせてもらうね。色々考えてくれてありがとう、エンゾ。――それと、ユーグ。もし貴方が嫌じゃなかったら、私は今エンゾが言ったように貴方たちと一緒に旅ができたらと思う。もし迷惑じゃなかったら、同行させてほしいの」

「アオイ……」

驚きつつも、彼はすぐに頷《うなず》いた。

「まさか、私が嫌だと思うはずもありません。貴女をお守りできればそれ以上のことはない。是非、共に参りましょう」

「うん！」

ユーグはかなりほっとした様子だ。本当に彼は心配性だなぁと苦笑してしまう。

そして、話がまとまればユーグの行動は速かった。てきぱきと今後の算段を進めていく。

「では、さっそくですが、出発は明朝でよろしいですか？　すぐに出たいところではありますが、今は日も暮れています。色々と準備もおありでしょうし……」

「そうね。挨拶しておきたい人たちもいるから、明日の朝だと助かるかな。あっ……そうだ、待ち合わせ場所はここで大丈夫？」

「ええ。朝の三つ目の鐘が鳴る頃、こちらでお待ちしています」

私が考えつつ言えば、ユーグが真摯《しんし》に頷《うなず》く。

そんな私たちの様子を見遣《みや》り、エンゾが満足げに頷《うなず》いた。

「ふむ。――では、話はまとまったな。安堵《あんど》したら眠くなった。我は少し寝る」

「あっ、その前にエンゾ。旅をするとなったら、きっと貴方が私まで乗せてくれるのよね。今更だけど、それってかなり重くない？」

恐る恐る尋ねれば、エンゾにふっと笑われた。

「そなた一人程度、紙のように軽いわ。心配など無用。それよりも、そなたのことでぐだぐだと悩むユーグの方が余程重苦しくてならん」

そこでユーグがこほんと咳《せき》をした。

「……エンゾ。今の件に関しては礼を言うが、言い方というものがあるだろう」

「ふん。我は事実を言ったまでよ」

エンゾが知ったことかと言う風にそっぽを向く。

私は思わず、ふふっと笑ってしまった。いつも落ちついて丁寧な物腰のユーグだけれど、エンゾといる時は、こうして友人同士のように遠慮なく言い合うのだなと思って。

彼らの仲の良さが垣間見え、それが何だか嬉しくて、ようやく私は心から微笑むことができたのだった。


それから夕暮れ時の通りを歩き店に戻った私は、なんとか勇気を出して、バルバラさんに急ではあるが明朝、旅に出る旨《むね》を告げた。

さっき店を訪れた彼――ユーグの旅に同行することになったため、少しの間店を離れることを。

けれど、完全に去ってしまうわけではなく、旅先で薬草を手にしたら、必ず戻ってくることも。

私がいずれここを離れることは元々知っていたからか、バルバラさんは驚きながらも、話を聞き終えると深く頷《うなず》いてくれた。

「何、店のことは気にしなくていい、あんたの人生だ。それに惚れた男が同行を望んでくれたなんて、本望《ほんもう》じゃないか。あたしに気を遣って、わざわざ戻ってこようとしなくたっていいんだよ」

「でも私、このお店にまた戻ってきたいんです。化粧師《けわいし》の仕事はまだ途中だし、ちゃんと恩返しだってできてない。それに……ここはすでに、私のもう一つの家のような場所だから」

それは本心だった。何も持たずやって来た私を受け入れて居場所をくれた、大切なお店。青々とした薬草の香りも今では大好きで、嗅《か》ぐとすごく落ち着くものになった。

そう伝えると、バルバラさんはくしゃりと顔を歪《ゆが》めて笑った。

「ありがとうよ。……まったく、年を取ると湿《しめ》っぽくなっちまって困るね。孫がいたら、こんな感じだったのかね」

「そういえば、バルバラさん、ご家族は……?」

なんとなくこれまで聞けなかったことを尋ねれば、彼女はふっと笑って口にした。

「娘はいるんだがね。仲違《なかたが》いして、遠い昔に家を出ちまったよ。今じゃ、どこで何してるかもわかりゃしない。だから、いいのさ。あの子にはあの子の人生がある」

「そうだったんですか……」

そんな風に娘と離れた経験があったからこそ、彼女は私に優しくしてくれたのかもしれない。一人、どこかの町へ行ってしまった娘の面影《おもかげ》と重ねて。

いつか二人が、再会できればいいのだけど……

そうしてバルバラさんに事情を伝え終えると、次に私はリュカくんに会いに行った。魔物から守ろうとしてくれたりと、色々お世話になった彼に、きちんと挨拶をしておきたかったからだ。

彼の家に辿《たど》り着くと、バルバラさんの時同様、しばらく町を離れることを伝える。

すると彼は、ふいと視線を逸《そ》らして、なかなか目を合わせてくれなくなってしまった。

「――別に、僕には関係ないことだし。さっさと旅にでもなんでも行ったら」

「リュカくん……」

つれない態度を取る彼の目の縁が少し赤く染まっていることに気づく。ああ、寂しい思いをさせてしまったのだなと思った私は、歩み寄って彼の身体をそっと抱き締めた。

クールで素直じゃなくて有能で、それに実は結構、心配性の男の子。いつの間にか彼は、私にとって本当の弟のような存在になっていたのだなと思い、小さく微笑む。

「……また、すぐに戻ってくるから。その時はお土産《みやげ》をいっぱい持ってくるよ」

「そんなの別にいらない。……あんたが、アオイが無事に帰ってくるなら、それでいい」

「うん……ありがとう」

そうして私は、彼のさらさらした金髪をそっと撫《な》でると、彼の家をお暇《いとま》した。

その後、シャロンさんにも会いに行く。初恋の人と会えて、彼と一緒に旅することになったと告げると、彼女は私の手をぎゅっと握って喜んでくれた。そんな彼女に、結婚式の日は必ず戻ってきて化粧を施《ほどこ》すことを約束した。

こうして顔馴染《なじ》みになった人たちに挨拶していく度、しみじみ思う。

私はこの町で、いつの間にか少しずつ大切な人たちができていたのだ。

私がここにいたのなんて、一ヶ月ほどの短い期間だ。けれど、こうして別れを惜しんでくれる人がいるし、我がことのように喜んで送り出してくれる人がいる。それがじんわりと嬉しい。

「きっとこれだけでも、この世界に来た意味があるんじゃないかな……」

夕闇からいつの間にか日が沈み、星が浮かび始めた空を見上げて呟く。

大学にだって、何人か親しい友人はいた。けれど彼らとはどことなく空気を読んで相手の顔色を窺《うかが》う感じで、深い意味で心をぶつけたことはなかった気がする。

けれど、これからはもっとちゃんと人と向き合っていけたらなと思う。

元の世界の人たちもそうだし――それにユーグとも。

エンゾは私たちがお互いのことを考えすぎて、ことを無意味に拗《こじ》らせていると言っていた。

もしそれが本当なら、ユーグも私をやはり大切に思ってくれているのだろう。女性としては見れないのだとしても。だったら――距離を取ろうとする彼の様子を気にせず、私も明るく接していこう。彼が私をどう思っていたとしても、私の想いは変わらない。実ることはなかったとしても、彼のためにできることはきっとあるはずだから。

「よし……！　明日からも頑張ろう」

これからの旅についてだけでなく、召喚した犯人探しなど、色々なことを。

気合を入れ直すと、旅支度を整えるべく、私はぐっと両拳《こぶし》を握って店に戻ったのだった。

店に着くと、二階の自室に上がり、一晩かけて荷物を整理していく。

何も持たずにこの世界にやって来たので、私の荷物は本当に少ない。全財産と呼べるものは、この店に来てからバルバラさんに頂いたり、自分でお金を貯《た》めて買ったものだけだ。

化粧品やお給金で買った替えの服……どれも私の大事な宝物。

それらを丁寧に詰め終えると、ようやく就寝した。

翌朝。身支度を終えて荷物を持つと、改めてバルバラさんに別れの挨拶をしに階下へ降りる。

「バルバラさん……それじゃあ、行ってきます」

「ああ、気張って行っといで。いいかい、風邪なんて引くんじゃないよ」

玄関先まで見送りに出てくれたバルバラさんは、強気な口調ながら、最後まで私の心配ばかり。

やっぱり優しい人だと感じ、私は思わず笑顔になる。

「はい！　バルバラさんも、くれぐれもお身体を大事にしてくださいね」

「ふん、町一番の薬草師に何言ってるんだい。言われるまでもないよ」

最後まで彼女らしい態度に、私は思わずふふっと笑みをこぼすと、手を振って店を出た。

ちなみに、バルバラさん以外の人には、特に声をかけなかった。

顔を見ると後ろ髪を引かれてしまいそうだったし、それにこれは、決して今生の別れというわけではないのだから。

荷物を手に急ぎ足で向かった先は、先日ユーグに案内された、町外れの瀟洒《しょうしゃ》な屋敷。その庭では、ユーグとエンゾがすでに準備万端の様子で待っていた。

私はエンゾの背を撫《な》でている、銀の甲冑《かっちゅう》姿のユーグのもとへ駆け寄る。

「ユーグ、エンゾ！　ごめん、お待たせ！」

「いえ、私たちもちょうど荷物を整え終えたところでしたので、お気になさらず。――アオイ、荷物はそちらだけで大丈夫ですか？」

「うん。もし必要なものがあれば、行った先で買い足すから」

「わかりました。それでは、お預かりします。エンゾ、載せるぞ」

「構わぬ」

頷《うなず》いたエンゾの背に、ユーグはてきぱきと荷物を置いていく。

見れば、白銀竜の広い背中は、なんとも機能的な状態に整えられていた。置かれた鞍《くら》に括《くく》りつける形でユーグの荷物がコンパクトにまとめられており、鞍《くら》の横には戦い用の槍《やり》が備え付けられている。

誇り高いと言われる竜なら、そうした荷馬《にば》のような扱いは嫌がりそうなものだが、ユーグに相棒として心を許しているからこそ、できていることなのだろう。

荷物を積み終えると、私はユーグに手を引かれ、エンゾの背中に乗せてもらうことになった。

初めて手で触れた竜の鱗《うろこ》は、滑《なめ》らかそうに見えて、結構ごつごつしていて、不思議な感触だった。

私の後ろに収まったユーグが、静かに説明する。

「手前にある紐《ひも》を握っていてください。何かあれば、すぐに上体を屈《かが》めて。そうすれば、貴女を危険に晒《さら》さずに済みます」

「うん、わかった。ところで、これからどこに向かうの？」

「西にある町を目指すつもりです。魔物が出没していると噂の町があり、それが事実であれば倒す必要がありますので。それに人が多く集まる町のため、貴女を召喚した犯人についても、情報を集められたらと思っています」

「了解。ユーグの任務と私の件と、両方進められそうな場所に向かうのね。じゃあ、さっそく出発しましょう」

そうして行き先確認も済むと、ユーグが手綱《たづな》を引いた。すぐにばさりと翼を羽ばたかせ、エンゾの飛翔が始まる。

「では——参ります」

ユーグの言葉と同時に、ふわりと身体が宙に浮かぶ。

大きな翼が巻き起こす風とその音は、大きく鼓膜を震わせる。

はじめはゆっくりと。けれどすぐに速度は上がり、町がぐんぐんと遥《はる》か下へ遠のいていく。気づけば辺り一面、空一色になっていた。

「すごい……！」

視界いっぱいが青空で、まるで夢のような光景だ。

ファルゴの町や周りに広がる緑の風景が眼下に広がり、それをどこまでも一望できる。

この感動をもっと伝えたかったけれど、強風の中では言葉にならなかった。ただ飛ばされないよう、ぎゅっと紐《ひも》を掴《つか》むことしかできない。

そんな感じで私はバランスを維持するのに必死なのに、ユーグの体幹は一切ぶれていなかった。竜の騎乗に慣れているだけでなく、身体を鍛えているからだろう。私がバランスを崩してもたれかかっても、甲冑《かっちゅう》をつけた彼の胸は難なく支えてくれる。

私に触れるのを避けていた様子の彼だが、竜に乗る際はさすがに別で、さらには今は甲冑《かっちゅう》越しだから、こうして私の背中を受け止めてくれているのだろう。

その状態に落ち着かない気分になりながらも、私はなんとか風景へ視線を向けた。

眼下にあるいくつもの町や村を通り過ぎ、やがてどれくらい時間が経《た》っただろう。

風に飛ばされないよう気をつけながら、どこまでも続く風景に見惚《みと》れているうち、ある地点に来ると、ユーグの合図に応《こた》えて竜が飛翔の力を弱め、町へと舞い降りようとする。

私は思わずぎょっとして背後を振り返った。

「えっ、ユーグ、ここ、町……！」

ファルゴの町にもエンゾを降ろしていたとはいえ、あれは広大な敷地があればこそだろう。だが、ここはまったく別の町。それも見たところ、ファルゴよりさらに賑《にぎ》わっているようだ。人が大勢いる場所にこのまま降りて大丈夫なのかと焦ったのだが、ユーグはどこまでも冷静だ。

「大丈夫です、アオイ。このシェスティナの町に降りるわけではないので、心配は要《い》りません」

竜は見る間に町を通り過ぎ、そこから少し離れた先にある、牧場のような場所へと舞い降りた。

一面に草原が広がり、周囲を柵《さく》で囲まれたそこには馬が何頭かいたが、どれも竜に慣れているらしく、エンゾが地面に近づくと急ぎ足で向こうへ離れていく。

そのため彼らを踏み潰《つぶ》すこともなく、エンゾは無事地面へ降りた。途端、ずしんと地面が揺れる。

ユーグが先にエンゾの背から降り、私に手を貸そうとしたところで、誰かがこちらに駆け寄ってきた。

傍《そば》で馬の世話をしていた、黒髪に緑色の瞳の青年だ。身長は百七十センチほどで、短い黒髪の上にごついゴーグルをつけている。

白シャツに深緑のズボンをサスペンダーで吊っていて、革製の道具入れらしき鞄《かばん》をベルトに括《くく》っていた。手には茶色い革手袋を嵌《は》め、足元は丈長の茶色い革靴。日本の言葉で言うと、なんとなく飛行士っぽいというか、スチームパンクっぽい印象を受ける服装だ。

見るからに好青年といった容貌の彼は、今は喜びを隠せない様子で頬を紅潮させている。

「ユーグ様、お久しぶりです！　よくぞいらっしゃいました！」

「急に訪れて悪い、マゼル。また世話になる」

どうやら親しい間柄らしく、ユーグも肩の力を抜いて受け答えしている。

「いえいえ、ユーグ様と白銀竜様ならいつだって大歓迎ですよ。にしても……うっわぁ！　相変わらず綺麗な鱗《うろこ》だなぁ。一ヶ月、いや、二ヶ月ぶりの竜の鱗《うろこ》……」

二十代前半くらいに見えるが、エンゾを見て目を輝かせる様子はまるで少年のようだ。

エンゾの鱗《うろこ》に頬ずりしそうなくらいの勢いからすると、余程竜が好きなのだろう。

「あの、こんにちは。突然お邪魔してすみません、私はアオイと言います」

そのエンゾの背に乗ったままそっと挨拶した私に、彼はぎょっとした様子でのけぞる。どうやらエンゾの鱗《うろこ》に夢中で気づいていなかったらしい。

「えっ、じょ、女性!?　ユーグ様が女性をお連れになってる……？」

嘘だろ、といった感じの信じられないものを見る目で、私とユーグを交互に眺《なが》めた彼に、ユーグが私を紹介してくれた。

「私にとって大切な女性だ。共に旅をすることになり、今晩が初めての宿泊先となる。急に訪れて面倒をかけるが、失礼のないように頼む」

その言葉が彼に与えた衝撃は、かなりのものだったらしい。感動したように声が打ち震えている。

「大切な女性……そ、そうですか。あの女嫌いで名を馳《は》せたユーグ様が……やだなぁ、それなら早く言ってくださいよ。自分、すぐに家の中を片づけてくるんで！」

なぜか目を輝かせて言った彼は、すぐに厩舎《きゅうしゃ》の向こうに見える平屋の広い家へ駆け出していく。

そして振り向きざま、こう口にした。

「あっ、自分、マゼルって言います。アオイ様、今後ともどうぞよしなに！」

そのまま彼は弾《はず》むような足取りで行ってしまった。新婚旅行かぁ～などと、聞き捨てならない台詞《せりふ》がかすかに届いた気がしたが、さすがに聞き間違いだろう。

うん。まさか、ね……？

「ええと……」

まるで嵐のようなマゼルさんに困惑していると、ユーグがこほんと咳《せき》払いした。

「すみません、アオイ。彼は、シェスティナの町からやや離れたここで、動物を飼育するマゼル。動物好きが高じて今では様々な生き物の研究もしている男で、竜への理解と関心も深いためエンゾを預ける際に力を借りています」

「そうなんだ……確かに彼、すごく竜が好きそうだったものね」

ユーグとエンゾを見た時の彼は、まるで憧れの相手を前にしたファンの眼差しだったというか。

微笑ましいような心地で苦笑していると、ユーグが改めて私に手を貸して、エンゾの背から下ろしてくれた。そして、今後の流れを説明してくれる。

「マゼルには、主《おも》にエンゾを預けることと、代わりの移動手段として馬を借りることなどを頼んでいます。あとは、着いた日の宿として部屋を借りることもあります」

「色々と力になってくれてる人なんだ。じゃあ、ここから先は馬で移動するの？」

「ええ。魔物退治が私の任務といえど、流石にあてどもなく魔物を探してエンゾを飛ばせ続けるわけにもいきませんので。その地に魔物が確かに出没しているのか、しているのならばどの辺りに出るのか。初めはここのような信頼できる場所にエンゾを預け、馬や徒歩で情報収集をしています」

「なるほど。はっきりわかるまでは、エンゾをしっかり休ませておくってことね」

竜で飛んでいるところを見られて、変に目立たないようにという思いもあるのだろう。それなら、ユーグが真っ先にここを訪れたのもわかる気がした。

「そういう流れですので、明朝、先ほど通り過ぎたシェスティナの町に向かい、情報を仕入れようと思っています。この近辺で魔物を目撃したという話があり、それを確かめる必要がありますので。とりあえず今日は明日に備え、マゼルの家で身体を休めましょう」

「わかった。明日から本格的に動くんだものね」

そういうことなら、竜を操縦し通しだったユーグにゆっくり休んでほしかったし、私も今日はぐっすりと眠っておこう。だがその前に、マゼルさんの手伝いをした方がいいだろう。

彼は今、私たちが泊まる部屋を整えてくれているそうだし。それに突然訪れたことで、急遽人数の増えた夕飯の準備にだって大わらわになるはずだ。

見たところ、彼以外の人の姿はなさそうだから、一人暮らしか数人でここを切り盛りしているのだろう。私はエンゾの背から二人分の荷物を下ろすと、それを持って歩き出す。

「私、ちょっと行ってマゼルさんのお手伝いしてくる。ユーグはもう少しここにいるよね。エンゾにお水をあげたりとか、色々とすることもあるだろうし」

「いえ、貴女にそのような……」

案の定、代わりに荷物を持とうとしたユーグに、私は振り返ってふふっと微笑む。

「ユーグ、私はアオイだよ。光の巫女じゃなく、ただのアオイ。前に比べたら自分で色々できるようになったし、料理だってすごく上手になったんだよ。見てて、美味《おい》しい夕飯作ってみせるから」

たぶん、竜の背で強風にあおられ、日差しも受け続けて、朝したメイクも崩れてしまっている。けれど、そんな私にまるで目を奪われたかのように、ユーグは目を瞠《みは》って見つめていたのだった。

マゼルさんの夕食作りを手伝っているうち、やがて日はとっぷりと暮れた。時計がないから正確な時間はわからないけれど、きっと今は夜七時頃だろう。

食卓を囲む際も、マゼルさんは大いに機嫌が良かった。

「それで、その時のユーグ様の格好良さといったら、もう言葉にならなくてですね……！」

主《おも》に話題は、ユーグとエンゾの活躍についてだ。

なんでもマゼルさんとユーグの交流は、一年前、森に新種の動物を探しに出かけて魔物に殺されそうになった彼を、ユーグが助けたことに端《たん》を発するらしい。そこでユーグの凛《りん》とした人柄と竜の美しさに惚れ込んだマゼルさんは彼の手伝いを買って出るようになったとか。

私は聞いていて楽しいのだが、ユーグはなんとも居心地が悪そうにしている。

「マゼル。覚えていてもらえるのはありがたいが、もうその話はいい」

「ええっ!? そんなぁ、ここからが本番なのに……！」

残念そうに返したマゼルさんだが、すぐに言葉を引っ込めた。

「まあでも、お二人とも今日はお疲れですもんね。長話もなんですから、そろそろお休みになってください。先ほど、アオイ様が夕食作りを手伝ってくださってた間、自分、部屋の方はきちんと整えましたんで！」

「ありがとうございます、マゼルさん」

ようやく休めることにほっとして微笑めば、マゼルさんにいやいやと片手を振られる。

「アオイ様、マゼルでいいですってば。ユーグ様だって敬称なしで呼ばれてるのに、自分がさん付けで呼ばれちゃ、なんかいたたまれないですよう。あと、敬語も要《い》りませんから」

ちょっと困ったように言うマゼルさん——いやマゼルに、それならばと私はこくんと頷《うなず》く。

「じゃあ、これからはマゼルって呼ばせてもらうね。今日は、本当にありがとう」

「はい！ じゃあ、お部屋に案内しますんで」

そうして、マゼルもほっとしたように朗《ほが》らかに笑ったのだった。そんなマゼルに、夕食の片づけを終えた後、部屋に案内されたのだが――

「こ、これは……」

廊下を進んだ先にあるその広い部屋には、棚や机などの調度品のほか、大きな寝台が一つあった。明らかに一人で寝るサイズではない。というか、枕らしきものが二つ並べてある。

ぴしりと固まる私の横で、ユーグがどこか強張った顔で口にした。

「マゼル、部屋を間違えている。ここは、いつも借りている部屋ではないだろう」

しかし、マゼルは朗《ほが》らかに笑って返す。

「やだなぁ、だからじゃないですか。二人で泊まるんなら、いつもの部屋だと狭いですもん」

「あのね、マゼル。たぶんそれは誤解で……」

やっぱり新婚旅行と勘違いされていたらしい。慌てて言い募《つの》れば、笑って片手を振られた。

「照れなくてもいいですって。二人旅の、初めての晩なんでしょ。自分、心得てますんで」

「だから、それはお前の思い込みで……」

ユーグも加勢してくれたが、それでもマゼルの勢いは止まらない。

逆に、めっと幼児でも叱るような態度で言い含めてくる。

「ユーグ様。他の部屋には鍵かけたんで、逃げ込もうとしても無駄ですよ。せっかく女嫌いをいい感じに克服したみたいなんですから、ここでいっちょ男を決めてください」

「おい、マゼ――」

「ユーグ様、大丈夫です。男は度胸です！」

ぐっと拳《こぶし》を握って励ますように言った後、マゼルは廊下の向こうへ去ってしまった。

部屋の中には、私とユーグだけが取り残される。

うう……気まずい。ものすごく気まずい。

「え、ええと……どうしようか」

「――マゼルに言って、部屋を変えてもらいます」

即座に答えたユーグに私も頷《うなず》く。

「そ、そうだね。誤解だし、私とユーグの間で何か起こるはずもないけど、一緒の部屋だとやっぱりちょっと、なんだしね……」

私は構わないどころかかえって嬉しいけれど、ユーグはきっと困るだろう。

そう思って言えば、なぜかふいと視線を逸《そ》らしたユーグにぽつりと問いかけられた。

「……何も、起きないとお思いですか」

「え？　うん、だって私とユーグだもの。あるわけないよ」

なにせ彼にとっての私は、どう考えても妹のような存在だ。

妹分として守ろうとは考えてくれていても、女性として近づかれると困ってしまう存在である以上、何も起こりようがないだろう。それは、彼が一番わかっているはずなのに。

そう思って首を傾《かし》げていると、ユーグは私と視線を合わせずに静かに口にする。

「いいえ――詮《せん》無いことを申しました。マゼルに言ってきます」

そして、ユーグはそのまま部屋を出ていってしまった。

「どうしたんだろう……？　ユーグ」

どこか、かすかに苦しげな様子だった。

不思議に思っていると、しばらくして、ユーグから事情を聞いたらしいマゼルが謝罪に現れた。

謝りながらも、相変わらず彼はあっけらかんとしている。

「うわぁ、すみませんでした、アオイ様！　自分、どうも早とちりしちゃったみたいで」

「ううん、いいの。こっちも紛らわしかったというか、ちゃんと説明していなかったし」

「いえそんな。というか、ユーグ様が女性を連れてくるのも初めてなら、あんな風に大事そうに女性を見つめてるのも初めてだったんで、自分が勝手に、ああ、そういうことなんだって思い込んじゃったせいですから」

「大事そうに見つめてた……？」

驚いて聞き返せば、マゼルが恥ずかしそうに頭を掻《か》きながら頷《うなず》く。

「はい。さっき、アオイ様が夕食作ってくださってたでしょ。あの時に様子を見に行ったら、ユーグ様がその様子を眺《なが》めてたんですよ。なんか新鮮な物を見るような、見惚《みと》れてるような感じで」

その言葉に、ああ……と私は納得した。

「多分それは、私が料理を作っているのが珍しかったんだと思う。彼の前ではこれまでそういうところ――家事をしたりとか、見せたことがなかったから」

巫女時代はいつだって誰かに守られ、何かしてもらうだけだった私。そんな私が家庭的なことをしているのが、きっと物珍しかったのだろう。しかしマゼルはうーんと首を傾《かし》げる。

「いや、でも、そういう感じじゃなかったですけど」

「いいの、ちゃんとわかってるから。ユーグにとって、私は妹みたいなものなんだって」

「妹？　でも、ユーグ様はどっちかっていうと……」

マゼルはまだ難しい顔でもごもごと何か言っている。

「とにかく、私とユーグはそういう感じだから、あまり気にしないで」

「んー……なんか納得できないですけど、一応わかりました。あっ、そうだ。アオイ様はどうぞこの部屋をそのまま使ってください。ユーグ様は別室に移ることになりましたんで」

「えっ、いいの？　一人で使うにはだいぶ広いけど」

「はい、是非！　せっかく整えたんで、むしろ使ってほしいです。色々本も置いてますから、お暇な時に読んでもらって結構ですよ。まあ、どれも動物関係の本なんですけどね」

マゼルがからっと笑う。

見れば、確かに立派な書棚が壁際に置かれていて、どうやらその蔵書にも、彼の好みが大いに反映されているらしい。とことん趣味を突きつめてるなぁと感心し、私は就寝の挨拶をして彼と別れたのだった。

## 第五章　芸術の町シェスティナ

翌朝。朝食を作るため台所へ向かうと、すでにマゼルは起き出して料理を作っていた。

朝の澄《す》んだ空気に混じって、焼きたてのパンの香りや、コンソメに似た香ばしい匂いがふわんと漂《ただよ》ってくる。マゼルは、ゴーグルを外した以外は昨日と同じ格好で、鍋を両手に持ったままこちらに笑顔を向けた。

「アオイ様、おはようございます！」

「おはよう、マゼル。ごめんなさい、手伝うのが遅くなって」

「いえ、気にしないでください。というかアオイ様、自分、ユーグ様からこんなにもらっていいのかってほど宿泊代含めて諸々《もろもろ》もらってるんで、むしろ手伝ってもらうと申し訳ないくらいで」

「でも、それは私が支払ったわけではないもの。それに、動いている方が落ち着くから」

「んー……そんなら、ちょっとだけお願いしちゃおうかな。そこにある器に入った卵を溶いて焼いてもらうこと、お願いできますか？」

「これね。了解！」

どうやらスクランブルエッグ風のものを作るようだ。それなら私にもできるし、むしろ懐《なつ》かしい気分になるから是非やらせてもらいたい。

こうして腕まくりし、朝御飯を一緒に作っていると、やがてユーグが起きてきた。今日は馬での移動を予定しているからか、甲冑《かっちゅう》ではなく青い騎士服姿だ。

「おはよう、ユーグ」

「おはようございます、アオイ。そのお姿は……」

「あっ、これ？　マゼルに借りたの。服を汚しちゃったらまずいからって、妹さんのものを貸してくれたのよ」

身に着けている白い前掛け……日本で言うエプロンを摘《つま》んで言う。卵料理を作り終えた後、スープなど他にも色々と作るのを手伝っているうち、汚れてしまうと悪いからと、マゼルが奥から持ってきてくれたのだ。

ユーグがまじまじと私を見つめて言う。

「それに、お髪《ぐし》も……」

「うん、料理中に髪が中に入るとまずいから、編み込んでみたの」

今の私は長い髪を後ろでゆったりとした一本の三つ編みにした状態だ。エプロンと合わせると、なんとなくいつもの格好よりメイドさんっぽいというか、若奥さんっぽい格好になったというか。

ユーグがさらに食い入るように見つめてきて、なんとなく落ち着かない気分になる。

頬が熱くなるのを感じて、私は睫毛《まつげ》を伏せて言う。

「その……貴方に食べてもらいたくて、それで」

「ええ……とても、食べたくなりました」

ユーグがどこか真剣な声で答える。

「やっぱり自分、勘違いじゃないと思うんですけど……」

その横でマゼルが何か言っていた気がしたが、手元の料理に意識を集中させるのに必死な私の耳には入ってこなかった。

そんな感じで朝食を作って食べた後、私とユーグは町へ向かう支度を整える。

外へ出ると、マゼルが厩舎《きゅうしゃ》から馬を引っ張ってきてくれた。

「これ、使ってやってください。二人乗っても軽々運んでくれる、丈夫な馬なんで」

その言葉通り、漆黒《しっこく》の毛並みの立派な体躯《たいく》の馬は足も速そうだ。

「ああ、いつもながら助かる。マゼル」

「いえいえ、では、気をつけて行ってきてください！　あ、夕飯どうされます？　町に泊まるようなら特に用意はしませんけど」

「いや、お前の家に厄介《やっかい》になる方が落ち着いて食事できる。夕方には戻るから、是非頼みたい」

「わっかりました！　じゃあ、腕によりをかけて準備しておきますね」

そう言って、マゼルは私たちを明るく送り出してくれたのだった。

ユーグが操る馬に同乗させてもらい、一路、シェスティナの町を目指す。

昨日竜に乗って上空を通り過ぎた際は、だいぶ近い距離に思えたけれど、あれは竜の速度で見たからであって、馬で目指すとそこそこ距離があった。

三十分ほどかけ、ようやく町の入り口へと辿《たど》り着く。

「アオイ。ここは西の町シェスティナ。芸術と文化の町とも呼ばれています」

「わぁ……！」

門をくぐり抜けた先に広がっていたのは、洗練された建物が並ぶ町並み。どこからこんなに集まったのかと思うほど多くの人々が歩いている。その誰もが、ファルゴの町で見た時よりもどこかお洒落《しゃれ》な服装をしている。

私の視線に気づいたのか、ユーグが説明してくれた。

「貴女がいた東の町ファルゴと、この西の町シェスティナはどちらも大きく活気のある町ですが、特色はだいぶ違います。ファルゴが商人の集まる町とすれば、このシェスティナは芸術家や学士が集《つど》う町」

「確かに、言われてみるとそんな感じね。落ち着いていて洒落《しゃれ》た店構えが多くて」

きっと、腕のいい建築家なども多く住まうのだろう。

ほうっと見惚《みと》れていると、ユーグは足を道の向こうへと向けた。

「では、アオイ。これから情報収集に行きますので、まずはこちらへ」

「あ、うん」

それからユーグが向かったのは、細い通りにある、鄙《ひな》びた酒場のような店だった。カウンター席の向こうに店主が一人いるだけで、本当にこぢんまりとした佇《たたず》まいだ。

「おう、いらっしゃい。……と、なんだ、ユーグの旦那か。お元気そうで」

「ああ。久方ぶりだな」

身体のがっしりした強面《こわもて》の中年店主だが、ユーグには一目《いちもく》置いているのか、その物腰は丁寧だ。

「二ヶ月ぶりですかね。それにしても、また魔物退治に来てくださったんですかい？」

「そんなところだ。この辺りで魔物が現れたという話を聞いたものでな。――飲み物を二つ頼む。私とこちらの女性の分、いずれも酒精《しゅせい》の入っていないものを」

「仕事に支障を来《きた》さないものってわけですな。畏《かしこ》まりまして。とりあえず、お座りくだせえ」

私を見てかすかに意外そうな顔はしたが、店主は特に言及しなかった。彼は恐らく、情報屋のようなものなのだろう。

すぐに私たちの前に杯《さかずき》をことりと置くと、彼は話を続ける。

「――先ほどの、旦那の話ですが。そいつはもしかしたら、ここから北に向かった先にある、リンジーの町じゃないですかね。あそこでつい最近、魔物が現れたって話を聞いた覚えがある」

「それは確かな話か？」

真剣な表情で問い返したユーグに、店主が頷《うなず》く。

「俺が聞いた限りでは、嘘じゃなさそうでしたよ。何しろ話をしたそいつ自身に、魔物から負った黒い傷がありましたんでね。なんでも、腐った死体みたいな気味の悪い魔物だったようで」

「そうか……事実のようだな」

「リンジーの町は、少し前に宮廷魔術師が結界の確認に訪れたばかりだってえのに、運のないことですよ。魔術師がいる時に現れてりゃあ、退治してもらえたんでしょうがね」

「なかなかそう上手くはいかないものだろう。魔術師たちは光の魔力が込もった武器を持っているから、その気配を感じて近寄ってこない可能性があるしな」

「まあ、そういうことでしょう。しかし、旦那も大変ですな。そういう町に呼ばれて引っ張りだこで。休む暇もありゃあしない」

渋い声で歌うように言った店主に、ユーグがかすかに苦笑する。

「適度に休んでいるさ」

「どうですかね。先日、北の町近辺を飛んでおられた話、聞きましたよ。まあ、この町も一週間後には魔術師様が訪れるんで、魔物が現れるならその時に倒してもらいたいもんですよ」

「そうだな。……色々と把握できて助かった、礼を言う」

「なに、また来てやってください」

そうしてユーグは、飲み物二杯に対してはいくらか多いお金を置いて店を出た。

その後、通りに戻り、私はユーグと一緒に町の人々に話を聞いてみたが、やはり似たような情報が集まった。ここから北にあるリンジーの町近辺で魔物が出たらしい、という噂。

「どうやらあの情報は確かのようです。それも聞いた限りでは、数がそれなりに多い」

町の人々にも話を聞いて裏付けを取れたらしい、ユーグは真剣な眼差しで言った。

「アオイ、私は明日、エンゾと共にリンジーの町近辺の森を回ってきます。魔物と戦闘になるでしょうから、どうか貴女はマゼルの家で待っていてください」

「うん……わかった」

魔物と戦う可能性が高いのに、のこのこ私がついて行ったら、ただ足手まといになるだけだろう。

だから、素直に頷《うなず》く。

だが――何もせずに待っているだけというのも落ち着かない。と、そこで、ふいに思いついた。

ユーグは情報収集後に魔物を倒しに向かっている。それなら彼が戦いに出ている間、私がこの町で情報を集めれば効率がいいんじゃないだろうか。

リンジーの町の情報だけでなく、別の町から来た人から、また新たな情報を得られるかもしれない。この機会にそれを私が得ておけば、彼が情報収集に費《つい》やす時間を減らすことができる。

そう考え、私はユーグに告げる。

「貴方について行けないことはわかったわ。だから私、ここで情報収集していようと思うの」

「貴女が、この町で？」

目を瞠《みは》るユーグに、こくんと頷《うなず》く。

「うん、私、前に少し話したけど、駆け出しの化粧師《けわいし》として働いていたから、そういう話題をきっかけに町の人――特に女性たちとお話しして、情報を集められたらと思って」

それはいい案に思えた。何もせずに待つのではなく、時間を有効に使えるし。

「しかし、そのようなことをして貴女に何かあったら……」

案の定、懸念《けねん》を滲《にじ》ませる彼に、私は少し怒った顔で告げる。

「ユーグ。気持ちは嬉しいけど、心配しすぎだよ。私はもう子供じゃないのに」

でも、彼がこうして心配するのは、私が自身を大人であると証明できていないからだろう。そう思った私は、辺りをきょろきょろと見渡す。

探すのは、この辺りにいる若い女性の姿。一人一人の顔をじっと見ていく。

明るい顔で笑っている人。今晩の食材でも選んでいるのか、真剣な顔で店先の野菜を見下ろしてる人。そして、浮かない顔で一人ベンチに座っている人。——うん、あの人に話しかけてみよう。

そう決めて、私はユーグに断りを入れる。

「ユーグ、ちょっとだけここで待ってて」

「アオイ……？」

不思議そうな彼に、大丈夫と言いおいて、私はベンチに座る女性のもとへと近づいた。

私と同い年くらいの、焦げ茶の髪に薄緑色の瞳の女性で、ほっそりした身体にどこかのお店の制服らしい深緑色の服を着ている。浮かない顔の彼女に、私はそっと話しかけた。

「こんにちは、考えごとをしている最中に、すみません。少しだけお尋ねしてもいいですか？」

「え？　ええ……別にいいけど」

少し面倒そうにしつつも答えてくれた彼女に、私は微笑んで言葉を続ける。

「私、この町に来るのは今日が初めてで。どこかお薦《すす》めのお店があれば教えて頂きたいんです。美《お》味《い》しいお食事処《どころ》とか。あっ、もし薬草屋さんがあれば、それも」

バルバラさんへのお土産《みやげ》を思い浮かべて付け足せば、気だるげな返事が返ってくる。

「美味《おい》しいお食事処《どころ》、ね……。それなら、町の大通りにある『銀の花籠亭《はなかごてい》』が美味《おい》しいらしいけど。

薬草屋は、ちょっと思い当たらないわ」

「あ、いいんです。お食事処《どころ》がわかっただけで。それにしても素敵な名前のお店ですね。確かに美《お》味《い》しそう」

「実際、美味《おい》しいらしいわ。混んでてなかなか入れないから、私はまだ食事したことがないんだけど。三回行って三回とも駄目だったし」

「そうなんだ……。すごく人気なんですね」

感心した私に、彼女は小さく息を吐いて続ける。

「……私って、何やってもそう。仕事をしても大体上手くいかないし。きっと、そういうのってあるんだと思うわ。生まれ持った運っていうか」

だいぶ後ろ向きな気分になっているようだ。

そんな彼女に、『そんなことありません、きっとそのうち良いことありますよ』などと言っても、なんの慰《なぐさ》めにもならないだろう。だって私には、彼女の未来は見えない。

でも――こうして面と向かって話していると、見えてくることもある。

陰鬱《いんうつ》な雰囲気と共に目を伏せたその顔が、磨《みが》けばかなり光りそうなこと。口をへの字に曲げているけれど、笑ったら可愛くなりそうなこと。そう思い馳《は》せながら、私は口を開く。

「いい情報を教えてくださってありがとうございます。お礼に、ちょっとだけお化粧させて頂いてもいいですか？」

「は？　化粧？」

脈絡のない言葉に、彼女がぽかんとする。私は明るく頷《うなず》いた。

「そう、お化粧。私、化粧するのが大好きなんです。それでお話ししている間に貴女の顔を見てたら、なんだかすごくさせてほしくなってきて」

すると、怪訝《けげん》そうにしつつも彼女は頷《うなず》いてくれた。

「いいけど……ただ私、お金なんて払えないから」

「それはもちろん、お礼ですからお代を頂いたりなんてしません。じゃあ、ちょっとだけ目を瞑《つむ》って頂いていいですか？」

「え、ええ……」

怪訝《けげん》そうな顔からして、なぜこんなことに……などと思っているのだろう。それに申し訳ない気持ちになりながらも、私は彼女の隣に腰を下ろすと、布袋からお化粧セットを取り出していく。

少しずつ改良を重ね、段々と使い心地を良くしていった、私の大切な化粧品たち。それを手に、目を瞑《つむ》った彼女に向き直る。

彼女の場合、まず顔立ちを明るく見せるのが一番良いように思えた。

毎日、鏡などで目にする自分の顔。鬱々《うつうつ》とした顔をしていたら、見る度に気持ちが滅入《めい》ってくるだろう。だから明るい雰囲気にするのが、今回の一番の目的。

軟膏《なんこう》を顔全体に載せるのでなく、額や鼻などハイライトに当たる位置にだけ塗り込むと、上から白粉《おしろい》をはたいていく。そうすると、顔の中でも高い位置だけ明るく見えるようになるのだ。

次にしたのは、まゆ墨《ずみ》で眉を描《えが》くこと。葉を絞って抽出した黒い汁から作った墨《すみ》を、筆に含んで載せていく。吊り上がった眉を、少し柔らかく見せるようにカーブを描《えが》いて。

それができたら、今度は唇に紅《べに》を載せる。今では口紅は三種類に増えていて、私が選んだ色は、穏やかで優しいオレンジピンク。

最後に、頬の辺りに紅《べに》に近い色合いの橙《だいだい》色の粉をはたいて、ちょっとしたチークを施《ほどこ》す。

そして――

「できた……！　目を開けてみてください。こんな感じに仕上がりました」

おずおずと私の言葉に従う女性。そんな彼女に、私は手鏡を差し出す。そこには、先ほどよりどことなく明るい顔立ちになった彼女がいた。

「これって……私？」

手鏡を覗《のぞ》き込み、驚いた様子で目を見開いた彼女に、私は頷《うなず》いて説明する。

「はい。貴女は鼻筋がすっと通って綺麗な顔立ちなので、そこを強調してみました。それに、もう少し柔らかめの雰囲気にするとさらに素敵かなと思って、明るく優しい色合いを頬や唇なんかに足してみたんです」

「嘘みたい……全然違うじゃない」

「はい、こういう風に自分や他の誰かを変えることができるから、私はお化粧が大好きで。それで、ずっと練習してたんです」

「練習、したの……？　どれくらい？」

まだどことなくぼんやりとした口調で尋ねる彼女に、私は答える。

「とはいっても、一ヶ月くらいです。私、この国に来たのってまだ一ヶ月くらいだから」

「一ヶ月……それは、旅行か何かで?」

「その、攫《さら》われてきたというか、自分の意志ではなく無理やりな感じで。でも、ファルゴの町で薬草師の助手として働けることになって、いい人たちとも出会えたし、楽しいことも沢山ありました。こうしてお化粧の腕も上がりましたし」

そんな私を、彼女はまじまじと見つめた。

「貴女……変だわ。落ち込まないの? そんな嫌な目にばかり遭《あ》って」

「きっかけは確かに嫌なことでしたけど、良いこともありましたから。ほら、だって今、貴女にも褒《ほ》めてもらえたでしょう? それって、この国に来なかったらきっとなかったはずだから」

彼女は、信じられないものを見るような眼で私を見る。

そして――彼女は、ふいにくしゃっと顔を歪《ゆが》めて笑った。

「はは……変な人! どれだけ前向きなのよ。私なんて、小さなことで悩んでばかりだったのに」

「でも、それは貴女にとって大切なことだったんでしょう? だから悩むのは、別におかしいことじゃないと思います」

「そうよ……私にとっては重要だった。何やっても上手くいかなくて、色んなことが嫌になって……。そうすると周囲は、後ろ向きに考えるな、前向きになれってお説教ばかり。もううんざり」

彼女は手鏡を覗《のぞ》いて、ぽつりと呟いた。

「……でも一番嫌だったのは、そういう人たちにうんざりする顔を返す自分。中には、本当に心配して声をかけてくれた人だっていたのに。周りの人全部がうっとうしく思えて。けど……貴女が描《えが》いた私は、ほんの少しだけ好きになれそうだわ」

そうして彼女は、はにかむように笑った。それは初めて見る、彼女の優しい表情だった。私は嬉しくなって布袋から小瓶を取り出す。

「気に入ってもらえて良かったです。あと、これもお渡ししておきますね」

「なに？　これ」

「お化粧を落とす油です。そのままにして寝ると、肌に悪いから」

シャロンさんからもらった化粧落とし用の油を、瓶に小分けにしたそれを渡そうとすると、彼女は首を横に振った。

「ありがとう。でも、さすがにこんなものまでもらっちゃ悪いわ。油くらいなら家にもあるし」

「あの、でも、肌に合う油と合わない油があってですね」

シャロンさんから油をもらった時、何種類も配合しては肌に載せて試してみたのだ。その中で、一番肌に負担をかけないブレンドのものを持ち歩いている。

懸命に言い募《つの》る私に、彼女はさらにふっと笑った。

「もう会うこともない私の肌が傷《いた》もうが、貴女には関係ないでしょうに。……本当、変な人」

「まあ、それはそうなんですけど……」

そこは、化粧品を愛する者の譲れないこだわりというか。化粧はもちろん、それ以前にスキンケアって本当に大事だし。

そんなことを思っている私に、彼女は持っていた鞄《かばん》からハンカチを取り出した。

「これ、あげるわ。うちの店の商品。化粧してもらってばかりっていうのもなんだし。私、さっき言った『銀の花籠亭《はなかごてい》』の近くの服屋で働いてるの。貴女が来たら、良い服見繕《みつくろ》ってあげるから」

「あ……ありがとうございます」

驚きつつ受け取った私に頷《うなず》くと、彼女は晴れやかな顔で去って行った。

よし――今日の化粧も上出来！　私は席を立つと、ユーグのもとへ急いで戻る。

「ユーグ、お待たせ！　この町に銀の花籠亭《はなかごてい》って言う美味《おい》しいお店があるんだって。そこなら人も多く集まるし、情報を聞けると思う。あと、その傍《そば》にある服屋さんの女性と知り合いになれたから、彼女からも情報をもらえそう」

「ええ。それは今、ここでお聞きしていましたが……」

どうやら、私たちのやりとりは彼にも聞こえていたらしい。

ユーグは驚きを隠せない様子でまじまじと私を見つめてきた。

「ユーグ？」

「いえ、すみません。貴女が、まるで以前とは別人のように思えて……」

「七年も経《た》ったら、変わるよ。いい方にもそうだし、悪い方にだって。私は少しでもいい方に――貴方に近づけるような人間になりたかったの。ずっと」

「私に、近づけるような……？」

「そう。人の気持ちを自然と汲《く》み取って、その心を軽くできるような人。私の場合はその手段が化粧だったけど、根本にあるのはきっとユーグと同じ気持ちだと思う。誰かをほんの少しでも助けられたら、笑顔にできたらっていう思い」

「人の心を、軽くするような……」

ぽつりと呟いた彼に、私は顔を綻《ほころ》ばせた。

「教えてくれたの、ユーグだよ。だから今、ほんの少しだけだけど、できているの」

そんな私を、ユーグは呆然《ぼうぜん》として見つめていた。

まるで、目の前の霧が晴れたとでも言うような表情だ。

「貴女は……本当に、大人の女性になられたのですね」

「うん、わかってくれた？」

「ええ。それに、とても……」

「とても？」

思わず聞き返すと、彼は続きを胸に秘めるように小さく首を横に振った。

「――いえ、なんでもありません」

そう言い、ユーグは私の頬にそっと手を伸ばす。触れるのを恐れていたものに、勇気を出して触れたかのような仕草だった。

「アオイ。……頬に、かすかに紅《べに》が」

「あっ、もしかして、さっきお化粧している時についちゃったのかな」

恥ずかしくなって手の甲で拭《ぬぐ》おうとすると、ユーグに止められた。

「どうか私に拭《ふ》かせてください。……いえ、今だけ貴女に触れるお許しをください」

「お許しって、そんなこと別に……」

いつだって触れてくれていいのに、と笑えば、そこには彼の真剣な眼差しがあった。

以前見た時のように、碧色《みどりいろ》の瞳にかすかに炎のような光が揺らめく瞳。

そして――何かに耐えるような切なさを浮かべた眼差し。

「言わせてください。そうでもしないと、私は貴女に何をしてしまうかわからないので」

「ユーグ、何を言って……」

困惑して見上げた時だった。背後で、わっと人の沸《わ》き立つ声が聞こえる。

どうやら、近くの店で売り出しでも始まったようだ。

「……人が出てきましたね。いったん、向こうへ行きましょう」

「う、うん」

そうして、ユーグの言葉に動揺しつつも、私はその場を移動したのだった。


その後もひとしきり情報収集を続け、夕方になったところで私たちはマゼルの待つ家へと戻った。

町中で結構な距離を歩いたため、着いた頃にはもうくたくたである。

「ただいまぁ……！」

「マゼル、今戻った」

「お帰りなさい、アオイ様、ユーグ様！　夕飯、できてますよ」

相変わらず朗《ほが》らかな笑顔に迎えられ、私はほっとして微笑んだ。

「ありがとう、マゼル。すごく美味《おい》しそうな香り」

「こう、自分、色々思うところがありまして、精がつくような料理を並べてみました。お二人とも、どうか遠慮なさらず目一杯食べてください！」

「うん、ありがとう」

元気が出るよう、スタミナがつく料理を作ってくれたということか。本当に彼はできた協力者だ。

その後、三人での夕食を終えて片づけを手伝った私は、すぐに客室へ戻ることにした。だいぶ足腰が疲れていて、早めに休みたかったのだ。

「あー、寝台の上に横になると、やっぱりリラックスできる……」

お布団の魔力って、世界が違っても全然変わらない。すごい、お布団万歳。

そんなどうでもいいことを思いつつ休んでいると、ふと部屋の壁際にある本棚が目に入った。

「そういえばマゼル、本は好きに読んで良いって言ってたっけ……」

夕食を食べてすぐ寝るのは美容上良くないし、何か一冊本でも読もう。

そう思い、寝台から降りて本棚へ向かった私は、そこから一冊取り出してページを開く。

巫女時代に神官たちからこの国の文字について教えを受けていたため、あまり難しい内容でなければ、難なく読むことができた。

今開いたのは、動物の生態に関する本。解剖図が載っていたり、その動物の進化の歴史について書かれていたりとにかく詳しい。他にも何冊か捲《めく》ってみたが、どれもやっぱり動物関係だ。

「本当に動物が大好きなのね、マゼル。……あ、竜についても書いてある」

これはちょっと気になる、と読み出せば、そこには今まで知らなかったことが書いてあった。

竜は森の奥に住み、滅多に姿を現さない存在であること。しかし気に入った存在があれば、心を許し生涯傍《そば》にい続けること。また、竜の特殊な生態についても書いてある。

「竜は普段は温厚で賢いが、激しい戦いのあとは興奮し、非常に危険な存在になる……か」

エンゾも、もしかしてそんな風に凶暴になるのだろうか。

落ち着いて穏やかなイメージだったから、意外に思ってさらに読み進めていく。

「また、竜は誰よりも好ましく思った相手を番《つがい》として選び、生涯その者だけを愛し続ける習性がある……へぇ、一途《いちず》な生物なんだ」

これはかなり素敵だ。一生一人の相手だけを愛し続けるって、純愛な感じできゅんとする。

エンゾにもそういう相手がいるのかなぁ……

というかその前に、エンゾって雄《おす》と雌《めす》どっち？　などと首を傾《かし》げていると、さらに別の背表紙が目に入り、思わず目を輝かせる。

「あっ、薬草学……！　わぁ、こういう本もあるんだ」

薬草師の助手をしていた身としては、手を出さずにはいられない。

けれど、読むとやはりというか、『この動物に噛まれた時はこの薬がいい』というように、何かしら動物に関わる話題ばかりだった。もちろん、それでもためになる。

結局そのまま読み耽《ふけ》っていると、何時間か経《た》った頃、とんとんと扉をノックされた。

「アオイ様～。なんか、灯《あか》りがついてるみたいですけど、まだ起きてます？」

「あっ、ごめんマゼル！　気づいたら夜更かししちゃってた」

無意識に燭台《しょくだい》の蝋燭《ろうそく》を取り換えていたが、これでは無駄に浪費しているも同じだ。

扉越しに聞こえた声に慌てて謝れば、すぐにあっけらかんとした返事が返ってくる。

「いえいえ。もし何か作業されるなら、お夜食でもと思っただけなんで」

「ううん、そういうわけじゃないの。ちょっと、夢中で本を読んでて」

急いで扉を開け、マゼルに本を見せて説明する。

今読んでいたのは、先ほどの薬草学の本に載っていた、『竜の葡萄酒《ぶどうしゅ》』というコラムのような文章だった。薬草学の世界では、至高の薬としてそういうものが存在するらしい。

なんでも、竜の好むベリスという幻の薬草を入れ、さらに竜の住む深い森にしか咲かない花を数種類入れて作った葡萄酒《ぶどうしゅ》らしく、一度飲めばその効果は絶大なのだとか。

ある者はたちどころに生き返り、ある者は飲んですぐに絶命したという。

――飲んだ者によって毒にも薬にもなる、神秘の薬。

すると、マゼルが嬉しそうにうんうんと頷《うなず》いた。

「ああ、竜の葡萄酒《ぶどうしゅ》！　その部分、神秘的な描写がいっぱいで、読むと止まらなくなりますよね。自分も何度も読み返しました。竜の崇高《すうこう》さ、神秘的な美しさが際立つ感じで」

「そうなの。私、薬草師の助手として働いていたから、なおさら興味深くて。本当に、どこかにこんな薬があるのかしら……」

思わずしみじみと言えば、マゼルが考えながら答えた。

「どうでしょうね。実際にそういう薬があったって話は聞いたことないですけど。でもまあ、それはそういう薬が本当にあるんですよって話じゃなく、いわゆる薬草師たちにとっての戒《いまし》めなんだって世間の人には認知されてますよ」

「戒《いまし》め？」

「そうです。ひとたび飲めば毒にも薬にもなる、恐ろしいもの。それは薬全般を示していて、だからこそ、作る際には気をつけないとってことです。調合を間違えれば、『竜の葡萄酒《ぶどうしゅ》』の逸話《いつわ》のように、いつなんどき誰を殺すかもわかりませんから」

「ああ……なるほど、そういう意味での戒《いまし》めなのね。『竜の葡萄酒《ぶどうしゅ》』のような劇薬にしないよう、きちんと薬を作るようにって」

感心して頷《うなず》くと、マゼルはさらに目を輝かせて語り出した。

「まあでも、自分は信じてますよ。あの謎が多い竜の生息地にある草なら、実際にそういうものを作れる可能性だってないわけじゃないですからね。そう思うと、なんかすごくわくわくしてきます！」

「マゼルって、本当にわかりやすいわよね……」

自分の欲望に忠実というか。自分の信じたいものを信じ切る強さがあるというか。

なんとなく羨《うらや》ましくなって、くすりと微笑む私なのだった。

翌日。ユーグは早朝から、エンゾに乗ってリンジーの町へと旅立った。

どうやら魔物退治は一日で終わらず、数日かかるものらしい。

そして、昨日ユーグに腕前を披露《ひろう》したおかげか、私がシェスティナの町へ情報収集に向かうことも止められなかった。行き来に馬車を使い、きちんと安全な態勢を整えた上でならと。

ただ、そうして許可は得られたものの、馬車を使うと結構お金がかかってしまう。行くかどうか迷っていると、マゼルが声をかけてくれた。

「ああ、じゃあ、もう少ししたら食料を積んだ商人が来るんで、彼の荷台に乗せてもらうといいですよ。シェスティナから来る人ですし、身元もはっきりしてるんで」

「いいの？　そうしてもらえれば、すごく助かるけど」

「はい。でもまあ、行きだけですんで、帰りはご自分で馬車を見つけて頂く形にはなりますけど」

「ううん、助かる。それと私、今日はシェスティナの町に行ったら、そのまま宿に泊まろうと思うの。一日分の代金ならなんとかあるし、その方が情報収集が捗《はかど》る気がして」

それに、移動する回数を減らした方が、ユーグの心配も減らせる気がしたのだ。今は安全とはいえ、道中で魔物が出ないとも限らない。

「わかりました。明日は夕飯はなしってことですね。でも、いつ帰ってきても大丈夫なように整えておきますんで、まずは気をつけて行ってきてください」

「わかったわ、ありがとう」

快諾《かいだく》してくれたマゼルにお礼を言って、私はシェスティナの町へ行く支度を整える。

――数時間後。やって来た商人に事情を話し、私は彼の馬の荷台に乗せてもらえることになった。

そうして一人向かった、シェスティナの町。そこは今日も大いに賑《にぎ》わっていた。

商人にお礼を言って別れ、町の中を歩いていくと、その賑《にぎ》わいに圧倒されそうになる。目に映るものすべてがキラキラしていた。

「なんだかどれも輝いて見える。本当に都会って感じね」

ここも素敵だけど、私はファルゴの町の方が落ち着いていて好きかもしれない。洗練された美しさより、人情味が強くて下町っぽいというか……勝手な印象だけれど。

そんなことを思いながら、町の大きな通りを歩いていく。

まず初めに、町の入り口近くの宿屋へ行き、宿泊の約束を取り付けた。次に目指すのは、昨日出会った女性が働いているという、大通りにある服屋。

少し話しただけだけど、それでもまったく見知らぬ人よりは余程情報を聞きやすい。

通行人に道を尋ねつつ歩き続けて二十分後、ようやく店の前に着いた。

煉瓦《れんが》造りの構えで、看板にも凝《こ》ったデザインが施《ほどこ》されたシックな店だ。

「お邪魔します……」

緊張しながらそろそろと扉を開けると、中には客と店員が数人いた。女性服の専門店らしく、お客さんはマダムっぽい女性ばかりで、応対する店員にもどことなく品がある。

そしてどの商品も高そうだ。少なくとも、私の手持ちのお金では買えなそうというか。

なんとなく場違いな気がして思わず後ずさりしかけたところで、横から声をかけられた。

「いらっしゃ……あら、お化粧してくれた人じゃない！」

それは、昨日の女性だった。陰鬱《いんうつ》とした雰囲気はなりを潜め、きびきびと働いている。

もしかしたらそれが普段の姿なのかもしれないが、頬にはたかれているチークに見覚えがあって、私は「あっ」と声を出す。

するとと女性は、僅《わず》かにはにかみつつ自分の頬を指差した。

「あっ、これ？　昨日化粧してもらって、いいなと思って自分でやってみたの。でも、駄目ね。貴女がしてくれたみたいに綺麗にいかない」

そう言いつつもどこか晴れやかな彼女の顔に嬉しくなって、私は微笑む。

「いえ、気に入って頂けたならすごく嬉しいです。それに……すみません。昨日貴女にこのお店のことを聞いて、すぐに来ちゃいました」

「いいのよ、私が誘ったんだし。良ければ見ていって。それとも、今日もまた何か探しに来たの？」

「は、はい……」

実を言えば、彼女から魔物に関する話題を聞けないかと思ってやって来たのだ。しかし、さすがにここでその話題は出しづらい。明らかに場違いだし、営業妨害になってしまう気もする。

どうしようかなと思っていると、何か考えた様子の彼女は、同僚らしき人物に声をかけた。

「すみません。私、そろそろ休憩に入ります！」

「わかったわ。じゃあ、後で交代ね」

「はい！」

その返事に頷《うなず》いた彼女は、私に小声で話しかけてくる。

「——さ、通りへ出ましょ。ここじゃ話しづらいみたいだし」

「えっ、でも……」

「大丈夫、どうせもう少ししたらお昼休みに入る予定だったし。私、お昼は外に出て食べることにしてるの。そういえば、まだ名乗ってなかったわね。私の名前はミーナ」

「あ、ありがとうございます……！　ミーナさん。私はアオイといって……でも、行くってどこへ？」

「そんなの、決まってるでしょ。『銀の花籠亭《はなかごてい》』よ！」

ウインクして言った彼女に、私は「ああ！」と目を輝かせたのだった。

歩いて五分後。ミーナさんと共に訪れた『銀の花籠亭《はなかごてい》』は、今日も大勢の客で賑《にぎ》わっていた。

「やっぱり、すごい人気ねえ」

「本当ですね……」

思わず二人で遠い目になってしまう。行列がずらりと続き、私たちの順番が回ってくるのはだいぶ先になりそうだ。ミーナさんのお昼休憩の時間は限られているし、今日食べるのはやっぱり無理そうかな、と思っていると、ふいに中から怒鳴り声が聞こえてきた。

「なんだ、この料理は！　中に虫が入ってるぞ‼」

どうやら中年男性が騒ぎ立てているらしい。店内を窺《うかが》ってみると、カウンター席から立ち上がった彼は、辺りを見渡して大声で続けた。

「こんなものを出す店なんて、たかが知れている！　あんたらも、こんな店で食べるのはやめた方がいいぞ。まったく、何を食わされるもんかわかったもんじゃない」

近くにいた客が、どことなく怯《おび》えた様子で、自分の手元の皿を見つめて身を引いた。

その時、奥からハスキーな声が聞こえてきた。

「うちの料理が、一体なんなんだって？」

厨房《ちゅうぼう》の扉から出てきたのは、生成《きな》りの料理人服を纏《まと》った凛々《りり》しい風貌の女性だ。男顔の美人で、かなり気が強そうだ。三十代半ばほどに見える彼女は、腕を組みつつはっきりと言い返した。

「虫が入ってるっていうなら、あたしにそれを見せてみな」

「こ、これだ」

まさか堂々と問い返されるとは思っていなかったのか、男がどこか視線を泳がせつつ皿を差し出す。スープの中には確かに、小さな黒っぽい虫が浮かんでいた。

女主人らしき彼女は、それをまじまじと見た後、眉を上げた。

「へえ、この虫が、うちの料理に入った？　あんた、本気で言ってるのかい？」

「ほ、本当に決まってるだろう！　そうでもなきゃ、こんなこと……」

「この虫をどこで拾ってきたか知らないがね、これはあんたの頼んだ料理に入ってる香辛料をひどく嫌う種類だよ。できた料理はもちろん、作ってる途中にだって近寄ってきやしない」

「なっ、そ、そんなはず……！」

「それにね、あんた裏手にできた新しい料理屋の関係者だろう？　前に、裏口からこっそり入ってくのを見たことがあるよ。うちを陥《おとしい》れたかったのか知らないが、やるならもっときちんと調べてから来な！　こんなことのために殺された虫が気の毒だよ」

ずばっと言った彼女に、男は明らかに動揺した後、怒りでぶるぶると身を震わせた。

「お、俺は……そんな店のことは知らない！　く、くそ、二度と来るか、こんな店！」

「おーおー、来てくれなくて結構さ。あんたが来ない分、別のお客にたんと上手い料理を出せるからね」

女性は欠片《かけら》も気にした様子もなく、威勢良く返す。

多くの客は彼女の言い分を聞いて残ったが、並んでいた客は、それでも結構去ってしまったようだ。明らかにあの男の言いがかりだったが、気が削《そ》がれてしまったのだろう。

その分、行列の長さが縮まり、私たちもだいぶ前に行くことができた。

女主人はまったく気にしていない様子で、並んでいた客を空いた席に順に案内していく。

私たちがようやく女主人の前まで来た時、彼女は眉を上げた。

「おや、いつも来てくれてるのに、なかなか中に入れず仕舞いのお嬢さんじゃないか。今日は友達と来てくれたんだね。ようこそ、良かったら食べてっとくれ。ああ、言っとくが、香辛料はたっぷり使ってるが、虫なんて一匹たりとも入っちゃいないよ」

堂々と言い切る彼女は凛《りん》として、私の目に格好良く映った。

「は、はい！」

なんだかドキドキしてしまい、私はミーナさんと共に勢いよく返事したのだった。

思いがけず客足が引いたおかげで入れることになった、『銀の花籠亭《はなかごてい》』。そこは先ほどの話でも出た通り、香辛料を多く使った料理のお店で、奥へ行くほどに独特のスパイシーな香りが鼻に届く。

「ここ、ミルゼっていう料理がすごく美味《おい》しいって評判なの。私、それを頼もうと思うんだけど」

席に着くや、こっそりと教えてくれたミーナさんにへぇ、と頷《うなず》く。

「じゃあ、私も是非それで」

「二人とも、ミルゼでいいんだね。よし、ちょっくら待ってな」

そう言って、女主人は奥にある厨房《ちゅうぼう》へと戻っていった。

十分ほどして、彼女は皿を二つお盆に載せてやって来る。

「待たせたね、これがうちの自慢のミルゼさ」

それは日本で言うと、ロールキャベツに似た料理だった。付け合わせに、緑や紫の野菜や香草が沢山飾られており、見た目にも美しい。

「わぁ、綺麗……！」

「それに美味《おい》しそうね。やっと食べられるなんて、本当に嬉しいわ」

ミーナさんも私も、目を輝かせて料理を口に運んでいく。

出されたフォークで半分に切ると、やはりロールキャベツと似た構造らしく、中には挽《ひ》き肉の塊《かたまり》らしきものが入っていた。だが味わってみると、その風味はだいぶ違う。

挽《ひ》き肉には香辛料が混ぜられていて、とてもスパイシー。だからといって辛すぎるということもなく、風味が強く感じられて美味《おい》しかった。

合間に付け合わせの野菜を食べると、こちらは薄い味付けの優しい風味。交互に食べると、さらに互いの味が引き立っている。ミーナさんが片頬を押さえ、感動したように言う。

「んー……美味《おい》しい！」

「そりゃあ良かったよ。うちは、味付けにはこだわってるもんでね」

「それにこれ……香草も身体に良いものを選んで使われていますよね」

付け合わせの香草になんとなく覚えがあって私はそう口にする。

バルバラさんの店で見たことがある、胃に負担をかけない効果のある香草が使われていたのだ。

すると、女主人が嬉しそうに相好《そうごう》を崩す。

「おや、よくわかったじゃないか。お客さん、香草に詳しい人かい？」

「詳しいというか、この間まで薬屋で働いていたので、薬草や香草には馴染《なじ》みがあるんです」

「……薬屋？」

ぴくりと反応した女主人に、ミーナさんが私を振り返って笑顔で説明する。

「この子、先日までファルゴの町にいたらしいんです。そこで、薬屋さんの助手をしていたそうで」

「そう、かい……薬屋ね。ファルゴの町の……」

なんとなく歯切れが悪くなった女主人を不思議に思い、私は尋ねる。

「あの、どうかされましたか？」

「いや、ほら……前にあの町も魔物が現れたって聞いたもんでね。つい気になっちまっただけさ」

「魔物は確かに出ましたけど、魔術師が多くいる町でしたからまだ安心というか。それもあって、そんなに大きな被害は出ていなかったと思います。といっても、私がいた間はですけど」

「そうかい……」

どこかほっとした様子になった後、女主人は気を取り直すように口にした。

「……とにかく、せっかく来てくれたんだ。味わっていっとくれ。あたしはそろそろ厨房《ちゅうぼう》に戻るよ」

「はい、ありがとうございます」

私たちの様子に目を細めると、そのまま彼女は奥へと消えていったのだった。

それにしても、さっきはどうしたんだろう？　少し様子がおかしい気がしたけど……。一人首を傾《かし》げていると、隣から食事に夢中なミーナさんに急《せ》かされる。

「もう、アオイったら。ぼんやりしてると、せっかくのミルゼが冷めちゃうわよ」

「あ、そうですね。私も冷めないうちに頂きます！」

とりあえず食べてしまおうと慌てて料理を口に運ぶうち、いつしか私はさっきの疑問を忘れてしまったのだった。食べ終える頃、先にフォークを置いたミーナさんが口を開いた。

「それで、アオイ。貴女、今日は何を聞きに私のところへ来たの？」

あ、そうだったと、私もまた手を止めて彼女に向き直る。

「実は……最近この辺りに出る魔物について何かご存じだったらと、お伺いしたんです。お店で働いていらっしゃるから、遠い町の話も噂に聞くことがあるんじゃないかと思って」

「魔物のこと?」

だいぶ意外だったのか、ミーナさんが目を瞬《しばたた》く。そして彼女は、肩を落として苦笑した。

「なんだ、お薦《すす》めの服の一つでも聞きに来たのかと思えば、魔物についてだったの。でも、そんなこと聞いてどうするの? 近々、町の外に出かける予定でもあるとか?」

「ええと、そんな感じのような、そうでもないような……」

特に行きたい町があるわけではないが、魔物が出たとの噂を聞けばユーグと訪れることになるので、半分は当たりというか。上手く説明できないでいる私に、ミーナさんが笑う。

「何よそれ。……まあいいわ。とにかく、魔物に会わないか心配ってことよね? 言っておくけど、このシェスティナは安全だと思うわよ。ここ最近、魔物なんてずっと現れていないし、それに近々、宮廷魔術師様が訪れる予定だもの。何せここは、魔術師長サミュエル様管轄《かんかつ》の町なんだから」

「えっ、ここ、サミュエル様の管轄《かんかつ》だったんですか?」

それは知らなかった。確かに、王都に匹敵するほど賑《にぎ》わっているとは思っていたけれど……

「そうよ。というか、サミュエル様ほどの方でなければ、この町を管轄《かんかつ》するのは無理でしょうよ」

胸を張ったミーナさんが、さらに説明してくれる。

「大きな町ほど、広い範囲に結界を施《ほどこ》す必要があるから、その町を管轄《かんかつ》する魔術師様も自然と魔力の強い有能な方になるの。貴女がいたファルゴの町だって、副魔術師長のエリオット様が管轄《かんかつ》されていたんだから、だいぶ大きな町ってことよ」

「ああ、なるほど……。言われてみれば確かにそうですよね」

誇らしげにしていたミーナさんだが、そこでかすかに顔を曇《くも》らせる。

「ただ……ちょっと、心配なことはあるのよね」

「心配なこと？」

「そう。北にあるリンジーの町に魔物が現れたらしいって話、貴女は聞いた？」

「あ、はい。昨日少しだけ」

「リンジーは、宮廷魔術師様が先日訪れたところだったそうなのよ。つまり魔術師様が訪れた後、数日経《た》ってから魔物が現れたみたいなの」

「数日経《た》ってから……」

そういえば酒場の店主も似たようなことを言っていた。タイミング悪く、魔術師様が王都に戻った後になって魔物が現れたのだと。

「聞けば、別の町もそうだって言うじゃない。宮廷魔術師様が来られてその数日後に、近辺に何体もの魔物が現れて。だから……私、思っちゃったの」

「何を……ですか？」

かすかに緊張して尋ねた私に、ミーナさんが神妙な顔で声を潜める。

「もしかして魔物は、魔術師様たちの気配がわかってるんじゃないかって。あの方々が来られるまでは息を潜めて、帰ったのを見計らってから、人間を襲い出してるんじゃないかって」

「つまり、魔物の知能がそれほど高いってことですか……？」

恐る恐る言った私に、ミーナさんがこくんと頷《うなず》く。

「そう。だからこの町も他と同じように、宮廷魔術師様が帰られた後、魔物に襲われるんじゃないかって心配になっちゃって」

「そんな……」

思わず青褪《あおざ》めたのは、ファルゴの町のことを思い出したからだ。

あそこも、ちょうどエリオットを筆頭とする宮廷魔術師たちが訪れていた。彼らが帰った後、もし魔物に襲われていたとしたら——

私の顔色に気づき、ミーナさんははっとして、打ち消すように片手を振る。

「あー、ごめん！　なんだか不安にさせるようなこと言っちゃって。でも、これはあくまで私が考えただけのことだから。それに、もし魔物が現れたって、町には結界があるんだから大丈夫よ」

「そうですよね……」

「うん、そうそう！　さ、残りも食べちゃいましょう」

場に和《なご》やかさを戻すように、ミーナさんが明るい口調で言う。そのおかげで私も、なんとか気を取り直して昼食を終えたのだった。

その後、仕事に戻るミーナさんと別れ、私は道行く町人たちに話しかけてみた。誰もが数日後に訪問予定のサミュエルを待ち侘《わ》び、楽しみにしている様子だ。

魔物の脅威を恐れる様子がないことに、彼への信頼が見て取れる。

「やっぱりミーナさんが言ったことは、考えすぎよね……」

いくらかほっとして、今夜泊まる宿屋へと戻る。

店主に案内されたのは、質素でこぢんまりとしているが、綺麗に整えられた部屋だった。部屋の隅《すみ》に荷物を置くと、私は寝台に横になる。

「さて、明日のことも考えないと。どうしようかな……」

今日はミーナさんのお店がある大通りをメインに情報収集したから、今度は細い路地の方へ行ってみようか。でも、人通りが少ないところを歩くと、ユーグに心配かけちゃうかな。

そんなことを考えているうち、うつらうつらとして、いつの間にか意識を手放していた。

そうして私は、情報収集一日目を終えたのだった。

翌日。朝食を取り、宿屋の玄関を出ると、なんだか通りががやがやとしていた。

特に店の前には大勢の人が集まって何やら作業していて、大忙しといった様子だ。

不思議に思って、近くで木箱を積み上げていた中年男性に尋ねる。

「あの、すみません。何かあったんですか？」

すると、彼は弾《はず》んだ声で教えてくれた。

「いや、なんでもね、サミュエル様が数日早くおいでくださるらしくって。早ければ今日の夕方にでもお着きになるそうなんだよ」

「えっ、今日来られるんですか？」

それはなんとも急な話だ。目をぱちくりする私に、彼は嬉しそうに続ける。

「そうさ。ほら、リンジーに魔物が出たって話があっただろう？　それで心配してくださったらしくてね。早くに来てくださるのは嬉しいんだが、準備が整ってない店もあるんで、大わらわさ」

「ああ、それでこんな風にバタバタしているんですね」

宮廷魔術師たちが来る時は、行商人も一緒に訪れると聞いていた。その人たちを受け入れる宿泊場所などの手配が、まだできていないということなのだろう。

ファルゴの町にエリオットたちが来たときも、そういえば宿屋が満室になっていた。確かに急に訪れたのでは、宿からあぶれてしまう人も出てきそうだ。

私たちの会話を漏《も》れ聞いたらしいおじいさんが、会話に加わってくる。

「いやいや、サミュエル様なら大丈夫だろうさ。前だって、広場に天幕を張って休んでおられただろう？　町に負担をかけたくないと仰《おつしや》って」

すると、先ほどの中年男性が感心したように頷《うなず》く。

「ああ、そういやそうだった。本当にできたお人さ。だいぶ前に奥方様を亡くして、その時はかなり気落ちされていたようだが、それからもこうして各地に目を配り、民衆を守ろうとしてくださって。あのような方に管轄《かんかつ》してもらえて、本当にこの町は恵まれてるよ」

どうやらサミュエルは、だいぶこの町の人々に信頼されているようだ。そんな話を聞いているうち、私も彼に会いたい気持ちが蘇《よみがえ》ってくる。

以前は妻であるシーリアさんの件もあり、彼の負担にならないよう、少し距離を置いていた。けれど、あれからもう七年も経《た》ったのだ。今ならきっと、彼も過去を昇華できているだろうし、以前と同じように話せるかもしれない。

それに——穏やかな彼なら、私の悩みも真面目に聞いてくれるような気がして。

当時と現在のユーグのことを知っていて、私が相談できる人となると、やはりサミュエル以外には思い浮かばなかったから。

「うん……できればサミュエルに相談してみたい。だって最近のユーグ、やっぱり様子がおかしいもの」

溜息《ためいき》と共に思い浮かべたのは、近頃のユーグの表情。

私に近づきたくなさそうなのに、同時に、触れられないことに対してどこか辛そうにも見える彼。

なんというか、心と行動が相反《あいはん》しているというか、ちぐはぐに見える。

その理由を、サミュエルならわかるんじゃないかと思ったのだ。

もう神殿騎士ではないけれど、まだ騎士団に所属しているユーグなら、恐らくサミュエルとの親交も途絶えていないはずだ。

王立騎士団も宮廷魔術師団もどちらも王都に本部があり、近いところで働いているのだから。

——よし、会えるかどうかはわからないけど、サミュエルが到着したら会いに行ってみよう。

心に決めて私は大通りへと歩き出す。そして、しばらくの間は情報収集に専念した。

気になる女性がいたら、化粧を話題にしたり、メイクを申し出て、そこから会話を広げていく。

今日は魔物の情報は得られなかったけれど、代わりに良い薬草屋の情報を聞くことができた。

このシェスティナの近辺には、ヴァーナという珍しい薬草が生えていて、それを安価で譲ってくれる店があるという。なんでも、処方すると頭痛によく効く薬ができるのだとか。

やった、これならバルバラさんへのいいお土産《みやげ》になる。

うきうきしながら私は店に行き、乾燥したそれを多めに購入した。他にも気になる薬草がいくつかあり、それも一緒に袋に詰めてもらう。

そうこうしているうちに、いつの間にか日は傾《かたむ》き、夕方になっていた。遅くならないうちに荷物を取りに戻ろうと足早に宿屋を目指し始めた時、ふと道行く人々の声が聞こえてきた。

「おおい、とうとういらっしゃったぞ!!」

「おお、サミュエル様か。お早いお着きだったなぁ」

喜び、歓迎する声。どうやら本当に、サミュエルたちは今日町に到着したらしい。

様子を見ようと町の広場の方へ近づいてみたが、人が多すぎてよく見えない。どうやら彼は広場の中央に張られた天幕の中にいるようなのだが、がやがやと騒ぐ人々が連なっているせいで、まったく前に進めないのだ。

彼の部下らしい魔術師が何人か外に立ち、近づこうとする人々を厳しい顔で規制している。

「うーん……サミュエルがいる辺りには、どうも行けなさそうね。行商人のおじさんたちがいる辺りまでなら、なんとか辿《たど》りつけそうだけど」

天幕からだいぶ離れた広場の右端の方では、行商人たちが荷物を下ろし、広げた布の上に細々《こまごま》とした荷物を並べていた。先ほど着いたばかりなので、商品というより、自分たちの荷物の整理をしている様子だ。

そのため、町の人々も、彼らを遠巻きにしていた。比較的静かなその辺りに歩み寄ると、行商人たちののどかな会話だけが聞こえてくる。

荷物を背から下ろし、がさごそと中を漁《あさ》っている髭面《ひげづら》の商人が、離れた先にある天幕の方を見《み》遣《や》って口にする。

「しかし魔術師様方も、毎度、あの大荷物を持ってこられるのは大変でしょうなぁ。儂《わし》らなんて、これだけの荷物でひいひい言ってるってえのに」

頷《うなず》いたのは、その隣で荷物を整理している、ひょろっとした長身の行商人だ。

「ほんにそうですよ。あっしは先日、リンジーの町へ行く魔術師様にも同行しましたが、あの時の方もそれは大きな箱を馬の荷台に積んで運んでいらして。なんでも、魔術道具一式が入ってるらしいが、あれじゃあ移動するのに金も手間も随分とかかっておいででしょうよ」

呆れ半分、感心半分といった感じの口調だ。

サミュエルだけでなく別の魔術師たちも、町に来る際に大荷物を持ってきているらしい。

なんとなく興味深く感じて、私は近くの物陰に隠れて、そのまま耳をそばだてる。

「しかし、あれはちょいと頂けないですな。あの匂い」

「ああ、あの腐ったような……」

ひょろっとした行商人が苦笑すれば、髭面《ひげづら》の行商人も、心得たように眉根を寄せて頷《うなず》く。

「確かに。魔術師様は動物の皮だとか獣《けもの》の生き血だとかを使うらしいですが、それにしたって、ちょいときついですよ」

「そういえば、あっしが前に同行した魔術師様も、ローブに匂いが染みついて困ると仰《おっしゃ》ってましたな。しかし、サミュエル様が持たせてくださった魔術道具である以上、持っていかないわけにはいかないと」

「なんでも、最後は自然に還すため、わざわざ森に捨てに行かないとならないとか……。そこは、魔術師様方と言えど上下関係があって、断るには難しいところなんでしょうな」

「ほんに、大変なことで」

顔を見合わせて苦笑する。同行させてくれることはありがたいと感じているが、それでもこうして愚痴《ぐち》を零《こぼ》さないとやっていられないほど、その匂いが耐えがたいのだろう。

裏話を聞いた気分で、私はしみじみと呟く。

「へぇ……魔術師たちって、そんなものまで持ってきてるんだ」

彼らがどのようにして結界を確認しているのかはわからないが、わざわざ持ってくるというなら、必要な道具なのだろう。結界の補強する効果があったりするのかもしれない。

再びサミュエルのいる天幕へ視線を向けるが、そこは今も人で大賑《にぎ》わいだ。

「残念だけど、この調子じゃサミュエルに会うのは無理そうね。それに、今日はさすがにマゼルのところに帰らないと……」

連絡もなしに二晩続けて町に泊まっては、マゼルはもちろん、ユーグも心配させてしまうだろう。

そう思い、私は帰りの馬車を手配するため踵《きびす》を返したのだった。

第六章　氷の竜騎士

その後、無事馬車を捕まえた私は、マゼルの待つ家へ戻った。

牧場のような敷地に着くと、厩舎《きゅうしゃ》の方から何かが暴れているような音が聞こえてくる。元気の良い馬でもいるのかなと、首を傾《かし》げつつ玄関から中へ入る。

すると、マゼルに朗《ほが》らかな笑顔で出迎えられた。緑の目を煌《きら》めかせた彼は、相変わらず元気いっぱいだ。

「アオイ様、おかえりなさい！　ご無事で何よりです」

「ありがとう、マゼル。でも、さすがに一日でどうにかなったりしないわよ」

思わず、ふふっと笑った私に、マゼルがしかつめらしく言う。

「いやいや、世の中、何があるかわかりませんから」

「まあ、確かにそうかもね。今日だって、数日後に訪れるはずだった宮廷魔術師長様がシェスティナの町を訪れていたし」

「へぇ、もう来られてたんですか。なるほど、それで……」

「それで？」

「あ、いえ、実はユーグ様も今、部屋に戻られてるんですよ。なんでも、リンジーの町の魔物退治は終えたそうなんですが、そこでどうも不穏な噂を聞いたらしくって」

「そっか、ユーグ、戻ってきてるんだ……！」

彼がいると思うだけで、俄然《がぜん》嬉しくなる。それにもしかすると、彼が聞いたのは私が耳にしたのと同じ噂なのではと直感した。宮廷魔術師たちが去った町に、数日後魔物が現れるという噂。

もしユーグがその話を聞いたのだとしたら、サミュエルが訪れたシェスティナにいる私を心配して、急いで戻ってきそうな気もする。

そんなことを考える視線の先で、マゼルが眉を曇《くも》らせた。

「すみません、ユーグ様は、今血を落としてらっしゃるんです。それに、落ち着かれるまで少し時間がかかるはずなんで、アオイ様も会いに行かれるのはもうしばらく控えて頂ければと」

「血!?　え……ちょっと待って、ユーグ怪我をしてるの？」

思わず詰め寄った私に、マゼルは慌てた様子で両手を振る。

「あー違う、違います！　浴びたのは魔物の血で、ユーグ様は怪我してませんよ。まったくもって無事です！」

「でも、落ち着かれたらって……」

「ええと、気分のことです。ユーグ様、戦いから帰った後はいつも気が高ぶるらしくて、それが治まるまで、しばらく部屋から出てこられなくなるもんですから」

「ああ、そういうこと……」

ようやくほっとして息を吐く。いつも冷静で落ちついているユーグだが、それでも魔物と激しく戦った後は、やはり平静ではいられないということなのだろう。

「ちなみに、アオイ様。白銀竜様にもしばらく近づいちゃ駄目ですよ。悪くすると、噛みつかれちゃうかもしれませんから」

「エンゾが、噛みつく？」

驚いて問い返せば、マゼルは神妙に頷《うなず》く。

「はい。自分もはじめは、あの温厚な竜様がまさかって信じられなかったんですけど……すごいですよ。激しく戦った後は特に、暴れ回る感じで。今だって厩舎《きゅうしゃ》の方で暴れてるんで」

「ああ、あの物音ってエンゾだったの……」

驚きつつも納得する。先日読んだ、竜の生態について書かれた本の通りだ。

「とりあえず、夕食ができてますんで、先に二人で頂いちゃいましょう！　待ってても冷めちゃうだけですからね」

マゼルの提案に、私も少し考えてから頷《うなず》く。

「そうね……。待っていても、かえって気にさせちゃうでしょうし。……うん、頂きましょう」

「じゃあ、荷物を置いたら食堂にいらしてください。すぐに温めたもの、お出しするんで！」

明るく言うと、マゼルはバタバタと厨房《ちゅうぼう》の方へ戻っていった。

その後、彼と二人きりで夕飯を終えた私は寝室へと戻る。

途中、私はある部屋の前でふと足を止めた。――ユーグの部屋だ。

マゼルから、そこがユーグに宛《あ》てがった部屋だとは聞いていたが、まだ足を向けたことはなかった。

私が近づくと変に困らせてしまいそうで——けれど今は、それ以上に彼の様子が気になる。

マゼルが言うには、夕食を終えた今ならユーグはだいぶ落ち着いているはずとのことだった。しかし念のため、まだ近づかない方がいいと。

その忠告を思えば、朝までそっとしておいた方がいいのだろうけれど、私はユーグが本当に無事なのかどうかが心配でならなかった。……声をかけるだけなら、大丈夫だろうか。

そう考えて躊躇《ためら》ったのち、遠慮がちに扉を叩く。

「あの……お帰りなさい、ユーグ。今、声をかけても大丈夫？」

だが返事は返ってこない。眠っているのかな？　と思い、扉から離れようとした時、かすかに苦しげな呻《うめ》き声が聞こえてきた。どこか痛みを堪《こら》えるような声。

やっぱり、怪我をしてるんじゃ……。そう思った瞬間、私は逸《はや》る思いで扉を開けていた。

「ユーグ！　大丈夫!?」

するとそこには、苦しげに顔を伏せ、寝台脇の壁に手をつくユーグの姿があった。

水を浴びた後だからか、今の彼は白い筒袖《シャツ》と下袴《ズボン》姿でいつもより軽装だ。癖《くせ》のある銀髪から雫《しずく》をぽとぽとと滴《したた》らせ、その様子がどこか色気を増して見える。

普段ならドキドキして直視できないような姿だが、今の私は心配の方が勝《まさ》って彼に駆け寄った。

「大丈夫？　もしかして、どこか痛いの？」

「アオイ……？」

そこでユーグは、私が傍《そば》に来たことにようやく気づいた様子だ。ぼんやりとこちらを見返してくる。

だがすぐにはっと真剣な表情になり、彼は私からじりじりと距離を取ろうとする。

「なぜ貴女が私の部屋に……。どうかこれ以上、近づかれないでください。怪我をしているわけではありませんので」

「でも、こんなに苦しそうなのに……心配だよ」

見れば彼の額には脂汗《あぶらあせ》が浮き、苦しさを抑えているのが伝わってくる。

目を伏せる私に、ユーグは硬い表情で首を横に振った。

「これはただ自分を抑えているだけで……お願いですから、これ以上は。貴女を傷付けたくはありません」

「いいよ、私は何をされたって。……だってユーグだもの」

痛みを抑えるために強くしがみつかれるくらいなんてことないし、なんなら噛みつかれたっていい。

そう思って真っ直ぐ目を見つめれば、ユーグの瞳がより苦しげに細められた。

「どうか、そんなことを仰《おっしゃ》らないでください……。私は、貴女だけは決して傷付けたくは……」

「ユーグ?」

一瞬、彼の瞳が揺らめいた気がした。以前抱き留められた時にも見た、碧《みどり》の炎を思わせる瞳。

それに目を奪われた次の瞬間、私は寝台の上にどさりと押し倒されていた。

――えっ？

予想外の成り行きに目を丸くしている私に、覆《おお》い被《かぶ》さったユーグは苦しげに口にする。

「なぜ、よりにもよって貴女が私の……」

そう呟き、彼は私の首筋に唇を寄せる。苦しそうなのに、同時に、とても大切なものに触れるかのように、どこか愛しげに。

柔らかい何かが首筋に触れ、それが首筋から鎖骨《さこつ》へと、段々と下へおりていく。突然のことに、私はただ呆然《ぼうぜん》とするしかなかった。どこかぼんやりとする意識の中で、またあの瞳に視線を奪われる。

碧色《みどりいろ》の炎が揺れているみたいな――何かを狂おしく求める瞳。

ユーグが顔を下げ、彼の唇が私の胸の際どいところに触れそうになった瞬間――がつっという鈍《にぶ》い音が響いた。そのまま、ユーグの頭がぐらりと私の方へと傾《かし》ぐ。

「えっ、ユ、ユーグ!?」

私の胸元へ倒れ込んだ顔を慌てて覗《のぞ》き込めば、彼は意識を失っている。

そしてユーグの後ろには、いつの間にかマゼルが立っていた。

「あー、良かった～……どうにか間に合いましたね」

だいぶ焦って駆けつけてくれたのか、マゼルは額に汗を滲《にじ》ませている。分厚い本を両手で持っているところからして、どうやらそれでユーグの後頭部を思いきり殴ったらしい。

「マ、マゼル。あの、よくわからないけど、助けてくれたのよね。あ、ありがとう……」

私は混乱しつつもユーグの下からそっと抜け出し、お礼を言う。というか、かなり大きい音がしたけど、ユーグは大丈夫なんだろうか。

そんな調子で、ほっとすればいいのかハラハラすればいいのかわからずにいる私を、マゼルは安心させるように言った。

「あっ、ユーグ様を殴ったことですけど、大丈夫ですよ。本人にも前もって言われてたことなんで。自分がもし気が高ぶって、アオイ様を傷付けるような行動をしそうになったら、思いきり殴っても蹴ってもいいって」

「ユーグが、そんなことを……？」

つまり、彼はこんな事態を予測していたのだろうか。

ますますもって、わけがわからなくなる。だってさっきの彼は、衝動的に行動していたみたいに思えたから。寝台の上に横たわるユーグを見るが、目を閉じた表情からは、やはりその真意は見えてこない。

と、マゼルは私の背を押して、とにかく早く部屋から出そうとする。

「とりあえず、ユーグ様はこのまま寝かせておきましょう！　明日の朝にはいつもの様子に戻ってるでしょうし」

「うん、そうね……」

ぼんやりしている私を見て、マゼルが躊躇《ためら》いがちに言う。

「あの……アオイ様。ユーグ様と、もしあまり顔を合わせたくない感じでしたら、そう言ってくださいね。自分、女性の気持ちって察するしかできませんけど、なんとなくショックだろうことはわかるんで。なんなら、それとなく理由をつけて、一日くらい顔を合わせないようにしますから」

どうやら、私がユーグに恐怖を感じているのではと心配してくれたらしい。

私はきっぱりとかぶりを振る。

「ううん、大丈夫。特にユーグのこと、怖くも嫌だとも思っていないから。だって私、ユーグになら何をされても平気だし。それどころか……」

首筋や鎖骨《さこつ》にキスされ、正直に言えばちょっと嬉しかったのだ。

だって、妹みたいな立場の私は、彼にこんな風に触れられることなんて絶対ないと思っていたから。思い返すと、なんだか今になって、胸がぎゅっと切なくなってくる。

なんで彼があんなことをしたのか不思議で、でも触れてもらえたことが苦しいほど嬉しくて。

するとマゼルは心底ほっとした様子で息を吐いた。

「そうですか。あー、だったら良かった～……。ユーグ様、アオイ様に嫌われたら尋常じゃなく落ち込みそうですし。よし！　じゃあ、自分らも休みましょうか。明日の朝も早いでしょうし」

そんな彼に、私は思いついたお願いを一つ口にする。

「そうだ、マゼル。明日の朝なんだけど、馬車を手配しておいてほしいの」

「馬車ですか？　もちろん構いませんよ。またシェスティナの町へ行かれるんですか？」

「うん、ちょっと会いたい人がいて……」

今の件があって、なおさら相談したくなった人。

サミュエルの顔を思い浮かべて、私はこくんと頷《うなず》いたのだった。

――翌朝。目を覚ました私は手早く支度を整えると、すぐにマゼルが呼んだ馬車に乗り、シェスティナの町を目指す。結局、ユーグとは顔を合わせないままの出発となった。

マゼルにはああ言ったが、やはり彼に会うのが少し怖くなったのだ。

ユーグ自身がという意味ではない。私にあんな風に触れたことを、今頃彼が後悔しているのではないかと思うと、恐ろしかったのだ。やっぱり私は彼にとって、女性として見られる対象ではない。

その事実を突きつけられるのが怖くて……

だから彼と顔を合わせる前に、サミュエルに相談できたらと思ったのだ。昨日は難しかったが、一日経《た》った早朝の今なら、彼に会えるかと思って。

そうして馬車にガタゴトと揺られ、辿《たど》り着いたシェスティナの町。

そこは今日も道行く人々で賑《にぎ》わう、瀟洒《しょうしゃ》な風景が広がっていた。

「サミュエル、今日は会えるかな……」

見渡しながら広場に向かう。やはり早朝だからか、そこにはあまり人がいなかった。

ほっとして彼のいる天幕へと近づく。すると、天幕の入り口に立っていた二十代ほどの魔術師が私に怪訝《けげん》そうな顔を向け、問いかけてきた。

「……そこの方、何用でいらっしゃるか」

「あの、突然お伺いしてすみません。サミュエル様はいらっしゃいますか？　少しだけご挨拶できたらと思って……」

私の姿をじろじろ見た後、彼はさらに眉根を寄せ、冷たい口調で言った。

「魔術師長様でしたら、すみませんが今は結界の確認を終え、町の外に出ていらっしゃいます」

「外に？」

「ええ。森でのご用事があるとのことで。御用でしたら言伝《ことづ》ていたします。それに任務が終わったところで、彼の方《かた》はお忙しいので、貴女とお会いできるとも思えませんが」

彼の素っ気ない態度から判断するに、有名な魔術師に浮《うわ》ついた気持ちで近づいてきた娘とでも思われたのかもしれない。この様子だと、もしサミュエルが戻ってきても会わせてもらうのは難しい気がして、私はこう口にする。

「あ、いえ、お会いするのは難しいだろうなと思ってはいたので。ただ……サミュエル様がお戻りになったら、以前助けて頂いた、アオイという名前の女が来たとだけお伝え頂けますか？　そして、数時間後にまたお伺いしますと」

「わかりました。その旨《むね》お伝えしておきます。では」

さっさと去れと言いたげな、面倒そうな表情だった。もしかしたら昨日のうちに大勢の人に押しかけられて、辟易《へきえき》しているのかもしれない。彼にお辞儀をすると、私はそこから離れる。

「さて……どうしようかな」

やっぱり、サミュエルに会うのは難しいみたいだ。だったら化粧の力を借りて、昨日みたいに情報収集しようかなとも思うけれど、なんだか今はそんな気力が湧《わ》かなかった。

ともすると、すぐユーグのことを思い浮かべてしまって、胸の内に切ない気持ちが渦巻《うずま》いて……そんな心持ちのまま町の通りを歩く中、ふと、先日見た看板が目に入ってきた。

ミーナさんと入った、『銀の花籠亭《はなかごてい》』の看板だ。

けど、今は午前九時頃だから、まだ仕込みの最中だろう。そのまま通り過ぎようとしたところで、ちょうど扉が開いた。

「おや、先日のお客さんじゃないか」

扉を開けた体勢で眉を上げたのは、あのきりりとした男顔の美人——女主人だ。

昨日同様、生成《きな》りの料理人の服を着て、水でも撒《ま》こうとしていたのか、中身の入ったお椀《わん》を手に持っている。私は慌てて、ぺこりとお辞儀した。

「あ、おはようございます。あの、先日はお料理、すごくおいしかったです」

「そりゃ良かった。満足してもらえたんなら、作った甲斐《かい》があったってもんさ」

にこやかに言った彼女は、次に首を捻《ひね》る。

「にしても……なんだか顔色が悪いねぇ。良かったら、中に入って休んでいくかい？」

「えっ……あの、いいんですか？」

どうやら体調が悪いと勘違いされたようだ。

「ああ、まだ店の奴らも来てないから大丈夫さ。うちは、大体の仕込みを前日に終わらせてるしね。良かったら茶でも出すから、入っていきな」

「は、はい！」

なんだか一人になりたくなかった私は、彼女の言葉に甘え、おずおずと中へお邪魔したのだった。

店内に入ると、彼女は私にカウンターの席を勧め、慣れた手つきで竈《かまど》に火をつけた。

「すぐにできるから。ちょいとばかり待っておくれ」

「ありがとうございます……突然お邪魔してすみません」

「なに、あたしから誘ったんだ。あんたは気にせず、そこに座ってりゃいいんだよ」

しばらくすると湯が沸き、彼女はそれを茶器に注《そそ》いでいく。

その後、ことんと目の前に置かれたのは、白い茶杯に入った爽《さわ》やかな香りのするお茶だった。

「あ、これ……」

それは、どこか懐《なつ》かしい香り。カモミールみたいな、それでいて草っぽい香りもするような……

ああ……そうだ。初めて出会った時、バルバラさんが淹《い》れてくれたお茶の香りだ。

そっと口に運ぶと、やはりあの時と同じ味がして、思わずじわりと涙が浮かぶ。

「ちょっと、どうしたんだい？」

慌てる女主人に、私は目元を擦《こす》りながら慌てて言う。

「ご、ごめんなさい……なんだか懐《なつ》かしいお茶を思い出して。前に、これによく似た香りのお茶を出してくれた人がいたんです」

「これとよく似た香りの？　これは代々あたしの家でしか作っていない、特製の香草茶なんだが……。……ああ、でもそうか。やっぱりあんたは……」

女主人がどこか納得した様子で呟いたが、本当に小さな声音《こわね》だったため、聞き取ることはできなかった。なにより、滲《にじ》み出した涙が上手く止まってくれなくて。

私は気づけば、ぽろぽろと涙を零《こぼ》していた。

——もしかしたら私は、自分で思っていたよりずっと混乱していたのかもしれない。

急に初恋の人であるユーグと一緒に旅をすることになって、さらには彼に押し倒されるような事態になって。元々よくわからなかった彼の気持ちが、ますますわからなくなった。

そんな時に、バルバラさんが淹《い》れてくれたのと似たお茶を飲んだら、なんだかほっとして気が緩《ゆる》んでしまったのだ。

『何やってるんだい、だらしないね。あんた、自分で望んで来たんだろう？　だったら、しゃきっとしな』

そんな風に、バルバラさんに威勢良く背中を叩かれたような気がして。

ぐすりと鼻を啜《すす》った私に、女主人は器を布巾《ふきん》で磨《みが》きながら、どこか穏やかな眼差しで言った。

「……あたしもね、その茶は好きなのさ。母親がよく淹《い》れてくれたもんでね」

「お母様が？」

「そうさ。あたしと一緒で無駄に気が強くて、一緒に住んでた頃は、そりゃ毎日喧嘩《けんか》してたもんさ」

そして彼女は、どこか遠くに向けた優しい目で言った。

「……けどね、喧嘩《けんか》した後、決まってその茶を淹《い》れてくれたのさ。仲直りの合図のつもりだったのかねぇ」

まるで昔話をするかのような彼女に、私はそっと尋ねる。

「一緒に住まれていないんですか？」

「ああ、随分と昔からね」

ゆっくりと首を横に振った彼女は、静かに続ける。

「あの人はあたしを自分と同じ職業に就《つ》けたかったみたいで、幼い頃から色々仕込まれたんだけど。その頃のあたしはそれが嫌で仕方なくてね。だって、腹が立つじゃないか。最初から自分の歩く道が決められてるなんて。あたしは、自分の進む道は自分で決めたかったのさ」

「そんなことがあったんですね……」

彼女の気持ちも、なんとなくわかる気がした。未来に色々と夢を見る時期に、すでにレールが敷《し》かれていると思うのは、耐えがたかったことだろう。

「そうして家を飛び出して、町をいくつも渡って料理人として働いて……気づいたら、こんな西の外れまで来ちまった。そうして細々《ほそぼそ》と店をやってるうちに、魔物のせいで下手に遠出もできなくなって……それからはもう何年も会ってないのさ」

「今も、会いたいんですか？」

そっと尋ねた私に、女主人は小さく笑った。

「どうなんだろうね。……会ったって、また喧嘩《けんか》しちまいそうな気もするし」

そして彼女は静かな眼差しで続ける。

「ただ、今になってわかったこともあるのさ。あの人はあたしを無理やり薬草師にしたかったわけじゃない。生きていくために必要なことを、あたしに教えようとしてただけなんだってね」

「生きていくために、必要なこと……？」

「そうさ。身体の痛みを和《やわ》らげる薬草や香草。料理を作るほどに、昔聞いたそれらがどれほどいい食材かってのがわかってくる。考えてみればあの人は、あたしに植物の名前や効能を覚えさせようとはしても、薬草師の仕事を無理強いすることはなかった。ただ、あの頃のあたしは、それに気づけないほど青かったのさ。自分のことに手一杯でね」

話の内容に段々と既視感を覚えて、私は自然と目を見開いていた。

彼女のする母親の話が、よく知る人――バルバラさんと繋《つな》がって。

目の前の女性に、彼女の面影《おもかげ》が重なっていく。ああ、そうだ。バルバラさんが若かったら、もしかしたらこんな感じだったのかも。

男泣かせと言われるほどの美人で、しゃきしゃきとして、きっぷが良くて。それに――困っている様子の私を放っておけない優しいところも、彼女の血を受け継いでいるような。

「あの、貴女はもしかして……」

だがそんな私を、彼女はすっと手で制した。それ以上は言いなさんなというように。

「あんたが言いたいことは、なんとなくわかるよ。あんたはファルゴの町にいたって聞いた。そこで薬屋を手伝ってたんだってね。そしてこの香草茶を知ってるんなら、あんたはあたしが思い浮かべてるあの人と、何か深い縁があるんだろうさ」

「あの、それなら……！　私、今でもその人と連絡が取れるんです。だから……」

身を乗り出した私に、彼女は真剣な表情で口にする。

「だから、連絡を取って、あたしとあの人をなんとか会わせたいと思ったってところかい？　自分が橋渡し役になって」

「それは、その……はい」

図星を指されて俯《うつむ》いた私に、彼女はふっと眦《まなじり》を緩《ゆる》める。

「あんた、いい子だね。……けど、これはあたしの問題なのさ。あたしが気持ちを整理して、自《みずか》ら動かなきゃならないことなんだ。たとえもし、あんたがあの人と関わりがあっても、あんたに仲介を頼んでいいことじゃない」

「店主さん……」

「人の気持ちなんてわからないもんさ。だから怖くたって、怖気《おじけ》づいたって、面と向かって聞かなきゃならない。それはね、いずれあたしが乗り越える必要のある、あたし自身の仕事なのさ」

「面と、向かって……」

彼女が噛み締めるように言ったその言葉が、静かに胸に染み込んでいく。

最後に彼女は、私にこう伝えた。

「それに、あんたが何に悩んでるのかは知らないけどね。ただ一つだけ言えることがある」

「言えること……？」

「ああ……あんたは、あたしみたいに失敗したら駄目さ。いつ何時、すれ違った相手と長いこと会えなくなるかわからないんだからね。もし失いたくない相手なら、そう言えばいい。あんたの気持ちをちゃんと聞かせてくれってね」

「……はい」

私は頷《うなず》き、以降は何も質問しなかった。彼女もまた、私の悩みについて聞いてはこない。

それは、私自身でけりをつけなければならない問題だからだろう。

彼女はただ無言で、お茶をもう一杯淹《い》れてくれた。

それはとても温かく、じんわりと胸に染み入る味がした。


その後、私はお礼を言って店をお暇《いとま》した。

大通りを歩きながら、これからすべきことを先ほどより落ち着いた気持ちで考える。女主人がしてくれた話のおかげで、気持ちはいつしか前向きな方向へと変わっていた。

私はユーグの気持ちを想像して、一人勝手に不安になってばかりだったけれど、私自身の気持ちをちゃんと彼に伝えていただろうか？　と。

ユーグに会えて嬉しい、傍《そば》にいられて嬉しい。そう思っていたけれど、その気持ちを彼に伝えたことなんてなかった気がする。

そして何よりちゃんと聞いていなかった——彼の現在の気持ちを。

どうして私から距離を取ろうとするの？

それに私に触れようとすると、なんで苦しそうな顔をするの？

そんな簡単なことを、答えを聞くのを恐れて。でも……尋ねなければわからないことだったのに。

彼が本当に私を妹のように思っているのか、それすらも。

「うん……怖がってないで、ちゃんと面と向かってユーグに聞こう」

答えがどんなものだって、それを聞かなければ私は前に進めない。

すぐにユーグに会いに行きたいが、そこではっと気づく。

「あっ、でも、サミュエルに会いに行くって、さっき言伝《ことづ》てしてきちゃったんだっけ」

もしかしたら、部下の人は彼にきちんと伝言を伝えていないかもしれないけれど。

それでももし伝わっていれば、あのサミュエルのことだから、私を待ってくれている可能性も捨て切れない気がした。

相談したいことはもうなくなったけれど、一度顔だけでも出した方がいいだろう。

『銀の花籠亭《はなかごてい》』でゆっくり時間を過ごしたこともあり、あれから一時間くらいは経《た》っていた。だからもしかしたらサミュエルは、もう天幕に戻ってきているかもしれない。

そう思い、また広場の方へと向かう。そこには、先ほどよりも魔術師たちの姿が増えていた。彼らに会釈《えしゃく》しながら、サミュエルの天幕へと向かう。

すると、先ほど会話した二十代ほどの魔術師の男性がまだそこに立っていた。

また追い返されるかなと、身を硬くしていると、彼はあっと声を上げる。

「ああ、先ほどの……！　その節《せつ》は大変失礼致しました」

「え？　いえ、あの、こちらこそいきなりお邪魔してしまって……」

がらりと変わった腰の低い態度に困惑していると、彼は焦った様子でさらに言う。

「まさか、サミュエル様のお知り合いとは知らず、追い払うような真似をして申し訳ありませんでした。ささ、どうぞ中へ。サミュエル様がお待ちです」

どうやらサミュエルは戻ってきていたらしい。

男性は戸惑う私の背を押して、中へ入るよう促《うなが》した。迷った末、私は結局、入り口らしい幕の切れ端《はし》をめくり、そっと中を覗《のぞ》き込む。

するとそこには、棚やテーブルなど様々な家具類が置かれた、天幕の中とは思えないほど立派な室内があった。そして、その中心に立つ、落ち着いた焦げ茶色の魔術師服に身を包んだ長身の姿。後ろでゆったりとした三つ編みにした、長い栗色の髪。知的な片眼鏡《かためがね》の奥の優しげな水色の瞳。

そんな彼が振り返り、驚いたようにこちらを見た後、目を細める。

「おや……これは。言伝《ことづ》てを頂き、まさかとは思いましたが、やはりアオイ様でいらっしゃいましたか。長らくご無沙汰しておりました」

「サミュエル……！　久しぶり」

記憶の中と変わらない微笑みにほっとして、私は思わず目を輝かせて彼に駆け寄る。

久し振りだから、やや緊張していたけれど、すぐに私だとわかってくれたことが嬉しくて、それに彼の穏やかな声に、遠い昔の懐《なつ》かしい記憶が沢山蘇《よみがえ》ってきて――

気づけば私は、幼子《おさなご》のようにはしゃいで口にしていた。

「サミュエル、変わってないね。七年も経《た》ったのに、前と同じで優しいお兄さんって感じ」

「アオイ様は、しばらくお会いしない間にとても美しく成長なさいましたね。お元気でいらっしゃいましたか？」

「うん、元気！　サミュエルも元気だった？」

尋ねれば、サミュエルは微笑んだあと、かすかに顔を曇《くも》らせる。

「ええ、息災《そくさい》にしておりました。ですが……それにしても、貴女がまたこちらの世界にいらっしゃるとは、一体どうしたことでしょう。魔術師長である私にも、再び貴女を召喚するなどという話は来ていませんでしたが」

私の再召喚を決めたのが国王なら、当然ながら、召喚の儀を執《と》り行う魔術師長のサミュエルにも話が行くはずだ。そんな話を一切聞いていないまま私が再び現れたのだとしたら、確かに困惑するだろう。

「それが召喚されたみたいなんだけど、誰に召喚されたのかは今もわからないの。だから生活しながら、なんとかその人を探せないかなと思ってるところで」

とはいっても、未だその人物の姿形すら掴《つか》めていないのだけど。

苦笑した私を労《いた》わるように見つめ、サミュエルは近くにあるテーブルの席を勧めた。

「左様でしたか……それは災難でいらっしゃいましたね。とりあえず、こちらにお座りください。私にできることがございましたらお力になりますので、なんでも仰《おっしゃ》ってください」

「うん……ありがとう、サミュエル」

やっぱり彼は昔と変わらない、穏やかで優しい教育係だ。

ほっとした私が座ったのを見届けると、彼は少し離れた棚の方へ足を向けた。

「では飲み物をお出ししますので、少々お待ち頂けますでしょうか」

「あの、サミュエル。気を遣わないでね。私が勝手に押しかけてきたんだし……」

「そう仰《おっしゃ》らず、どうかおもてなしさせてください。ちょうど、アオイ様がお好きだった果実で作った甘い酒があるのです。今のお年でしたら、もうお飲みになれるでしょうから」

微笑んだ彼は、やがて二人分の酒杯を盆に載せて持ってきた。

「どうぞ、お口に合うと良いのですが」

「ありがとう……それじゃあ、いただきます」

向かいの席に座ったサミュエルが口に運んだので、受け取った私もそれにならって一口頂く。

桃に似た甘い風味で、かすかに苦い味がした。前にジュースとして飲んだ時はただ甘いだけだったけれど、きっと酒精《しゅせい》が入っているからなのだろう。

「美味《おい》しい……！　それに、なんだか懐《なつ》かしい味。そういえばサミュエル、私が落ち込んだ時、よくこの果物で作った飲み物やお菓子をくれたよね。なんでわかるのか、すごく不思議だったの」

「それはもう、アオイ様は言葉数は少なくていらっしゃいましたが、あの頃から表情の素直な方でしたので」

「それ……ほめてる？」

私が思わずふくれれば、何か思い出したのか、サミュエルがふふっと笑う。

そんな風に語らっているうち、天幕の中の様子にようやく気づいた。

「そういえば、ごめんなさい。まだ片づけの途中だったみたいなのに、急にお邪魔しちゃって」

よく見れば、辺りには沢山の荷物が山と積まれていた。革製のどっしりとした鞄《かばん》がいくつもある他、箱なども置かれている。だが、サミュエルはゆっくりと首を横に振った。

「お気になさらず。それらは私が持ってきたものではなく、この町で買ったものですから」

「ああ、なんだ。お土産《みやげ》だったんだ」

ふたの開いた箱の中から覗《のぞ》くのは、櫛《くし》や可愛い布地など、女物の商品だった。

知り合いの女性にでも贈るのかなと思っていると、サミュエルが照れくさそうに返す。

「恥ずかしながら、妻への土産《みやげ》でして。不精な男ゆえ、女性が何を好むのか未だによくわからず仕舞いで、目につくものを色々と買ってしまいました」

「え……奥様？」

聞き間違いだろうか。だって彼の妻であるシーリアさんは、もう何年も前に——

思わず息を止めた私だが、サミュエルは再び照れくさそうに微笑む。

「ええ、好き嫌いの激しい妻でして。ですが、そこも好ましいというか……」

その様子に、そうか、彼は再婚していたのか……と納得した。

前の奥様をすごく大切にしていたようだが、サミュエルだってまだ三十代前半なのだから、新しい出会いだってあるだろう。私は頷《うなず》き、明るく口にする。

「そっか……そうだったんだ。でも、ちょっとびっくりしちゃった。貴方がいつの間にか再婚していたなんて」

「再婚？　何を仰《おっしゃ》っているのですか？」

怪訝《けげん》そうに返され、私はきょとんとする。

「え？」

「私の妻は、今も昔もシーリアただ一人。他の女性を愛することなどありません。アオイ様、冗談にしてもあまり快《こころよ》いものではありませんよ」

そう口にするサミュエルは、冗談を言っている風ではなく至って真面目だった。

え……どういうこと？　私は戸惑って彼を見返す。

「ああ……ですが、仕方ないかもしれませんね。貴女がこちらの世界におられたのは、もう七年も前のことなのですから。お小さい頃でしたし、シーリアのこともお忘れになってもおかしくはない」

「あの、サミュエル……？」

目の前の穏やかな人が急に見知らぬ他人のように思えてきた。

だって――確かに彼の妻は亡くなっているはずなのだ。葬儀が執《と》り行われ、それを他でもない彼が取り仕切ったのだから。なのに、どうして……

私は彼と話し続けるのが怖くなって、そっと席を立つ。

「あ……あの、サミュエル。そろそろ私、お暇《いとま》するね。長居しちゃったし。そろそろ戻らないといけない時間だし」

「おや、どちらに戻られるのですか？」

「ええと……その、近くの宿に。うん、宿を取っているの。そこに帰ろうかなって」

本当はユーグとマゼルが待つ家に戻るつもりだったが、それを口にしてはいけない気がした。そのまま出ようとしたところで、サミュエルが口にする。

「ああ、今はこの町で宿を取られていたのですか。ファルゴの町に戻られるのかと思いましたが、それならば良かった」

「え……？」

振り返った私は、今度こそ信じられないものを見る目で彼を見返す。

だって、彼が知っているはずはないのだ。私がファルゴの町にいたことは。

私は召喚されたことは口にしても、どこに召喚されたかなんて一切話していない。

それを知っているのはただ一人、私を召喚した――

「まさか、貴方が……」

顔色を変えた私に、サミュエルが目を細める。

「ああ……余計なことを申してしまいましたね。もう少し、貴女の警戒心を解いてからお連れしようと思っていたのに」

「何を、言って……っ……!?」

と、突然ぐらりと眩暈《めまい》が襲い、私は傍《そば》にあった天幕の布を握ってなんとか身体を支える。

眩暈《めまい》と眠気は、そうする合間にもどんどん強くなっていく。

思い当たるのは、サミュエルが出してくれた果実酒。彼も口に運んでいたけれど、彼の前にある杯《さかずき》は一切量が減っていない。――飲んでいなかったのだ。

そして、あのかすかな苦み。あれは酒精《しゅせい》ではなく、もしかしたら何か薬を……

そのまま身体を支えられずに床へ崩れ落ちていく私に、ゆっくりとサミュエルが近づいてきた。

先ほどとまったく変わらない、穏やかな眼差しで。

「サミュエル、貴方……」

「今はどうぞお眠りください、アオイ様。ここよりも余程、心躍《おど》る場所へお連れしましょう」

穏やかで優しげで、だからこそ不気味さを感じる表情だった。

そしてサミュエルが私の目元に手を翳《かざ》す。やがて――私の意識は暗転した。


ぼんやりと意識が浮上する。ガタゴトと、何かが揺れるような音がした。

ああ……揺れているのは、私の身体だ。なんだか荷車みたいなものに乗せられて、どこかに運ばれているようだ。

そして、鼻に届くのは腐臭《ふしゅう》。腐ったような、気分の悪くなる香りが辺りに立ち込めている。

なに、これ……？

余程強力な睡眠薬を盛られたのか、私は薄《うっす》らと意識を取り戻したものの、そのうちにまた強烈な眠気に襲われ、意識が遠のいていく。

そして、次に気づいた時、私は古びた石床の上に横たえられていた。

シェスティナの町ではない、廃墟のような場所だ。

「え……ここ、どこ……？」

鼻に届くのは、眠らされていた間に嗅《か》いだ腐臭《ふしゅう》ではなく、埃《ほこり》っぽい匂い。

座ったまま辺りを見渡せば、そこには古い教会のような室内が広がっていた。石造りの壁も床もぼろぼろで、窓に嵌《は》め込まれた赤や紫、青などの硝子《ガラス》から、色とりどりの光が差し込んでいる。

それだけ見れば廃《すた》れた教会のようだが、教会と違って雰囲気がどこか禍々《まがまが》しい。

奥に備え付けられた祭壇に不気味な像が飾られ、その祭壇の手前の床に、大きな棺《ひつぎ》まで置かれているせいかもしれなかった。大きな、古びた棺《ひつぎ》だ。

「どこなの？　ここ……」

手足は縛られていなかったため、そのまま起き上がり、辺りを恐る恐る眺《なが》める。

すると、奥にある扉がきぃ……と開き、そこから足音がこつこつと近づいてきた。

「おや、お目覚めになられましたか、アオイ様」

変わらず穏やかに微笑む彼――サミュエルを見上げる。

「サミュエル、貴方、なんでこんなことを……」

言いたいことは山ほどあった。なぜ私を召喚したの？　それも、どうして王都から離れた遠い町に。今、こうして誘拐まがいのことをされたのだって謎だ。

ぐっと睨《にら》みつけた私に、サミュエルはおっとりと首を傾《かし》げた。

「それは、貴女を召喚したことに対するご質問でしょうか？」

「それもあるけど、なんでこんな風に誘拐みたいなことまでしたのか、それを聞きたいの」

彼の目的がまったくわからないからこそ、恐ろしくて不気味で、私は立ち上がってじりじりと彼から距離を取りながら言う。

だって、もし私に魔物退治をさせたかったなら、前みたいに神殿に呼び出せばよかったはずだ。国王に進言して、そして神殿にある召喚の間で呼び出して、それで済むはずなのに。

得心がいった様子でサミュエルが頷《うなず》く。

「ああ……ファルゴの町に召喚したことを怒っておいでなのですね。それについては、申し訳ありませんでした。国王陛下にも神殿にも知られず、貴女を秘密裏にこちらにお招きしたかったので」

「国王にも、神殿にも知られずに……？」

怪訝《けげん》に思って聞き返した私に、彼はゆっくりと頷《うなず》く。

「ええ。国王や神官たちに知られれば、貴女はそちらに保護されてしまいますでしょう？　そうすると、今では教育係の任を離れた私が、おいそれと近づけなくなりますので。私の願いを叶えて頂くため、私のためだけに光の魔法を振るって頂くには、こうするのが一番だったのです」

「貴方のためだけって……ファルゴの町ならそれができると？」

「ええ。神殿や王宮はもちろんのこと、私の管轄《かんかつ》であるシェスティナの町に召喚しては、すぐに私に疑惑の目が向けられてしまいますから。それに、シェスティナは文化と芸術の町。貴族が陛下に捧《ささ》げる貢物《みつぎもの》を買いに訪れることも多いため、色々と危険だったのです」

サミュエルはさらに続ける。

「加えて、部下のエリオットは、女性と見れば声をかけずにはいられない男。あの男の管轄《かんかつ》であるファルゴの町に貴女を呼べば、その情報は難なく得られるでしょうから」

「それが、理由だったの……」

「とはいえ、そう思い通りにもいかず、ファルゴで貴女を見失ってしまいましてね。焦っておりましたが……貴女が自分から私に会いにきてくださった時は、本当に嬉しかったですよ」

なんてことだろう、エリオットは関係がなかったのか。むしろ、彼は利用されていたのだ——体《てい》の良い目くらましとして。

それに引っかかってエリオットを疑ってしまったことに申し訳なさを覚える。

「私をファルゴの町に召喚した理由はわかったわ。でも……動機がわからない。貴方の望みのためとは言っていたけれど、また私に魔物を倒させたいの？」

「いいえ。ただ貴女に、私の妻シーリアを綺麗にして頂きたいだけですよ」

「シーリアさんを、綺麗に？」

何を言っているのだろう。彼女はもう亡くなっているはずだし、それを綺麗にするって……。

眉根を寄せた私に、サミュエルは、ああと頷《うなず》く。

「そうでした。まだお会いしたことがありませんでしたね。では、妻をご紹介しましょう」

そうして彼が踵《きびす》を返して歩み寄ったのは、祭壇の前に置かれた大きな棺《ひつぎ》だった。いくつもの鍵が厳重にかけられたそれを、彼は丁寧に開けていく。

やがて、中からぬっと現れたのは——

「ひっ……」

それは、ミイラのような腐った人型の何かだった。

元々は人間だったのだろうか。それにしては、姿がどこかおかしい気がする。

そのミイラのような生き物は、口に拘束具のようなものを嵌《は》められていた。

「あ……あ……」

呻《うめ》き声を上げ、不気味な動きで歩き出したそれを、サミュエルはなぜか愛おしそうに見つめる。

「ああ……シーリア、アオイ様にお会いできて嬉しいのはわかりますが、粗相《そそう》はいけませんよ。アオイ様は、貴女を綺麗にしてくださる方なのですから」

「私が、この人を綺麗に……？」

「ええ、そうです。私の前に戻ってきてくれたシーリアですが、少しだけ困ったところがありまして。口から色々と吐き出して、たびたび粗相《そそう》をしてしまうのです。それらの始末を貴女にお願いしたくて」

「始末って……」

意味がわからず眉根を寄せた私だったが、すぐに彼の言葉の意味を理解することになった。

サミュエルが口に嵌《は》めた拘束具を外した次の瞬間、その生き物――シーリアが呻《うめ》いたかと思うと、口からぼとりと何かを吐き出したからだ。

それはびちびちと動く、奇妙な生き物だった。

いや、角《つの》が生えたこれは――魔物だ。

「そんな……」

よく見ればシーリア自身も、口に人間にはありえない牙が生えている。サミュエルは自分の妻だと信じているようだが、彼女は恐らく魔物だ。口から魔物を生み出す、異形《いぎょう》の魔物のなれの果て。

私は震えそうになる身体を抑え、表情を引き締めてサミュエルに向き直る。

「サミュエル……違うわ。それは、貴方の奥様なんかじゃない。貴方の妻であるシーリアさんは、もう七年も前に亡くなったのよ。だから……」

「黙りなさい‼」

それは、穏やかなサミュエルとは思えない大きな声だった。

今や彼は、いつも優しく細めている目を極限まで見開いていた。

「これはシーリアです。私の愛しいシーリア。禁呪《きんじゅ》で呼び寄せたため、以前とは多少姿形が変わっていますが、魂《たましい》が変わっていないことは私にはよくわかる。何も知らない貴女が、彼女を否定するようなことを言ってはなりません」

早口で息継ぎもなく言い切る彼は尋常な様子ではなかった。もしかすると、妻を亡くしてから少しずつ、彼は壊れていってしまったのかもしれない。

禁忌《きんき》とされる呪文に手を出してまで、妻を冥界《めいかい》から呼び寄せようとするほどに……

そして彼は妻ではなく、恐らく魔物を蘇《よみがえ》らせてしまったのだ。

「サミュエル……」

なんと言えばいいのかわからず立ち尽くす私に、サミュエルは穏やかな様子に戻って言う。

「ああ……すみません、シーリアのこととなると冷静ではいられなくなってしまって。私は貴女に、色々とお願いをさせて頂く立場ですのに。失礼致しました」

「お願い……？」

「ええ。このシーリアの口から出てくる塵《ごみ》を、貴女の光の魔法で処理してほしいのです。初めは私の魔法で対処していたのですが、時間がかかりますし、キリがなくて」

「私に、これを殺せっていうの……？」

生まれたばかりの魔物を。目を見開いた私に、サミュエルはにこやかに頷《うなず》く。

「そうです。最近は、育ってしまったこれらを部下の荷物に紛《まぎ》れ込ませ、近場の森に捨てさせていたのですが、それでもなかなか処理が追い付かなくて。それで貴女をお呼びした次第です」

「それって、まさか……」

私の声は、いつしかわななないていた。

今までの謎がすべて解け……それがこんな理由から引き起こされたのかと驚愕《きょうがく》して。

各地へ向かう魔術師が持たされていたという、腐臭《ふしゅう》のする荷物。それには、このシーリアから生まれた魔物が入っていたのだろう。それを魔術道具か何かだと思わせ、森に還す必要があるのだと言って。

そして、近くの森に捨てさせた――

だから魔術師が訪れた町には、彼らが去った数日後に魔物が現れたのだ。

魔術師たちこそが、魔物を持って訪れていたから……

「なんてこと……」

目の前がくらりとした。蘇《よみがえ》ったシーリアが止めどなく生み出していたから、いなくなったはずの魔物が再び現れ、そして不思議なほどに数が増えていたのだ。

呆然《ぼうぜん》とする私に、サミュエルは優しい声音《こわね》で依頼する。

「さあ、アオイ様。どうぞその塵《ごみ》を消してください。これから何度もお願いすることではありますが、手始めにそちらを」

もう彼は、私の知る優しい教育係ではない。正気を失い倫理《りんり》をなくした、ただの哀れな男だ。

だから私は、深呼吸をするとはっきり口にした。

「サミュエル……それはできないわ」

「なんですと……？」

意味がわからないといった様子で首を傾《かし》げた彼に、私は続ける。

「それは貴方がしたこと。自分自身で始末をつけないといけない。それに——私、もう光の魔法を使えないの。だから貴方の助けには——私にそれを片づけることなんてできないのよ」

確かに一、二度は使えたが、常時使えるわけではない光の魔法。それに、もし私が自由に魔法を使えたとしても、彼の歪《ゆが》んだ愛を守るために行使する気はなかった。

彼を真っ直ぐ見つめて言った私に、サミュエルは唇をわななかせた。

「光の魔法を、使えない……？　それでは、私は一体なんのために……」

「だからサミュエル、もうこんなことはやめて。一度、国王陛下のもとへ行きましょう？　私も一緒に現状を説明……っ」

「——お黙りなさい」

最後まで言うことはできず、歩み寄ってきた彼に、ぎり……と首を絞められる。

サミュエルの目は、また常軌《じょうき》を逸《いっ》した様子に戻っていた。

「依代《よりしろ》となる貴女の衣装を盗ませた部下を、始末までしたのに……光の魔法を、使えない？　そんなことが許されるわけが……」

「うっ……」

ぎりぎりと手の力が強まり、私は苦しさに呻《うめ》く。思わず彼の服を掴《つか》み、がむしゃらに引っ張って離そうとした。だが、袖が少し破れただけで、力はまったく緩《ゆる》まない。

息が苦しい。このままでは……

その時、サミュエルの後ろにいたシーリアが、うう……と呻《うめ》いた。

それを見て、サミュエルが目を細める。

「ああ……シーリア。そうですか。ええ……わかりました」

首を絞めていた手をぱっと離され、私はそのまま地面に崩れ落ちる。

何……？　と見上げれば、サミュエルは今、シーリアの背を押して私の方へ歩かせていた。

「お腹が空いたのですね。シーリア。……仕方がありません。ずっと我慢させていましたから」

「サミュエル？　何を言って……」

「アオイ様。貴女は光の魔法を使えるからこそ、私にとっての巫女であり、良き教え子でした。それが使えなくなったのなら、貴女にはなんの価値もない。ですがそんな貴女でも、今なら役に立つ……シーリアの飢えを満たすため、どうぞ役に立ってください」

「飢え……？」

「ええ。貴女を呼び寄せたことが知られれば、私の身も危うい。ならば貴女をシーリアの食料とし、消えて頂くのが一番の道でしょうから」

「そんな……」

呆然《ぼうぜん》と目を見開く私に、シーリアは徐々に近づいてくる。

合間にも彼女は、口からぼとぼとと小さな魔物たちを吐き出していた。それが古びた石床の上でぴちぴちと跳ねている。それを後ろで穏やかに見守るサミュエル。

窓硝子《ガラス》から斜《なな》めに差し込む、鮮やかな青や紫、黄色の光がその場を彩《いろど》っている。

美しくて、怖気《おぞけ》が走るほど醜《みにく》くて、まるで悪夢のような光景だった。誰も助けに来ず、ただ死を待つだけの悪夢。でも――最後の最後まで諦めたくなんてなかった。

私はまだ何もしていない。ユーグとだって、すれ違ったままだ。

シーリアがまた一歩近づいてくる。

死にたくない――絶対に死にたくなんてなかった。サミュエルの服の切れ端《はし》を握ったまま、私は強く思う。その瞬間、白い光が私の身の内から溢《あふ》れ出した。

私に噛みつこうとしたシーリアが、ぎゃっと叫んで弾《はじ》かれたように後ろに下がる。

「なに……!?」

サミュエルも驚いた様子で声を上げた。

私から溢《あふ》れ出した光に触れ、シーリアは火傷《やけど》か何かを負ったらしい。

床に転がり、ぐぎゃあああああと濁《にご》った叫び声を上げている。

「え？　また、魔法が使えたの？　どうして……」

成功しては失敗してを繰り返していた、不安定な光の魔法。それが今発動したことに、私自身も驚きと動揺を隠せない。

しかし、目の前の危機は脱したが、それは一瞬の安堵《あんど》に過ぎなかった。

肌を焼かれたシーリアは、今や激しい叫び声を上げ、痛みと怒りに我を忘れている。

ぐぎゃあああと濁《にご》った声を響き渡らせ、今度こそ私を噛み殺そうと、口を開けて走り寄ってきた。

来る……！　私が身構えた、その時だった。

天井近くの窓硝子《ガラス》が勢いよく割れ、そこから轟音《ごうおん》と共に飛び込んでくる姿があった。

こんな時でさえ、目を奪ってやまない白銀の竜の輝き。

そしてそれに騎乗する凛々《りり》しい青年の姿――ユーグだ。

「ユーグ!!」

シーリアに向かって迷いなく槍《やり》を突き立てた彼は、一瞬私へ視線を向けるや、またシーリアへと向かっていった。

ミイラのような見た目に反して一突きでは絶命しなかった彼女を、ユーグは見事な槍《やり》さばきで弱らせていく。

そんな彼の足元を狙うように――石床の隙間から、急激な速さで生えた枝がユーグの足に絡みつく。サミュエルが地の魔法を使い、地面から樹を生やしたのだ。

「シーリアに何をする……!!」

サミュエルはユーグを憎々しげに睨《にら》みつけ、さらに呪文を唱えて何本もの樹を生み出していく。

しかし絡みつく枝を、ユーグは即座に槍《やり》で叩き斬った。

それを見たサミュエルは新たな魔法を詠唱し、地面から枝はもちろん、土でできた大きな手などを生み出していく。その手がユーグの身体を捕まえようとするが、ユーグが操るエンゾの速さには追いつかない。

目にも留まらぬスピードで手の動きを避《よ》け、槍《やり》で土製の手を切り裂き、ユーグはシーリアへと真っ直ぐに突撃していく。

そして——心臓部分への一撃を受けたシーリアは、とうとう動きを止めた。

「あ……ああ……」

最後に呻《うめ》き、床に前のめりに倒れると、もうシーリアはぴくりとも動かなかった。

それに駆け寄り、悲しげに頬ずりするサミュエル。

「ああ……なんという……なんということを……シーリア……!」

「——サミュエル殿。まさか貴方がこのような真似をなさるとは思ってもいませんでした」

飛翔させていたエンゾを地に降ろし、サミュエルを見据《みす》えるユーグの眼差しは冷静だった。目の前の男の所業をしっかりと見据《みす》え、そのすべてを射抜こうとする瞳。

そんな彼に、私は集めた情報を伝える。

「ユーグ。サミュエルは、禁呪《きんじゅ》でそれを……シーリアを蘇《よみがえ》らせたそうなの。でも、彼女の口から魔物が湧《わ》いてくるようになって、私に始末させようとここに連れてきて……」

「……なるほど、そういうことでしたか」

そこでユーグは私の首元を見て、ぐっと目を細めた。もしかしたら、首を絞められた痕《あと》が残っていたのかもしれない。そして彼は、またサミュエルへと向き直る。

「サミュエル殿。貴方はいつだって民のことを考えて動かれる方だと思っていました。それがなぜ、このような真似を……」

するとサミュエルは、ははっと笑い、思いを吐き出すように口を開いた。

「貴方に、英雄などと言われている貴方にわかるはずがない……！　魔術師長に就任しても、私の隣にシーリアはいない。魔物も消え、ただ安穏とした日々が戻って……それがどれほど穏やかであり、同時に虚《むな》しい日々だったことか」

「サミュエル殿……」

「広い邸宅に帰っても、彼女の姿がない。仕事に没頭《ぼっとう》しようにも、平和な日々はそれを許さなかった。いつしか私は、彼女のことばかりを考えていた。魔物のような不可思議な生き物がいるのなら、彼女を生き返らせることだってきっと可能だろうと。……五年です。五年の間禁呪《きんじゅ》の研究を続け、ようやく二年前にそれが形になったのです」

「――禁呪《きんじゅ》で、どのようにして生き返らせたのですか？」

真剣な眼差しで尋ねたユーグに、サミュエルは壊れたような笑みを浮かべた。

「シーリアの遺体を使ったのですよ。魔物に噛み殺された、彼女の身体を。荼毘《だび》に付《ふ》したと偽《いつわ》って保存していた彼女の身体を使ったからこそ、あれは私のシーリアなのです」

その答えと、床に倒れ動かなくなったシーリアの姿を見て、ユーグが痛ましそうに目を伏せた。

「なるほど……それで、貴方のシーリアはこのような姿だったのですね」

「そういう姿とは……？」

訝《いぶか》しげに問い返したサミュエルに、ユーグは顔を上げて続ける。

「私は今まで、何体もの魔物を倒してきました。そして貴方がシーリアと呼ぶこれは、多少腐ってはいるが、その中のある種の魔物と同じ姿形をしています。角《つの》や牙、そして鳴き声さえも……」

「何を言って……」

目を見開いたサミュエルに、しかしユーグははっきりと口にした。

「その遺体に付着していた魔物の残滓《ざんし》が、遺体と混ざり合ったことで蘇《よみがえ》ったのでしょう。そうでなければ、シーリアは生前の彼女と同じ姿であり、このように魔物を生み出すこともなかったはず。——つまり、貴方が大事に守り慈《いつく》しんできたそれは、奥方であり、同時に彼女を殺した仇敵《きゅうてき》でもあったというわけです」

その言葉がサミュエルに与えた衝撃は大きかった。彼は狼狽《ろうばい》し、大声で否定する。

「そんな、そんなはずが……違う!!　シーリアはシーリアだ!!」

「酷《こく》ですが、それが真実です。そして貴方は、妻を愛したことを言い訳にその魔物を生み出し、多くの民の命を奪った。さらには今、私の誰より大切な人の命を奪おうとした。——それは決して許されることではない」

そしてユーグは鋭い眼差しと共に槍《やり》を向けた。

「サミュエル殿。私は騎士として、これ以上貴方の所業を見逃《みのが》すことはできない。貴方を捕らえ、王のもとへお連れする。——どうか、お覚悟を」

そう告げた次の瞬間、ユーグはエンゾを再び飛翔させ、サミュエルへと突撃する。

サミュエルもまた、それに即座に反応した。目にも留まらぬ速さで詠唱を唱え、目の前に大きく分厚い土壁を築《きず》く。そうしてユーグの攻撃を防ぐと、すぐまた別の呪文を唱えた。

「地より生まれ出《い》でよ、堅牢《けんろう》なる石くれよ」

その声に呼ばれたように地面からぼこりと現れたのは、複数の大きな岩石だった。

それらがふわっと宙に浮かんだかと思った次の瞬間、ユーグとエンゾへと襲いかかる。

「くっ……‼」

一つ一つが巨大な岩だ。

それが身体にぶつかり、大きなダメージを負ったはずだが、それでもユーグはサミュエルに向かうことをやめようとはしなかった。細めた目は、次の動きを見定めようと、サミュエルに真っ直ぐ向けられている。

そんなユーグに対し、サミュエルは新たな呪文を詠唱し、石と土、樹でできた、人間の十倍はあろうかという土人形を作り出す。

エンゾも巨体だが、それを越えるほどの大きさだ。

「行け。そして、あの男を殺してしまいなさい……！」

サミュエルが命令すると、どしんどしんと地を揺らし、土人形がユーグに襲いかかる。

間一髪のところでユーグが回避すると、土人形の拳《こぶし》は教会の壁を貫通《かんつう》した。

がらがらと壁が崩れ、壊れていく。かなりの威力だ。

「はは、良いぞ。その調子です。そのまま縊《くび》り殺してしまえ……！」

サミュエルが壊れたように笑う。見れば大きな魔法を使った代償か、はたまた禁呪《きんじゅ》のせいか、彼の身体は足の一部が石のように、手の一部は木のように変わっていた。

「あれって……」

目を見開く私と同様、ユーグもまたはっとする。

「貴方は……もしや、自分の身体までも利用したのか？　その魔法の代償として」

サミュエルが調子の外れた声で笑う。

「それがなんだというのです。今ここで捕らえられては、シーリアを再び蘇《よみがえ》らせることができない。彼女にまた会えるのなら、私はなんだって差し出しましょう」

「そうか。……もう、手の施《ほどこ》しようはないのか」

目を伏せて呟いたユーグは、しかし次の瞬間、覚悟を決めた様子で向き直る。

「ならば、貴方を討《う》ち取らせて頂こう。……禁呪《きんじゅ》に侵《おか》された身体は徐々に人間から遠ざかり、やがては心をなくして人を襲う。こうなった今、貴方を生かしておくことはできない」

「やってみればいい！　その前に、私が貴方を殺してやろう」

サミュエルはまた新たに呪文を唱え、自身の身体を変化させていく。背中から何本もの樹が生えた、まるで魔物のような姿だ。

その樹があらゆる角度から生えたかと思えば、目にも留まらぬ速さで伸び、ユーグを襲う。

ある樹はユーグの腕を捕まえ、ある樹は先端を鋭い刃《やいば》に変え、ユーグの身体を突き刺そうとする。

そうしている合間にも、先ほど生まれた土人形が背後からユーグに襲いかかる。

「ぐっ……」

樹の枝がユーグの足を貫《つらぬ》き、そこから血が噴《ふ》き出した。

絶体絶命の状態だ。このままじゃ、ユーグが――

私は気づけば、とっさに土人形の前に走り出ていた。

「私だっているのよ。私を狙いなさい！」

「アオイ、なんということを……！」

樹に捕《とら》えられたまま、ユーグが目を見開く。土人形は、目の前で動くものならなんでも攻撃するのか、そのまま方向転換して私に向かってくる。

「アオイ、そこからすぐに離れてください!!」

「でも、このままだと貴方が……あっ」

土人形が振り上げた腕が近くを掠《かす》め、私はその場に倒れてしまった。

再度殴りかかられそうになる直前、ユーグが叫ぶ。

「エンゾ!!」

すぐに応《こた》えたエンゾが大地が揺れるほどの咆哮《ほうこう》を上げる。足元をふらつかせた土人形は、それで自分の標的を思い出したのか、再びエンゾに乗るユーグへと視線を定めた。

どしんどしんと床を鳴らし、ユーグのもとへと歩み寄っていく。

私は蒼白《そうはく》になって叫んだ。

「ユーグ、逃げて!!」

「――大丈夫です。貴女が傷付けられるのを見て、このままでいられるわけもない。私は貴女の剣であり、盾《たて》なのですから。……アオイ。どうか一時、目をお瞑《つむ》りください。すぐに憂《うれ》いを露《つゆ》と払いましょう」

口にしたユーグの目は、いつしか爛々《らんらん》と輝いていた。碧《みどり》の目が怒りで燃え上がり、まるですべてを焼きつくそうとするかのような激しさがある。私は圧倒されながら彼の名を呼ぶ。

「ユーグ……?」

次の瞬間、ユーグは咆哮《ほうこう》に似た声を上げたかと思うと、自身を捕《と》らえていた樹を凄まじい力で振り解《ほど》いた。その後も彼の動きは止まらない。襲いかかってくる樹々をすべて即座に斬り落とし、サミュエルへと向かう。

その怒涛《どとう》の反撃に、さすがに身が危ういと思ったのか、サミュエルは土人形を自分の傍《そば》へと呼び寄せた。

「最後の悪あがきといったところですが、その程度の力、この土人形の前では……」

サミュエルが笑いながらさらに魔法を唱える。

けれどユーグは構わず、すべての力を使って、サミュエルとその前の土人形へ向かっていく。

そして――

「な……そんな、馬鹿な……」

次の瞬間、視線の先では、土人形もろともサミュエルが槍《やり》に突き刺されていた。

呆然《ぼうぜん》と目を見開きながら、サミュエルがどさりと倒れる。土人形はそのまま土、石、樹に分解されたかと思うと、やがてすべて砂になり、さらさらと音を立てて消えていった。

はぁ、はぁ……と乱れた呼吸を鎮《しず》めながら、ユーグがエンゾから飛び降りる。

そして床に倒れ伏したサミュエルに、彼は静かに近づいた。

「盾《たて》があれば、貫《つらぬ》かれないと思いましたか？　貴方が生み出したその土人形には、継ぎ目があった。そこを狙えば、容易《たやす》く崩れ落ちる」

「まさか、さっき私に捕まったのは、それを見定めようとして……？」

サミュエルの目が見開かれる。

「――ええ。私自身が動き続けていては、どこが敵の弱点か見定めることができなかったので。貴方は、最後の最後で詰めが甘かったのです」

「そんな……だが、私は死なない……！　シーリアを生き返らせるのだから。だから、すぐに……」

取り乱した様子で、サミュエルは叫び続ける。

そんな彼に悲しい気持ちを覚えながら、私はそっと歩み寄った。

「サミュエル……。前に、私に光の魔法の使い方を教えてくれた時、言ってくれたよね。自分にとって大切な誰かの命が消えようとしている時。その瞬間を思い浮かべて念じてみろって」

彼に届くかはわからない。

でも、伝えたかった。七年前、彼から教えてもらった大事なことを。

「シーリアさん、亡くなってすごく辛かったと思う。……大好きだったもんね、彼女のこと。でも……サミュエル。だからって、それと同じことを他の人にしたら駄目だよ。誰かの大事な人の命を奪ったらいけない。それは、もう一人の貴方やシーリアさんを作ってしまうことになるから」

サミュエルは、はっとした。

「アオイ、様……」

一瞬だけど、それが以前の彼と同じ表情に思えて、私は小さく微笑む。

「そういえば、お礼もまだちゃんと言ってなかったね。貴方に教えてもらった魔法のおかげで、私、再召喚されてから、何人か困ってる人を助けることができたんだよ」

彼の顔の傍《そば》に膝をつき、私は彼の乱れた栗色の髪を梳《す》きながら囁《ささや》く。

「だから、貴方がしてきたことは、決して無駄じゃなかった。シーリアさんはもういないけど、貴方がしてきたことはちゃんと誰かを助けていたんだよ」

「私の、したことが……」

「だから……サミュエル。今は、ゆっくり休んで」

「アオイ、様……」

その時のサミュエルは、どこか憑《つ》き物が落ちたような表情だった。怒りに歪《ゆが》んだ顔でもない、狂ったように笑う顔でもない、私に魔法を教えてくれた時の穏やかで優しい顔。

そんな表情で、彼はやがてゆっくりと目を閉じた。最後に一言、掠《かす》れた声を震わせながら。

「私は変わってしまったが……貴女も随分と、変わられていたのですね……」

そしてサミュエルは、もう二度と目を覚ますことはなかった。

それを見届けると、それまで黙っていたユーグが静かに言った。

「——最期に、彼は以前の自分を取り戻したのでしょう」

「うん……そうだね」

「サミュエル殿の行いは、到底許されることではありません。ですが、だからといって彼が救われてはいけないわけではない。……貴女の言葉は、きっと彼に届いたはずです。……私の目から見ても、最期の彼は、以前のサミュエル殿でしたから」

「……うん」

色んな思いで胸がいっぱいになり、私は静かに目を閉じる。ただ、サミュエルの死が悲しい。けれど、死の直前で自分を取り戻してくれたことは、涙が出るほど嬉しかった。きっと彼は、向こうで本当のシーリアさんに出会える。なんとなく、そんな気がしたから。

次の瞬間、私ははっとして立ち上がると、ユーグに駆け寄った。

「そうだ、ユーグ！　怪我は大丈夫なの……？」

さっきは岩石をぶつけられていたし、樹だって彼の足を貫通《かんつう》していた。本当なら、こうして立っていられるような状態ではないはずだ。

そう思い手当てしようとしたのだが、寸前でユーグに止められる。

「――すみませんが、アオイ。どうか今の私に近寄らないでください」

「でも……」

「血を見ると、駄目なのです。私が、私ではなくなってしまう」

驚いて見遣《みや》れば、その言葉通り、彼の瞳はぎらぎらとした激しさを湛《たた》えていた。先ほど燃えたぎるような険《けわ》しさを見せ、サミュエルに向かっていった時と同じ眼差しだ。

見ればエンゾも同様で、興奮からか荒い息を吐いている。

私は驚いて彼らを見上げた。

「ユーグ、エンゾ……」

「戦うと、こうなるのです……。ですから、貴女に不用意に近づくわけにはいかなかった」

「いつから？　だって、前の貴方は、決してこんな感じには……」

必死に凶暴性を抑えようとしているのか、ユーグが押し殺した声で答えた。

「――エンゾの血を飲んでからです」

「えっ？」

驚いて聞き返した私に、ユーグは息を整えながら続きを口にする。

「貴女にお話ししたことはありませんでしたね。……私は以前、深い森の中でエンゾと出会いました。実を言えばあの時、私はほぼ死にかけていたのです」

「嘘……本当に？」

「ええ。あのまま死ぬだろうと思っていた時、エンゾが現れ、尋ねられました。『そなたは、毒と薬、どちらを望む？』と」

そこでやや落ち着いてきたのか、若干目の色が元に戻ったエンゾも会話に加わった。

「……そうよ。そして、ユーグはこう答えたのだ。『毒でも薬でもいい、この身体があと少しでも動くなら、なんでも食らってやる』と。瀕死《ひんし》の状態だというのに、まだ生きるのを諦めていないらしい。……なんとも面白い人間がいると思ったものだ」

低い声で笑ったエンゾはさらに続ける。

「だから、くれてやったのよ。我の血を。――人間どもの間では、『竜の葡萄酒《ぶどうしゅ》』などと呼ばれているらしい、竜の血をな」

「えっ？　あれって、竜の血のことだったの？」

驚愕《きょうがく》する私に、エンゾは重々しく頷《うなず》く。

「そうよ。しかし、それが知られれば、いつ竜を狩ろうとする愚《おろ》か者が現れるかもわからん。故《ゆえ》に、竜と親交のあった知識人は、話を歪《ゆが》めて後世に残したらしいがの。さすれば、竜の血を飲もうとする不届き者など出てこんだろうとな」

「そういう、ことだったの……」

驚くと同時に納得し、私はほうっと息を吐く。

「そうして我の血を飲み、ユーグは一命を取り留めた。しかし、我から受け継いだのは、竜の強靭《きょうじん》な生命力だけではなかったというわけだ」

「生命力だけじゃない……？」

それに答えたのは、ユーグだ。彼は握り拳《こぶし》に視線を落とし、口にする。

「竜の持つ習性――血を見ると昂揚《こうよう》する習性なども、受け継いでしまいました。故《ゆえ》に、私はいつ何時周囲の人々を傷付けるかわからなかった。……自分で、自分がわからなくなるのです。目の前にあるすべてに噛みつき、刃《やいば》を向けたくなり、それこそが自然の摂理のように思えてくる。そうした凶暴な王者のような気分になるのです」

「それでユーグ、あの晩も様子がおかしかったのね。だから私に噛みつこうとして……」

先日押し倒された時のことを思い出し、私は溜息《ためいき》をついた。

すると、ユーグがどこか気まずそうに、ふいと視線を逸《そ》らす。

「いいえ、それはまた別の……」

「え？　別って何が……」

問い返そうとしたが、そこに新たな声が響いて、結局聞くことはできなかった。

見れば、入り口から神殿騎士たちが突入してこようとしている。

「大丈夫だったか⁉　ユーグ、お嬢ちゃん‼」

「あっ、ラウル！」

その中に懐《なつ》かしい騎士の顔を見つけ、私は思わず声を上げた。

ラウルはユーグのように私の傍《そば》付きではなかったから、本当に時々しか会えなかったけど、明るく頼もしい人だった記憶がある。

このタイミングで現れたということは、ユーグは彼らに連絡を取っておいたということなのだろう。もしかしたら、リンジーの町へ行った時などに、やりとりがあったのかもしれない。

中の様子を見渡したラウルが申し訳なさそうに頭を掻《か》いた。

「って、もう終わった後だったか。悪い、遅くなって」

「いや、そうでもない。お前たちには、一つ頼みたいことがある。サミュエル殿の荷物を確認し、彼がアオイを召喚した犯人だという証拠固めを行ってほしい。――これから、陛下にすべてをご報告しなければならないからな」

「ああ、請《う》け負《お》ったぜ。お前が今まで働いてくれた分、今度はこっちが動く番だ」

サミュエルの亡骸《なきがら》に一瞬痛ましそうな目を向けた後、ラウルが神妙な顔で頷《うなず》く。

「あれ、そういえば、シーリアや彼女が生んだ魔物は……？」

見れば、異形《いぎょう》の生き物たちはいつの間にか姿を消していた。

すべてが幻のごとく失せた床を見つめて、ユーグが口にする。

「恐らく、サミュエル殿が絶命したと同時に消滅したのでしょう。禁呪《きんじゅ》とは己の命を対価に、冥界《めいかい》から何者かを呼び寄せる魔法。彼が亡くなったことで、死の淵《ふち》から蘇《よみがえ》らせたというシーリア……あの魔物も土に還ったのだと思います」

「そっか……」

こうして私とユーグはラウルたち神殿騎士に後を任せ、マゼルの家へと戻ったのだった。

※　※　※

――後日。禁呪《きんじゅ》により魔物を生き返らせ、光の巫女を再召喚したというサミュエルの所業は、すべて白日《はくじつ》のもとに晒《さら》された。

ユーグや神殿騎士、他にも捜査に協力した魔術師たちによって結果は粛々《しゅくしゅく》と国王へと報告され、その事実が一般の人たちにまで伝わったのだ。その後はたちまち、国中が大騒ぎとなった。

というのも、各地に湧《わ》いていた不気味な姿の魔物もまた、シーリア同様、すべて消滅したからだ。それがまた確かな裏付けになり、多くの人々を呆然《ぼうぜん》とさせた。

サミュエルは魔術師長として民に信頼されていたので、特にシェスティナの町の人々の驚きと落胆は大きかった。もちろん、宮廷魔術師団の本部があるこの王都も同様で、町中では肩を落とした り、信じられないという様子で頭を抱える人々の姿が多く見られる。

そんな王都の町並みを歩きながら、私は苦笑を浮かべた。

「驚くのも当然よね……。先陣を切って魔物を倒していたはずの魔術師長が、諸悪の根源だったんだもの」

ちなみに私が今、王都にいるのは、国王へ事態の報告に上がった際、事情聴取の必要があるため、しばらくここに滞在するよう言われたからだった。

神殿への滞在も勧められたが、もう光の巫女ではなくなった私が行くべきではないと思ったし、そうでなくともサミュエルとの思い出が詰まった場所に行くのは辛かったので断った。

そのため、王都内の宿屋に宿泊中の私だったが、一つ悩んでいることがあり、今は考えをまとめたくて近くの道を歩いているところだ。

――先日、謁見《えっけん》の間で、国王に言われたことが頭から離れない。

『よもや、知らぬ間に再びそなたが召喚されていたとは……なんとも驚きよ。しかも、そなたをユーグが庇護《ひご》しておったとはな』

玉座に座ったまま唸《うな》る彼に、私は焦って言い募《つの》った。

『あの、それは、彼が私を安全に守ろうと心を砕いてくれたからなんです。陛下のもとへ行くことも考えましたが、どこに危険が潜んでいるかもわからず、それで私たちは一緒に旅を……』

『何、そう焦るでない。ユーグを責めておるわけではないのだ。現に、そなたらのおかげで世界中から魔物の脅威が消えた。サミュエルのことはなんとも心苦しいが……。礼を言いこそすれ、責める気など毛頭《もうとう》ない』

彼にとっても、サミュエルを失ったのは痛手だったのだろう。けれど問題自体は解決しているからか、表情に疲れは見えたが、どこか安堵《あんど》した様子でもあった。

ほっとした私に、彼は居住まいを正して口にする。

『さて――アオイよ。何はともあれ、事態は解決したのだ。民を代表してそなたに褒美《ほうび》を進ぜよう。なんでも望みを申すが良い。元の世界へ戻ることも、光の巫女として再び神殿に住まうことも。王である余がどのような願いでも叶えようぞ』

『私の、願い……』

まさかそんな申し出を受けるとは思わず、言葉に詰まる。

結局、その場で答えられなかった私は、いったん答えを保留してもらうことにした。

王都の瀟洒《しょうしゃ》な風景を眺《なが》めながらしばらく歩いても、まだ心は定まらない。

「元の世界に戻る……か」

それがこれまでの目標だった。ユーグに会い、召喚した犯人を見つけて、日本に帰してもらうことこそが私の目標であり、ここで生きていく間の希望。それが目の前に提示され、嬉しくないわけがない。ただ同時に、戸惑う自分がいるのも自覚していた。

なぜなら日本に戻るということは、今度こそユーグと永遠にお別れするということだったから。再び会って、さらに大好きになった彼と——。逆に、もしユーグと共にいるためにここに残ることを選べば、それは日本にいる家族たちとの永遠の別れになる。

どちらを選んでも辛い選択で、いくら考えてもどうすべきか答えが見出《みいだ》せなかった。

悩みながら町を歩いていると、魔術道具屋の店先で、ふと目を惹《ひ》く赤髪が視界に入る。若い女性たちに囲まれていた彼は、私に気づくと精悍《せいかん》な顔に微笑みを浮かべてウインクした。

「おや、巫女様じゃないか。せっかくの可憐《かれん》な顔が浮かない表情だね」

「エリオット……！　そういう貴方は両手に花で相変わらずね」

飄々《ひょうひょう》とした口調に、私は苦笑を返す。

サミュエル亡き後、宮廷魔術師長に就任したのはエリオットだった。実は彼は、妻を亡くしてから様子がおかしくなったサミュエルを不審に思い、陰ながら様子を探っていたらしい。

そして、自分の管轄《かんかつ》であるファルゴの町の情報——さらにはそこに新たに住み出したという若い女性について尋ねてくるサミュエルの態度に不信を抱《いだ》き、私に会いに来たそうだ。

サミュエルと、何か怪しいやりとりを重ねている相手なのではないかと疑って。リュカくんに警戒心を抱《いだ》かれるほど私をじっと見つめていたのには、そんな理由があったのだ。

だが誤解が解け、さらには私が巫女だと知った今は、彼は以前と同じ軟派《なんぱ》な様子で話しかけてくる。ひらひらと手を振って傍《そば》にいた女性たちと別れると、彼は私に向き直って話す。

「そりゃあまあ、事態が収まって懸念《けねん》が消えたが、同時に新たな問題も出てきたからね。これから仕事も増えてくるだろうから、その前にちょっとばかし羽を伸ばしているだけさ」

さらりと言っているが、彼の肩に伸《の》し掛かっている重圧はかなりのものであるはずだ。

新たな宮廷魔術師長に就任し、すべての魔術師を統括する立場となった上、サミュエルの所業により、魔術師に対して敵意や不信感を抱《いだ》く人々も各地に出てきている。

そんな民衆の信頼を取り戻した上で、仕事も遂行《すいこう》しなければならないのだから。

「考えてみれば、貴方も貴方でだいぶ大変よね……」

思わず同情する私に、彼はふっと目を細めて笑う。

「なに、俺はただ己のすべきことをするだけさ。——それに、あの人の異常に気づいていながら、止められなかった俺にも責がある。そう考えれば、正しく俺が背負うべき荷物なんだろうさ」

「エリオット……」

そう言った時の彼は、真摯《しんし》な声であり、どこか切なさを秘めた眼差しでもあった。

だがそれも一瞬のことで、すぐに彼は快活な表情に戻って言う。

「さて――俺のことはともかく、今は巫女様の話だ。望みはもう、決まったのかい？」

「それは……実は、まだなの」

目を伏せて首を横に振った私に、エリオットはゆったりと口にする。

「貴女を元の世界に戻すことも、俺は宮廷魔術師長である自分の仕事だと思っている。だから遠慮することはないさ。もし帰還を望むなら、ただそう口にすればいい。すぐに国王陛下の御許《みもと》で指揮を執《と》り、返還の儀を行おう。それに……」

「それに？」

「貴女は、もう少し俺たちに我儘《わがまま》を言ったっていいんだ。これまで二度もこっちの都合で振り回されてきたんだから。さらにその上でこの国を再び平和に導《みちび》いてくれたんだ。――貴女はそれに見合うぐらいのことを望んだっていいんだよ。それを当然と思いこそすれ、誰も責めやしない」

「エリオット……」

真摯《しんし》な声音《こわね》に目を見開く。次第に彼の言葉が胸に染み込んできて、私は深く頷《うなず》いた。

「……そうね。うん……ありがとう。もう少しちゃんと考えてみるわ」

私の望み――一番の望みは、一体なんだろう。

ちゃんと考えなくちゃ。最後の最後まで、絶対に後悔しないように。

そうすると、自然と頭に浮かぶのは、日本にいる家族の姿で。それに重なるのは、ユーグが目を細めた表情で。二つが重なり合い、最後にユーグの姿が胸に残っていく。

ああ、やっぱり、どうしたって私は――

そう心の中で静かに噛み締めた私に、エリオットがふと目を煌《きら》めかせて言った。

「おおっと！　そういえば、さっき貴女の護衛騎士の姿を近くで見た気がするなぁ」

「ユーグを？」

「ああ、町の中央にある橋の方を歩いていた。何やら悩んでいる様子でね」

「そう……ありがとう！　ちょっとこれから行ってみる」

「いいや。早く行ってやるといいさ」

ウインクするエリオットにお礼を言って別れた私は、すぐにユーグの姿を探す。

悶々《もんもん》と悩むのは、もうやめた。何より私はまだ、私は、ユーグに面と向かって自分の想いを伝えていない。それどころか、彼の気持ちを聞いてもいないのだから。

——なら、まずはそれから伝えなくちゃ。

そんなことを考えながら、駆け足で向かった場所。王都内を巡《めぐ》る小川に煉瓦《れんが》造りの橋が架《か》けられたそこは、周囲に緑が溢《あふ》れ花も咲き誇る美しい場所だった。その橋に立つ、麗《うるわ》しい長身の姿。

「ユーグ！」

「アオイ……？」

橋の中ほどに立って水面を見つめていた彼は、弾《はじ》かれたように顔を上げた。今日の彼は青い騎士服姿で、明るい陽光を浴びているせいか、とても眩《まばゆ》く見える。

いや——きっと私の気持ちがそう見せているのだ。彼のことが大好きだから。

彼の目の前まで歩み寄ると、私は息を吸ってはっきりと言った。

「ユーグ。……私ね、貴方のことが大好きだよ」

「アオイ？」

突然の告白に目を丸くした彼に、私は緊張を堪《こら》えてさらに続ける。

「貴方が私のこと、もし妹のようにしか思えなかったとしても、大好き。ずっと一人の男性として好きだったの」

頬が熱いし、背中にじわじわと汗も滲《にじ》んできた。でも、これはちゃんと言わないといけないことだ。今まで伝えられなかった想いを、私は拳《こぶし》をぎゅっと握って口にする。

「私は貴方が嫌じゃなかったら、ずっと貴方の傍《そば》にいたい。皆で旅をしていた時みたいに、ユーグと、それにエンゾの傍《そば》にいたいの。元の世界のことも考えて悩んだけど、それが一番の私の願いだって、さっきようやく気づいたんだ」

よし、言えた。そんな私に、ユーグは驚きを隠せない様子で絶句している。

「アオイが、私を……。ですが、傍《そば》にいては私は貴女を……」

「竜の習性で、傷付けちゃうかもしれないんでしょ？　……いいよ、ユーグ。傷付けられたっていいの。私はそれ以上に貴方の傍《そば》にいたいから」

その気持ちを伝えたくて彼の左手を取り、自分の頬にかすかに押し当ててみる。

節《ふし》くれだった男らしい手は、一瞬驚いたように固まったが、やがてそっと私の頬を撫《な》でた。

その反応にほっとして、私はまた彼を見上げる。

「ちゃんと気持ちを伝えたかったんだ。私、これまで怖がってて、貴方に自分の気持ちを伝えることも、貴方が私をどう思っているかも確認しなかった。だから、答えはなんだっていい、ただ伝えたかったの。ユーグは、ユーグが思っているよりずっと、私にとって大きい存在なんだって」

「アオイ……」

ユーグの瞳は、しばらくの間揺らいでいた。何かの感情を堪《こら》え、そして深く考えるように。

息を止めていた彼は、やがて観念するようにこう口にした。

「ならば――私も、貴女にきちんとお伝えします。私はただ、貴女を傷付けたくなかった。しかし、そのせいで逆に貴女を傷付けたのだと、今はっきりと理解しました」

「でも、それは仕方ないよ。竜の攻撃的な習性があるから、私を傷付けまいと離れようとしていたんでしょう？」

「確かにそうですが……違うのです。竜には……があるので」

「えっ？　ごめん、今のもう一度……」

よく聞こえず尋ねた私に、ユーグは言いにくそうに、ふいと視線を逸《そ》らしながら口にした。

「……竜には、発情期があるので」

一瞬、何を言われたのかわからなかった。涼しげな美貌のユーグとは、あまりにそぐわぬ単語であり、イメージとも繋《つな》がらない言葉だったたから。

「ええと、はつじょう……」

思考停止状態で繰り返す私に、ユーグは目を逸《そ》らしたまま続ける。

「……竜には番《つがい》という絆《きずな》があり、誰より好ましいと感じた相手を魂《たましい》が選びます。そんな番《つがい》に――

貴女に触れると、どうしても発情期が起こる。ですから、近づくことを極力避けていました」

それではまるで、ユーグが私を誰より好ましく感じていると言っているような……

というか、番《つがい》って……私が？

いやいや、待って。私が自分の都合のいいように受け取ってしまっているだけかもしれない。片想い歴が長すぎた私は、心臓をばくばくさせながらも慎重に尋ねる。

「あの、ごめん。その番《つがい》って……？」

「竜にとって、生涯添い遂《と》げる唯一の相手です。しかしさすがに、そんな習性までも受け継いでいるとは思わなかった。だから貴女と再会した時も、私は不用意に駆け寄り、この腕に抱き締めてしまったのです」

ユーグは想いをすべて吐き出すように声を振り搾《しぼ》る。

「ですが、二度目に貴女を抱き留めた時、私の番《つがい》が貴女であることに気づきました。まるで身の内が焼けるような感覚が襲い、貴女に触れたくて堪《たま》らなくなって……。再会し、目の前で微笑む貴女を見るうち、以前以上に好ましく思う自分を自覚していましたが、そのせいで私の魂《たましい》が貴女を番《つがい》に選んでしまったと理解したのです」

「そう、だったんだ……。あの時のユーグ、それで様子がおかしかったのね……」

炎が揺らめくような、ユーグの碧《みどり》の瞳。あれこそが番《つがい》を見て、気持ちが熱く滾《たぎ》っていた証《あかし》だったのだろう。驚く私に、ユーグは真摯《しんし》な声で囁《ささや》く。

「再会した時も、美しく成長された貴女の姿に目を奪われました。けれど、見た目以上に成長し、逞《たくま》しくなった貴女の心が、私の心を捉《とら》えて離さなかった。……愛おしいと、ずっと傍《そば》で見ていたいといつしか思うようになっていました」

「ユーグ……」

彼がそんな風に感じていてくれたなんて知らなかった。

嬉しくて胸が震えそうになる私の視線の先で、彼は苦しげに口にした。

「ですが……だからこそ、私は貴女に近づくわけにはいきませんでした。私が貴女をどれほど愛しく思っていても、いずれ貴女は元の世界へ戻る身。そのような方をこの想いのせいで傷付けてしまうことだけは避けたかった。元の世界に、想い人だっているかもしれないというのに」

その言葉に、私は弾《はじ》かれたように顔を上げる。

「そんな人、いないよ。私は七年前から、ずっとユーグしか目に入ってなかったんだから」

まるで夢のような現状が信じられないけれど、彼が本当に私のことを少しでも想ってくれているなら、なおさらちゃんと伝えたかった。私には貴方しかいないんだって。

「私……ユーグに触れられると、じんわり幸せな心地になるよ。嬉しくて、空だって飛べそうになる。だから今からだって、貴方が嫌じゃなかったら触れてほしいの」

「アオイ……」

ユーグは目を瞠《みは》った。そして彼は気持ちを堪《こら》えるように、私に強い眼差しを向ける。

「――貴女は竜の習性を知らないから、そのようなことを仰《おっしゃ》る。竜は発情期ともなれば、番《つがい》を寝床に引き込み、七日は腕の中から出しません。貴女に、それほどの執着を受け止める覚悟はおありか」

一瞬、何を言われたかわからなかったが、言葉の意味がじわじわと理解できてくると、私は次第に真っ赤になっていく。それってつまり、ユーグが私を腕の中に閉じ込めて……

恋愛の段階をいきなり三段くらい駆け上がったような話に、私は赤い顔のまま俯《うつむ》く。

そんな私に何を思ったのか、ユーグはそっと距離を取ろうとする。

「……ですから、貴女は私から離れた方がいいのです。竜の執着は、貴女には重すぎる」

けれど私は頷《うなず》かなかった。彼の言葉を遮《さえぎ》って反論する。

「そんな……ユーグこそわかってないよ！　私はどんな貴方だって好きなのに。ずっと、大好きだったのに……」

いつしか涙を滲《にじ》ませながら、私はさらに言葉を続けた。

胸に浮かぶのは、どんな時も私を守ってくれた彼の背中。穏やかに微笑む、彼の表情。

最近知った、どこか近寄りがたい雰囲気の彼だって、私を惹きつけてやまないのに。

「七年前、初めて出会った時から、ユーグは私にとって特別な人だったよ。優しくて、私の心を大事にしようとしてくれて……だから大好きになった。一緒に旅してた時だってそう。エンゾと仲良くしてたりマゼルに慕われてたり、貴方の色んな顔が見られて嬉しかった」

そんな私の涙に指でそっと触れ、ユーグが苦しげに言う。

「アオイ……そうまで言われては、もう離せなくなる」

「離さなくて、いいよ。……お願いだから、離さないで」

ユーグが私の顔をそっと両手で包んだ。泣きじゃくって、メイクだって落ちて、きっとすごく不細工な顔。なのにユーグは、何より美しいものを見たとでもいうように目を細める。

「貴女は本当に……いつだって私の心を奪ってやまない。——それでは、生涯離したりいたしません。このユーグ、貴女の剣であり盾《たて》として、いつまでもお傍《そば》におりましょう」

「ユーグ、違うよ」

反射的に言った私に、ユーグが不思議そうに問いかける。

「違う、とは？」

「剣としてじゃなく、恋人として、だよ」

涙を拭《ぬぐ》いながらふふっと笑う私に、ユーグもくすりと笑う。

「なるほど。——しかし、それならば、貴女も間違っておられます」

「恋人じゃ、ないの？」

「いいえ。恋人でもありますが——貴女の夫として、いつまでも傍《そば》におりましょう」

そしてユーグは私を抱き寄せると、私の顎《あご》を持ち上げて身を屈《かが》めた。

初めて唇に受けた彼の温もりに、私は目を閉じ、そのままゆっくりと身を任せたのだった。

# エピローグ

「バルバラさん、できました！」

「ふん、初めてにしちゃあ悪くないね。よし、次はこれを混ぜてみな」

バルバラさんの薬屋の奥にある台所。褒《ほ》められて奮起《ふんき》した私は、「はい！」と答えて、次の料理を作るべく、渡された器の中の材料を掻《か》き混ぜていく。

あの日、ユーグと想いを確かめ合った私は、彼と恋人同士になると同時に、婚約者にもなった。

なんだかあっという間な感じだけれど、これでもユーグに譲歩してもらったのだ。番《つがい》に対する竜の情熱は本当にすごいものらしく、彼は私の髪をひと房掬《すく》って口付けると、こう囁《ささや》いた。

「アオイ。……貴女の気持ちがわかった今、一時でも傍《そば》から離したくありません」

すぐにでも貴女を妻に迎えたい、耳元で真摯《しんし》に、そう囁《ささや》かれて。

そんな感じで、ユーグは早々に結婚したい意思を見せてくれたけれど、付き合うと同時に結婚なんて、さすがに早すぎる。ドキドキし過ぎて、主《おも》に私の心が持たない。

そのため彼とじっくり話し合った結果、少しの猶予《ゆうよ》というか、婚約期間をもらったのだ。

そんなわけで、今の私は花嫁修業と称し、懐《なつ》かしいファルゴの町に戻ってきているという具合だ。

また、あの日ユーグと両想いになったことで気持ちを決めた私は、国王陛下にこう思いを伝えた。

『陛下、私は望みを決めました』

『ほう……申してみよ』

『私はこれまで二度、自分の意思を無視される形でこの世界へ召喚されました。それなら、今度は自分の意思で元の世界へ帰り、その後また、自分の意思でこの世界に戻ることを望みます』

『つまり、この世界と向こうと、二度行き来することを望むと？』

『はい。私を日本へ返還し、そしてもう一度こちらへ召喚して頂きたいのです。元の世界で家族にきちんと別れを告げ、その上でこの世界で生きていくために』

それが私の決めた願いであり、これから生きる道だった。

ユーグと共にこの世界で生きる。そう決断したことを、きちんと日本にいる家族に伝えたかったから。私は自分の意思で好きな人のもとにいるのだと、ちゃんと伝えたくて。

エリオットが背中を押してくれたこともあり、私はそう自分の望みをはっきり告げた。そして、国王はその言葉に頷《うなず》いたのだった。

だから私は、一ヶ月後に日本に戻り、その一ヶ月後に再びこの世界に召喚されることになっている。――そうして戻ってきた時に、ユーグと結婚式を挙《あ》げるのだ。

その式をあと二ヶ月後に控えた私は今、バルバラさんから料理を仕込まれ、それを覚えるのに必死な状態だ。ちなみにユーグは、エンゾと共に再び任務の旅へと戻っている。

魔物の脅威はなくなったとはいえ、人間の悪党は減ったわけではない。むしろ、魔物がいたことで外に出られずにいた盗賊や山賊が街道沿いに現れるようになったため、竜騎士であるユーグにもそうした悪漢退治の命が舞い込んできているのだ。

それは魔術師も同様で、リュカくんも前より忙しそうにしている。魔物と違い彼の魔法が覿面《てきめん》に効く相手とあり、さらには人助けとして大いに役立っているので、リュカくんもやりがいを感じて嬉しそうだ。

そんな感じで、ユーグの仕事が落ち着くまで、私はバルバラさんの店にお世話になり、薬草師の手伝いや化粧師《けわいし》として働きながら、花嫁修業を続けている。

ここに戻ってからもう二週間ほど経《た》つけれど、バルバラさんは相変わらず、ぶっきらぼうながら優しい。それに教え方はスパルタだけれど、完成した料理はどれも美味《おい》しくて、早くユーグに食べさせてあげたいと思うと、なおさら習得に身が入った。

それにしても、今日のバルバラさんはなんだか機嫌が良さそうだ。

材料を掻《か》き混ぜる手を止め、私はなんとなく聞いてみる。

「バルバラさん、何かいいことでもありました？」

「ふん、別に何もありゃあしないよ。ただ、遠方から手紙が届いただけさ」

そういえばさっき、バルバラさんはカウンターの中でじっと一通の手紙を見ていた。

ためつすがめつ見て、最後にくしゃっと笑って。

私がその手紙を郵便屋さんから受け取った時、封筒からかすかに香辛料の香りがしたような……

なんとなく差出人の予想がついたけれど、それは口にしないことにした。だって近いうち、きっとその人と再会できそうな気がしたから。

ふふっと笑う私に、バルバラさんが鍋を掻《か》き混ぜていた手を止める。

「それにしてもあんた、旦那とはちゃんと会えてるのかい？」

「だ、旦那って。バルバラさん、私まだ、結婚していませんから」

「でも、いずれするんだろう？　同じことさ」

いや、同じじゃない、絶対同じじゃない。だって私とユーグは婚約中とはいえ、まだキスを数度したただけで……つまりは、かなり清い関係だったからだ。

このまま結婚して大丈夫だろうか。いざ一緒に暮らし始めたら、心臓がどきどきして爆発してしまうんじゃないだろうかという、別の不安は感じる。

だって恋人になってから、ユーグの色気が凄まじいのだ。

「アオイ。……貴女の髪は本当に美しい」

そう言い、私の髪を掬《すく》って愛しげに囁《ささや》いて。

またある時は、私を真摯《しんし》な眼差しで見つめ――

「どうか傍《そば》にいるお許しをください。……私のアオイ」

次の瞬間にはそっと唇を重ねられる。何度も啄《ついば》むようにキスされているうちに私はぐったりしてしまい、慌ててユーグが身を離すという具合だった。

これまで抑えていたという気持ちを解き放ったからか、今の彼は柔らかく微笑み、私への想いを一切隠さない――つまり、私の心臓にかなり悪い存在になっていたのだ。

正直に言えばとても嬉しいけれど、激しいアプローチに時々意識が遠のきそうになる。

そんな私に気づいてか、ユーグもそれ以上は先に進まないでいてくれた。私が真っ赤になって固まっているのを見ると、そっとあやすように額に口付けた後、身を離してくれて。

「続きはまたにしましょう。……貴女とこうして話していられるだけで、幸せな気持ちになる」

そう言って、本当にそれ以上私に触れず、穏やかに会話を続けてくれた。

そこがまた紳士的で、ユーグ大好きだなぁ……と思ってしまうから、もうどうしようもない。

こんな状態で結婚して本当に大丈夫なのかな？　と頭を抱えていると、そこに来客が訪れた。

「アオイ、助っ人に来たわよ！」

「――僕は、味見に来た」

「あっ、シャロンさんにリュカくん！」

馴染《なじ》みの二人の姿に、私はぱっと顔を輝かせる。

彼らもまた、バルバラさん同様に私の花嫁修業を手伝ってくれていた。シャロンさんは隣で料理のコツを教えてくれて、リュカくんはできた料理を味見して、忌憚《きたん》ない意見を述べてくれる。

特にシャロンさんは先日結婚式を挙《あ》げたばかりの新婚だから、「これを作ったら旦那が喜んでくれた」「これはあんまり男性の味覚には受けないみたい」など、ためになる情報を教えてくれる。

ちなみに、その結婚式で彼女の化粧をしたのは、もちろん私だ。気合を入れてメイクした甲斐《かい》あって、当日のシャロンさんはかなり美しいでき栄《ば》えになったように思う。

また、驚くことに、シャロンさんの頬の傷は前よりさらに薄くなっていた。やはり私が作った化粧品には、傷を薄くする効果があったようだ。化粧品作りの時は特に疲れたりしなかったので気づかなかったが、無意識のうちに光の魔力を込めていたのかもしれない。

その感謝の意味もあってか、彼女はこうして頻繁《ひんぱん》に足を運んでくれているのだ。

あ、そうそう。リュカくんを見て思い出したけれど、私が光の魔法を使えたり使えなかったりした理由。これはどうやら彼が大いに関係していたらしいのだ。

というのも、私が光の魔法を成功させた時はだいたい、彼の着ていた魔術師服が傍《そば》にあったから。魔術師服には、特殊な紋様《もんよう》で魔力が編み込まれていて、着ている人やそれに触れた人物の魔力を増幅させる力があるのだという。

だから、魔術師服を着ていたリュカくんの傷を癒《いや》そうとした時と、森で彼のローブを被《かぶ》っていたおじいさんを守ろうとした時は、光の魔法が発動したというわけだ。

同様に、魔物のシーリアに襲われた時も、私が手に握っていたサミュエルの魔術師服の切れ端《はし》のおかげで身の内から魔力が引き出され、光の魔法を発動できたそうだ。

前にユーグが言いかけていたのは、このことだったらしい。巫女時代、私が毎日衣装を着せられていたのは、魔法を身の内から引き出しやすくするためだったのだ。

後から聞けば、そういうことだったのかと納得するような拍子抜けしたような、不思議な気分だった。だから厳密に言えば、今も私は光の巫女のままらしいのだ。その稀《け》有《う》な力を持つ人間という意味では――

物思いに耽《ふけ》る私に、シャロンさんがこっそり耳打ちしてくる。

「ねえ、アオイ。そういえば、あれの準備はした?」

「あれ、ですか？　花嫁衣装なら、もうできていますけど」

先日望みを告げたと同時にユーグとの結婚予定を知らせた私に、ならば祝福ぐらいはさせてくれと、国王から花嫁衣装が贈られたのだ。それはかなり美しく繊細《せんさい》な代物で、私にはもったいない感じだが、自分で衣装を用意するのは難しかったので、ありがたくもあった。

そのことかなと思ったのだが、どうやら違うらしい。

きょとんとした私に、シャロンさんが、んもう！　といった感じに口を尖《とが》らせる。

「花嫁衣装じゃなくて、夜着《やぎ》の方よ。そっちも、そろそろ準備しておかないとまずいでしょう」

「や、夜着《やぎ》……」

即座にかちんと固まった私の目の前で、シャロンさんが呆れたように片手を振る。

「ちょっと、大丈夫？　その日はすぐに来ちゃうのよ？」

「わ、わかってます。でも、頭がちょっとその辺りの理解を拒《こば》んでいて……」

そう、この世界では結婚式の晩――つまりは初夜に、特別な夜着《やぎ》を身に着ける習慣があるらしいのだ。結婚衣装は日本と同じように白だが、夜に着るのはその女性自身を表した色なのだとか。

だから私だったら、やっぱり青色なのかなと思っていた。名前からそう連想できるし、それにユーグが着ている騎士服とお揃いで、大好きな色だったから。

それを伝えると、シャロンさんは何か考えた末、妙案を思いついたという様子で口にした。

「ね、アオイ。耳を貸して」

「あ、はい」

そして彼女から耳打ちされた内容に、私は次の瞬間、顔からぼっと火を噴《ふ》いたのだった。

そんな賑《にぎ》やかな料理教室を続けていると、やがて外でばさりと翼がはためく音が聞こえた。

今ではバルバラさんたちも、ユーグが噂の竜騎士であることを知っているから、意味ありげに笑って私に視線を向けてくる。

「おや。ようやくその旦那が来たようだね」

「あの、バルバラさん……」

「いいから行っといで。向こうも久しぶりのあんたに会いたくて、じりじりしてるだろうからね」

「は、はい！」

彼に、久しぶりにユーグに会える！

嬉しくて、慌ててエプロンを外していると、シャロンさんも後ろから声をかけてきた。

「アオイ、さっき言ったこと、彼にちゃんと伝えるのよ！」

ふと、その隣にいるリュカくんを見れば、「まあ、頑張れば」と口の形が告げていた。相変わらずクールだけれど、どこか楽しそうな眼差しで。

私は彼らにお礼を言って、ユーグのもとへと駆け出したのだった。


店を出て辺りを見回すと、少し行った先にある森の中へエンゾが降りていくのが見えた。

竜の体格では人を踏み潰《つぶ》す恐れがあるので、いつもこの町に来ると、彼は森の中にエンゾを降ろすのだ。魔物がいなくなったから、私もまた安心して森に入ることができる。

いつもの場所へと、私は息せききって駆けていく。

「ユーグ!!」

見れば、エンゾの傍《そば》に立つユーグは今日は青い騎士服姿で、甲冑《かっちゅう》を身につけていない。すぐに振り返った彼が嬉しそうに目を細める。

「アオイ、二週間ぶりです。元気にしておられましたか？」

「うん、私は元気。ユーグたちも怪我したりしなかった？」

「ええ、幸いにも何事もなく過ごしています。……アオイ、それよりも頬に粉が」

互いに歩み寄ったところで、彼にそっと指先で拭《ぬぐ》われ、私は照れくさくなって微笑む。

「あ……ありがとう。ちょうど今、お料理してたところだったの」

「そうでしたか。活《い》き活《い》きとされている貴女を見るのは好きなので、是非拝見したかったです」

そんな彼を私ははにかみながら見上げる。恥ずかしいけれど、さっきシャロンさんに耳打ちされたことを、今のうちに言っておこうと思ったのだ。

「あのね、ユーグ。一つ、お願いがあるんだけど……」

「お願いですか？　ええ、貴女の望みならばなんなりと」

「あの、その青い騎士服の上着を貸してほしいなと思って」

「この服を？　それはもちろん構いませんが」

不思議そうにしながら、そのまま上着を脱ごうとする彼に、私は慌てて両手を振る。

「あ、違う！　ごめん、今じゃないの。結婚する日の晩に借りたくて」

「結婚する日の晩に？」

きょとんとしたユーグに、私は視線を合わせられず、頬が熱くなるのを自覚しながら口にする。

「ええと……夜着《やぎ》として、羽織《はお》ろうかと思って。さっきシャロンさんに聞いたけど、そういう風にする人もいるって聞いたから……」

特別に仕立てた衣装ではなく、結婚する伴侶《はんりょ》の服を羽織《はお》って、夜を共にすることもあるのだと。

それなら私は、ユーグの上着を借りられたらと思ったのだ。

幼い頃、彼が私の肩にそっとかけてくれた、大好きな上着。嬉しくて、ぎゅっと握って離さなかった神殿騎士のその服と、竜騎士の制服は意匠《いしょう》は違えど同じ青色で。そんなユーグの上着こそが、ずっと彼を大好きだった私にとって、一番ふさわしい衣装な気がしたのだ。

すると、ユーグがぴしりと固まった。

「アオイが、初めての晩に私の上着を……」

「え……あの、駄目だった？」

戸惑いつつ見上げる私の視線の先で、ユーグが瞼《まぶた》に手を当て、深く息を吐く。

「駄目というか……私の心を掴《つか》みすぎるというか。本当に貴女は、どこまでも私を翻弄《ほんろう》しようとする」

そしてユーグは堪《たま》りかねたといった様子で、私をぎゅっと抱き寄せた。

良かった。どうやらオーケーってことみたいだ。

嬉しくなった私は、くすりと笑って口にする。

「うん。少しくらいは翻弄《ほんろう》できてたらいいな。……だってユーグは私の初恋の人で、今までずっと私の方が翻弄《ほんろう》されっぱなしだったんだから」

そんな私を愛おしそうに、そしてどこか悔しげに見つめると、ユーグは引き寄せられるようにして、私の唇を奪ったのだった。

平凡女子大生、
男装してトリップ先の異世界を生きる!?
大好評
連載中!!
毎月第3木曜日更新
原作 青蔵千草
漫画 秋野キサラ
異世界で失敗しない100の方法
Story by Chigusa Aokura / Comic by Kisara Akino
「ソーマ」
旅の学者のソーマです
自分でなんとかしなきゃ
ここは平和な日本とは違う
攻略マニュアル系ファンタジー、待望のコミカライズ!!
ALPHAPOLIS WEBMANGA
アルファポリスWEB漫画!
他にも面白いコミック、小説などWebコンテンツが盛り沢山!
無料で読み放題!
今すぐアクセス!
アルファポリス Web漫画
検索

**青蔵千草**（あおくらちぐさ）
2013年よりwebにて小説を発表。2014年「異世界で失敗しない100の方法」で出版デビューに至る。

**イラスト：RAHWIA**（ラフィア）

出戻《でもど》り巫女《みこ》は竜騎士様《りゅうきしさま》に恋《こい》をする。

青蔵千草（あおくらちぐさ）

2018年 6月 5日初版発行

編集－仲村生葉・羽藤瞳
編集長－塙綾子
発行者－梶本雄介
発行所－株式会社アルファポリス
〒150-6005東京都渋谷区恵比寿4-20-3 恵比寿ｶﾞｰﾃﾞﾝﾌﾟﾚｲｽﾀﾜｰ5F
TEL 03-6277-1601（営業） 03-6277-1602（編集）
URL http://www.alphapolis.co.jp/
発売元－株式会社星雲社
〒112-0005東京都文京区水道1-3-30
TEL 03-3868-3275
装丁・本文イラスト－RAHWIA（ラフィア）
装丁デザイン－ansyyqdesign
印刷－図書印刷株式会社

価格はカバーに表示されてあります。
落丁乱丁の場合はアルファポリスまでご連絡ください。
送料は小社負担でお取り替えします。

ISBN978-4-434-24678-4 C0093